안개꽃

이야기

안개꽃 이야기

초판인쇄	2021년 3월 29일
초판발행	2021년 4월 7일
지은이	정 현
발행인	조현수
펴낸곳	도서출판 프로방스
기획	조용재
마케팅	최관호 백소영
편집	권 표
일러스트	최정훈
디자인	토 닥
주소	경기도 고양시 일산동구 백석2동 1301-2
	넥스빌오피스텔 704호
전화	031-925-5366~7
팩스	031-925-5368
이메일	provence70@naver.com
등록번호	제2016-000126호
등록	2016년 06월 23일

정가 12,000원
ISBN 979-11-6480-126-8 03810

한 부부의 삶에 켜켜이 스며있는
비범한 주님의 이야기

안개꽃 이야기

정현 지음

프로방스

"여보, 우리가 살아갈 날이 얼마나 남았을까?"

2016년 2월, 생일을 앞둔 남편이 느닷없이 질문했다. 한 번 왔다가 가는 이 땅의 삶을 통해 우리 세 아이에게 남은 생애 동안 무엇을 남길까에 대해 늘 이야기했었다. 그때까지 아이들에게 우리의 삶을 통해 보여준 것보다 좀 더 발전적인 것을 전해주고 싶었다. 그것은 우리 후반전의 삶으로 전해주고 싶은 것이었는데, 그날 좀 더 진지하게 대화를 나누었다. 실제 선교지의 삶이라고 생각이 모아졌다. 그것이 선교를 재촉케 하는 터닝포인트였다.

선교의 부르심에 대해 기도를 하고 있었지만, 아무 후원도 없이 언제라고 결정하는 일이 쉽지 않았다. 그런데 남편이 그 이야기를 한 이후 조기 은퇴를 하게 되었고, 자그마한 남편의 은퇴비로 선교를 결정하게 된 것이다. 기가 막히신 하나님은 우리를 선교지에 오게 하셔서 우리를 빚으셨다. 성경 말씀 그대로 미련한 우리를 지혜롭게 하셨다. 약한 우리를 강하게 하셨다. 그리고 우리가 생각하지도 않았던 무한한 가능성을 드러내게 하셨다. 더욱 우리의 내면에 간직해 두신 것들을 발견하게 하셨다. 이 책을 통해 바로 그 이야기를 나누고자 한다.

이 책의 제목을 '안개꽃 이야기'라고 한 것에 대한 일화가 있다. 어느 날, 아프리카 탄자니아의 결혼식에 가게 되었다. 그때 의아한 것이 있었다. 결혼식에 참가한 하객들의 모습 때문이었다. 평소에 그들은 화려한 색깔의 의상과 멋진 헤어스타일로 자신들을 한껏 가꾼다. 그런데 그날은 의상도, 헤어스타일도 그저 그랬다. 결혼식이 끝난 후, 평소에 가깝게 지내는 현지인에게 물어보았다.

"아니, 중요한 결혼식에 오면서 왜 사람들은 수수한 모습인 거예요?"

지인이 답했다.

"오늘은 신부와 신랑이 주인공이잖아요. 그래서 주인공이 가장 돋보이도록 하기 위해 가꾸지 않고 식장에 오는 것이랍니다."

그때 들었던 생각이 '우리의 삶이 바로 이래야 하겠구나'였다.

자신을 드러내기보다 다른 꽃을 돋보이게 하는 안개꽃, '안개꽃 선교'여야 한다는 생각을 하게 되었다. 그것은 이 책의 표지 그림과 같이 양초가 녹아서 빛을 발하듯 우리 자신이 녹아서 선교지의 영혼들이 돋보이도록 빛을 비추어 주는 것이라고 생각했다. 물론 '성령의 기름 부으심'으로써이다.

'안개꽃 이야기'는 지극히 평범한 한 부부의 삶에 켜켜이 스며있는 비범한 주님의 이야기이다. 그래서 이 책을 읽으시는 분들도 자신들의 소소한 일상 속에서 충만하게 함께해 주시는 주님을 만나는 통로가 될 것이다.

1장

만남

우리 부부가 선교를 결정하게 된 동기는,
사람과의 만남을 통해서였다.
하나님께서 예비해주신 만남은
그 소중함을 아무리 강조해도 지나치지 않을 것이다.
독자 여러분들도 이야기를 통해 우리 부부와 만나주시고,
함께해 주시는 삶의 여행이 되기를 바란다.

아니시아

"여기저기 편안하게 탐방해 보고 거주지를 결정하셔도 됩니다."

거처를 정하기 전, 우리가 소속되어 있는 '월드미션프런티어'의 선교회 대표이신 김평육 선교사님의 배려로, 우리 부부는 우간다, 르완다 그리고 탄자니아를 방문하게 되었다. 또, 우리나라 남북한 4배 반 크기의 탄자니아에서는 다섯 도시를 돌아보았다.

그런데 탄자니아 '부코바센터'에 다다르는 순간, 반세기 전에 떠난 고향의 품에 안긴듯했다. 넓은 바나나 잎사귀로 우거진 푸르른 숲이 마치 엄마의 치마폭처럼 편안함을 주었다. 세계에서 두 번째로 큰 빅토리아호수는 내가 어린 시절을 보낸 서해 바닷가 같았다. 하얀 모래사장에서 해맑은 웃음소리로 뛰어다니는 나의 발자국을 다시 볼 수 있을 것만 같았다. 동화 같았던 고향의 서정을 어느 정도 누릴 수 있는 곳이 바로 탄자니아 부코바였다.

"김평육 선교사님. 여기가 참 좋습니다."

그렇게 해서 머물게 된 이곳 어느 주일날, 뼈만 앙상하고 꼬질꼬질한 차림의 7~8세쯤 된 아니시아(Anicia)는, 여느 때와 다름없이 2살 정도 된 어린아이를 업고 교회에 왔다. 장난감이 없는 이곳은 아이들이 어린아이를 인형처럼 좋아한다. 엄마의 일손을 도와주기 위해서이기도 하지만, 친구와 놀 때는 동생이 어리더라도 바닥에 내려놓는다. 그런데 아니시아는 어린아이를 늘 업고 다녔다.

3일 전, 여름성경학교 행사 날, 말씀의 주제에 따라 게임을 하는데, 아니시아는 그때에도 등에 업힌 어린아이 때문에 참여할 수 없었다.

"아니시아. 내가 아이를 데리고 있을게. 게임을 해보렴."

몇 분 후, 아이를 안고 있던 내 손이 뜨뜻해졌다. 어린아이가 오줌을 싼 것이다. 이곳에는 기저귀가 없다는 것을 그제야 알게 되었다.

주일 아침, 교회에 온 아니시아가 바로 내 앞 의자에 앉았다. 얼마 지나지 않아, 어린아이는 여름성경학교 때 그랬던 것처럼 오줌을 그대로 싸버렸다. 시큼한 냄새를 풍기는 오줌은 바닥으로 줄줄 흘러내렸다.

'왜 아니시아는 어린아이를 꼭 데리고 다녀야 하지? 오늘 같은 날은 집에다 두고 혼자 오면 안 되나? 왜 떼어버릴 수 없는 혹처럼 꼭 달고 다니는 걸까?'

그날따라 유난히 언짢은 생각이 들었다. 그때 느닷없이 누가 내 머리를 툭! 치는 것 같았다.

'저 아니시아가 바로 너야!'

'나? 나라고요?'

오랫동안 보지 않았던 동영상이 재생되듯, 과거의 기억이 떠올랐다. 12살이었던 어린 내가 등장했다.

"꼴도 보기 싫으니 당장 꺼져버려!"

비가 오는 날이면 질퍽한 흙 마당에 몇 가지도 되지 않는 나의 옷과 소품들을 내어던지며, 고래고래 소리를 지르시던 친할머니의 모습이 보였다. 그때마다 구세주처럼, 옆방에 세 들어 사시던 아주머니가 2살 된 '지연'이란 아이를 내게 업혀주셨다.

"이 간식 가지고 지연이 좀 돌봐주고 오겠니?"

그리고는 나를 피신시켜 주었다. 나는 대문을 떠나지 않고 문틈을 통해 마당을 조심스레 살펴보았다.

"할머니. 애가 무슨 잘못이 있어요? 너무하시네요."

옆방 아주머니는 혼자 계시는 나의 친할머니를 자신의 어머니처럼 돌봐주셨던 분인데, 나를 변호해 주고 계셨다. 2살인 지연이는 내가 생존할 수 있었던 피난처였다.

아니시아도 어린아이를 업고 다니는 일이 자신이 살아가는 방편이었던 것이다. 아니시아는 등에 업고 있는 어린아이가 똥오줌을 싸면, 자신의 몸으로 그것을 고스란히 받아내야 했다. 이 마을 형편이 워낙 원시적인 삶이어서 대부분 거기서 거기였지만, 아니시아몸에서 나는 냄새는 조금 달랐다. 그래서인지 아이들은 아니시아와 놀아주지 않았다. 아니시아는 늘 어린아이를 업고 자신보다 4~5살 아래인 동생들과 다녔다.

그 아니시아가 바로 '나'라고 주님이 말씀해 주신 것이다. 수심이 깊은 물에 가라앉으려던 나를 구원해 주시기 위해, 일찍부터 신앙생활을 한 낚시꾼 남편을 보내주셨다. 그럼에도 때때로 주님께 여쭈었던 질문이 있었다. 질문이라기보다 원망에 가까웠다.

"제가 집에서 내쫓겼을 때 하나님은 어디 계셨나요? 어두컴컴한 저녁, 추녀 밑에서 나 혼자 흐느끼고 있을 때 하나님께서는 저와 함께 하셨나요?"

긴 세월, 아무 대답이 없으셨다. 그래서 이다음에 하늘나라에 가면 꼭 여쭈어보겠다고 했었다. 그런데 바로 그 주일에 주님께서 말씀하셨다.

"네가 나에게 수도 없이 질문했지? 그래. 그때도 너와 함께 했었단다. 네가 눈물을 흘리며 아파할 때 전능한 내가 무엇인들 해 주지 못했겠니? 하지만 너를 그냥 그대로 두어야 했어. 바로 저 아니시아와 같은 아이를 위해서였지!"

그 음성을 듣는 순간, 낙숫물이 콸콸 쏟아지듯 크고 깊은 목울음을 멈출 수 없었다. 나의 상처나 아픔 때문이 아니었다. 주님 때문이었다. 전능하신 하나님께서 무엇인들 못 하실까!

그럼에도 하나님께서 나에 대해 인내하고 참아주셨다. 나는 이미

맨 왼쪽

가운데 뒤쪽 여전히 아이가 뒤에 있음

주님께서 택하신 자녀였기 때문이다. 독생자 예수께서 '나의 하나님, 나의 하나님. 어찌하여 나를 버리셨나이까?' 하셨을 때도 하나님 아버지는 못 들은 척, 외면하는 척하셨다. 그 하나님께서 한 치를 알 수 없었던 나의 상황 속에서도 그냥 바라만 보시고 아무 일도 할 수 없는 것처럼 계셨다. 모르는 척해야 하셨던 하나님 아버지의 마음이 나보다 천 배는 더 아프셨을 것 같아서, 대답을 해주어야 하는 정확한 시간을 기다려야 하셨던 하나님 아버지 때문에 쉬이 울음을 멈출 수가 없었다. 나라는 한 영혼, 그리고 아니시아라는 한 영혼을 향하신 아버지의 마음을 가슴에 새기고 새기며, 한여름 소낙비에 흠뻑 젖듯 나의 온 영혼을 적셨다.

이제 나는, 또 다른 아나시아를 만나게 된다면 어떤 마음을 가져야 할까. 아버지의 뜻을 깨달은 것만큼 그 영혼을 빛나게 해 주는 이름 없는 자로 섬길 수 있을까. 거룩한 숙제가 남게 되었다.

아프리카 여성들,
그리고

　육십이 다 되도록 알지 못했던 해답을 하나님께서는 아니시아와의 만남을 통해 알게 해 주신 것이다. 그 사건을 통해 나를 향하신 하나님의 뜻을 명확히 깨닫게 되었을 뿐만 아니라, 하나님을 더 인격적으로 만나게 되었다. 온 지천이 눈부시게 물든 2008년 10월, '오산리 기도원'에는 동아프리카 5개국인 탄자니아, 케냐, 우간다, 르완다, 부룬디에서 75명의 귀빈이 내한했다. '크리스천 라이프 월드 미션 프런티어(Christian Life World Mission Frontier, 대표 김평육 선교사) 선교회'의 대표 선교사님의 초청으로 5박 6일의 세미나에 초청된 분들이었다. 그때 나는 통역과 안내로 그분들과 함께했었다. 매시간 탁월하신 강사들이 열강을 했었다. 그런데 갑자기 한 강사분이 응급상황이 생겨서 그 시간이 비게 되었다.

　"선교사님이 그 시간을 담당해 주시면 좋겠어요."

　대표 선교사님의 부탁이었다. 특별히 준비한 것이 없던 나로서는 단순하게 나의 간증을 나누었다.

　"저는, 하나님에 대한 신앙이 없는 가정에서 자랐어요. 마음이 아렸던 여러 가지 상황을 겪기도 했지요. 하지만 결국, 그리스도 예수 안에서 말씀으로 치유 받고 자존감이 회복되었습니다."

　내 삶의 이야기, 신앙 이야기를 아무런 부담 없이 나누었다.

그런데 다른 강사들이 열강할 때는 없었던 기이한 일이 일어났다. 나의 간증이 끝나자마자 75명 중 거의 절반이던 여성들이 내 앞에 줄을 섰다. 그리고는 한 명씩 한 명씩 나를 안아주는 것이었다.

"우리들과 피부색이 다른 사람들은 모든 일이 평안하고 잘되는 줄로만 알았어요. 이렇게 진실한 이야기를 나누어 주셔서 진심으로 감사드립니다."

마음속에서 우러나는 고백과 포옹을 나누며 들었던 생각은 '내가 흘린 눈물이 다른 사람의 눈물을 닦아주는 손수건이 될 수 있겠구나'.라는 것이었다. 그들을 살펴보니 피부색만 다를 뿐, 모두 다 주 예수 그리스도의 보혈로 한 자매들임을 확인하게 되었다. 울긋불긋 차려입은 그들의 의상이 마치 가을의 단풍처럼 아름다워 보이기까지 했다.

집으로 돌아와 지난 과거, 내가 흘려야 했던 눈물에 대한 가치를 남편과 나누었다. 그때의 대화 덕분에 우리 부부는 조기 은퇴 후의 삶에 대해 더 구체적인 비전을 가질 수 있게 되었다. 그래서 나는, 남편이 경영하던 비즈니스를 마무리해가는 동안 신학 과정을 밟았다. 공부하는 내용을 현장에서 어떻게 활용하여 사용할 것인지를 생각하며 한순간도 놓칠 수 없었다. 나를 필요로 하시는 하나님의 마음을 알게 된 것으로 인해 공부가 특혜요, 기쁨이었다.

그리고 아니시아와의 만남은, 아프리카 여성들과의 만남을 더욱 고양시켜 주는 하나님의 계획하심이었다.

암호 속에
숨겨져 있던 사람들

아니시아와 같은 아이가 어찌 한둘일까? 선교에 대한 부르심에 부담감을 가지고 기도하고 있었다. 그런데 그 아이를 통해, 우리를 부르신 하나님의 뜻에 대한 하나의 증거이자 실상이었다. 그 확신을 가지고 우리 부부는 비즈니스를 정리하고 장기선교를 준비했다. 그 무렵, 남편 친구의 강한 권유로 내적 치유 세미나에 참여하게 되었다.

세미나에서 내적 치유를 담당하시던 분이 당시 'LA 온누리교회' 담임인 신유진 소목사님이셨다. 그런데 목사님께서 '부산호산나교회'의 담임으로 가시게 되어, 내적 치유 세미나가 마지막이라고 했다. 마지막 날, 테이블별로 기도실에 들어가 기도하는 시간이 있었다. 그리고 신유진 소목사님이 돌아가면서 성경말씀을 주며 기도해 주셨다. 내 차례가 되었다. '무슨 말씀을 주실까?' 궁금했다. 그런데 "내가 네게 암호(그 당시는 그렇게 이해했다)를 주었다. 이것을 나도 알고 너도 안다."라는, 알아들을 수 없는 말씀을 하시는 게 아닌가? 우리 테이블 리더이셨던 온누리교회의 손귀희 권사님도 옆에서 함께 들으셨다.

목사님은 그다음 참가자에게 가서는 성경말씀을 주셨다. '왜 내게는 성경말씀이 아닌, '암호를 주셨다.'라고만 하셨을까?' 의아한 생각이 그치지 않았다. 나름대로 해석해 보았다. 내가 생각한 '암호'는, 자존감 상실과 정체성 부재로 누구보다 더 많이 지은 죄를 탕감 받은 일이 오직 하나님과 나만이 아는 비밀이자 은혜라는 것이었다. 그래도 다른 참가자들에게는 다 주시는 성경말씀이 아니라, 왜 나에게만 암호를 주셨다고 말씀했는지에 대한 의문의 답으로는 명쾌하지 않았다.

어느 날 새벽 말씀을 준비하던 중, 로마서 15장 10절 말씀인 '열방들아, 주의 백성과 함께 즐거워하라.'를 보게 되었다. 그 말씀은 신명기 32장 43절에서 인용한 것이었다. 여기서 '주의 백성'이란 말이 히브리어로 '암(AM)'이다. 그런데 히브리어 문법에 끝이 자음으로 끝나면 모음 '으'를 붙여서 '아므'로 읽는다는 것을 알게 되면서, 신유진 소목사님이 말씀하셨던 말씀이 '암호'가 아니라 '암으'라는 것으로 바로 해석되었다.

역시 성경말씀이었다. 우리가 선교지에서 어떤 사역을 얼마만큼 하는지는 하나님 입장에서 중요하지 않다. 그러니까 우리가 선교지에 가서 무슨 사역을 하고 안 하고를 떠나서, 하나님은 이미 선교 대상자들을 하나님의 백성으로 나와 같은 동일 선상에서 이미 창조 전에 택함을 받았다는 것이다(엡 1:4). 선교지의 사람들을 나보다 낮다고 생각할까봐 하나님께서 나에게 예방주사를 놓아주신 것이다. 선교지에 있는 하나님의 백성을 우리에게 맡겨주신 것은 하나님이시고 그 섭리하심을 우리도 아는 것이었다. 아니시아가 바로 하나님의 백성이기에 그 아이를 위해서, 하나님께서 어린 시절의 내가 눈물을 흘리도록 허락하셨던 것이다.

존 스토트의 저서인 『나는 왜 그리스도인이 되었는가』에서 그가 기독교인이 된 이유를 7가지로 소개하고 있다. 그 중 첫 번째가 끈질긴 사냥개 같으신 하나님의 속성 때문이라고 했다. 한번 택하신 영혼은 결단코 포기하지 않으시는 하나님의 열심을 이야기하고 있었다(요10:28, 29). 어제나 오늘이나 영원토록 변함없으신 하나님께서는 나 역시 결코 포기하시거나 외면하지 않으셨다. 또한 아니시아를 위해서도 긴 시간 동안, 나의 질문에 대한 답을 아끼셨던 것이다. 특별히 내놓을 것 없는 지극히 평범한 나의 삶에 적극적으로 개입해 주신 나의 아버지, 나의 구주이신 하나님을 찬양한다!

특별히 내놓을 것이 없는 지극히 평범한 나의 삶에 역동적으로 섭리하고 개입해 주신 주 하나님을 자랑하지 않을 수 없다. 그렇지 않으면 돌들이 소리를 지르게 될 것이기 때문이다(눅 19:40).

이제야 알았습니다

밤낮 멈출 줄 모르고
내리는 빗물은
죄로 물들어버린
온 우주를 세척하시려

흘리실 수밖에 없는

주님의 눈물인 것을…

걷잡을 수 없는 폭풍이

휘몰아치는 것은

죽음을 향해 달음박질해가는

지구촌 켜켜이 쌓인 영혼들을

이리저리 막으려는

주님의 몸짓인 것을…

서산의 저녁놀이

붉기만 한 것은

의로운 한 사람이라도

온종일 찾으시려

충혈되어버린

주님의 눈동자인 것을…

오대양의 바닷물이

짙푸르기만 한 것은

포기치 못하는

사랑 때문에

상하고 깨져 멍든
주님의 가슴인 것을…

천년이 가도 같은 자리에
그대로 서 있는 산은
이제나저제나 돌아올
나간 자식을
덥석 안아주려는
주님의 가슴인 것을…

혈색 잃고 보일 듯 말듯
떠 있는 낮달은
저들의 죄 용서하시라고
물과 피 다 쏟으시며
죽기까지 기도하시느라
창백해지신
주님의 안색인 것을…

2장

안개꽃 이야기

우연이라고 생각했던 나의 출생과 성장 과정을 통해
협력하여 안개꽃을 피우게 하신 하나님이시다.
매 순간 순간의 삶에 하나님의 호흡이 배어있는 나의 이야기이다.
독자 여러분과도 함께 소통하고 싶은 이야기이다.

어머니는 나를 임신했다

우리 대한민국이 일제강점기와 6.25라는 역사의 급류를 타고 있을 때, 나의 아버지는 28살에 홀로 된 여성의 외아들이었다. 그 여성, 나의 친할머니는 한 맺힌 인생을 오직 아들 하나만 바라보며 달렸다. 친구처럼 남편처럼 의지하고 있던 아들이 자신의 대리만족을 위한 가정을 이룰 줄 알았다. 하지만 아들은 경상북도 포항에서, 온 동네 사람들이 부러워하는 서울로 대학진학을 했다. 서울로 올라간 아들이 어머니의 기대를 저버리고 나의 어머니를 만나 가정을 이루었던 것이다. 그리고 엎질러진 물처럼, 어머니는 나를 임신하게 되었다. 할머니는 이렇게 된 마당이라면, 차라리 손자라도 낳아주기를 바라셨다. 그런데, 딸이었다.

나의 친할머니는 애지중지 키운 아들을 빼앗겼다는 생각으로 분노했다. 게다가 대리만족이라는 희망도 산산이 조각나버려서 피해의식에 사로잡혀 있으셨고 손자가 아닌 손녀를 낳은 것에 배신감까지 느끼셨다.

　나는 태어나는 순간부터 생명이 거부당한 존재였다. 고부간의 갈등은 숨 쉬는 일처럼 멈추지 않았다. 아버지는 자원입대라는 명목하에 집으로부터 도피했다.

　남편도 없고 먹을거리도 없이 시어머니를 볼 수 없었던 나의 어머니는 충청도 친정으로 가게 되었다. 외갓집에서는 도시에서 잘 살던 딸이 아이를 낳고 인사차 잠시 방문한 줄로만 알았다.

　"아(아기)는 죽었다. 애미는 아가 죽으니까 바로 딴 남자랑 눈 맞아서 집 나가삐고. 집안 꼴 하고는."

　친할머니는 군에서 휴가차 나온 나의 아버지에게 이렇게 말했다. 아버지는 재만 남은 사랑이었다며 진상 여부를 알아보지도 않았다. 아니, 알고 싶어 하지 않았다.

　시간이 지나, 나의 외가에서는 딸이 잠시 다니러 온 것이 아님을 알게 되었다. 결국 남편에게 소박맞고 왔다는 소문이 입에서 입으로 퍼지면서, 몇 가구 안 되는 시골에서 외가의 체면이 완전히 구겨지게 되었다. 가문의 자존심 때문이기도 했지만, 외가에서는 나를 더 감싸주고 따스하게 보살펴주셨다. 어린아이가 없던 외갓집에서 세 명의 외삼촌, 할머니, 할아버지의 사랑으로 시골 동네 아이들이 부러워하는 돌봄을 받으면서 성장했다.

어린 시절,
어린 시절이라고 말하고 싶지 않은

　외할머니는 천식 때문에 몸이 약하셨다. 농사일을 하지 못하시고 자그마한 시골교회를 다니셨다. 내가 여섯 살 무렵이었던 것으로 기억한다. 장마철에 구름이 끼어서 칠흑같이 어두운 밤이 되면, 등불을 들고 할머니의 길 안내자가 되었다. 교회에 도착하면 차가운 마룻바닥에 할머니 무릎을 베개 삼아 한순간에 잠들곤 했다. 그때 먼 길을 오가면서 할머니는 '태산을 넘어 험곡에 가도…' '멀리멀리 갔더니…' 라는 찬송가를 부르셨다. 그때, 자신을 앞서 걸어가고 있는 손녀를 위해 할머니가 얼마나 기도하셨는지, 먼 길을 오갔던 그 시간들을 합친 것보다 더 많은 세월이 지난 후에 알게 되었다.

　그때 각인된 찬송이 먼 훗날, 내가 다시 주님께로 돌아올 수 있는 서곡이 될 줄은 전혀 알지 못했다. 훗날 결혼식 피로연 때 신부인 내가 찬송가 '멀리멀리 갔더니 처량하고 곤하며 슬프고 또 외로워…'를 불러서 하객들을 울리고 말았다.

　외할아버지, 외할머니가 한 분씩 돌아가시고 세 명의 외삼촌들이 하나둘씩 결혼하여 아이들을 낳게 되었다. 철없던 나도 무언가 변화가 일어나고 있음을 알 수 있었다. 그것은 나와 엄마가 설 수 있는 공간이 점점 좁혀져 간다는 것이었다. 그즈음, 서울에 계시던 큰외삼촌이 아버지를 찾아 나섰다. '왜 그렇게 늦게야 아버지를 찾아

보려 했을까?'라는 나의 의문에 대한 명확한 대답은 잘 모른다. 어린 내가 상황을 이해할 수준이 아니었기 때문에, 집안의 큰아들로 동생과 조카에 대한 책임감 때문이 아니었을까 하고 생각한다.

방학 때마다 시골 친구들이 그렇게도 부러워하는 서울로 올라갔다. 하루는 시민회관에서 피아노 경연대회를 구경하고 한껏 마음이 부풀어서 집으로 돌아왔다.

"아버지 찾았다. 가자."

나를 보자마자 큰외삼촌이 말씀하셨다. 태어나서 12년 동안 단한 번도 입에 담아보지 않았던 '아버지'란 단어가 외국어처럼 어색하기만 했다. 무슨 일이 일어나고 있는 것이지? 마치 숨바꼭질을하는 듯했다. 택시를 타고 도착한 낯선 집엔 나를 거부하셨던 할머니란 분만 계셨다. 나는 아버지란 분을 기다리다 그만 잠이 들었다. 얼마가 지났을까. 잠결에 낯선 남자분이 나를 안고 "아이 왼쪽 이마에 붉은 점이 있었는데….'라고 했다. 그러자 엄마가 "여기 있잖아요!"라며 나의 왼쪽 머리카락을 들추어 보여주었다.

친할머니의 말만 믿고 내가 진짜 죽었는지 확인도 해보지 않았던 아버지. 나의 아버지는 어머니 이후에도 세 번이나 더 결혼하여, 어머니가 다른 아이들이 네 명이나 있었다. 결국 나와 어머니가 떨어져 사는 것으로 어른들이 결정했을 때, 나는 그것이 어머니를 위한 최선의 선택이라고 생각했다. 시골에서 어머니를 재혼시키려 중매가 들어오면, 나는 밖에 나가지도 않고 방을 데굴데굴 구르면서 "싫

안개꽃 이야기

어! 싫다구!" 하면서 고함을 쳤다. 나는 성가신 짐짝처럼 이 집에서 저 집으로 옮겨졌다. 눈물구덩이로 살고 있던 나의 어린 시절, 어머니는 재혼하기 전까지 가끔 학교에 찾아오곤 했었다.

"야! 시골말로 '촌놈'을 뭐라고 해? 한번 말해 봐."

시골에서 서울로 전학 온 아이라고 반 아이들은 나에게 사투리를 써 보라고 자꾸 말했다. 나는 아이들 앞에서 사투리를 말하는 것도, 점심밥을 가져오지 못했다는 것을 아이들이 알게 되는 것도 모두 두려웠다. 그래서 점심시간이면 꼬르륵 소리 나는 배를 두 손으로 감싸 쥐고, 1층에서 3층 계단을 오르락내리락하면서 어머니가 나타날까 하염없이 교문을 바라보았다. 사실, 어머니가 왔다가 돌아서서 가는 것을 볼 때가 더 많았다. 그럼에도 또 기다리고 기다렸다. 어머니를 생각할 때마다 가시가 목구멍을 사정없이 찔러대는 것 같았다. 그렇게 아파하며 흘러가는 구름에 어머니 얼굴과 머리에는 노오란 수건을 그려서 띄워 보내곤 했다. 어머니의 내음을 맡으며 보낸 그 많은 사연을 받아 보았는지 지금도 모른다. 그 뒤로는 어머니를 볼 수 없었다. 들은 소문으로는 친척들이 어머니를 재혼시키면서 아이는 죽고 없다고 했다는 것이다. 그러니까 나는 두 번 죽은 것이다. 그렇다고 어머니를 미워하거나 원망하지 않았다. 꽤 오랜 시간 동안, 늦은 저녁에 버스를 타면 버스 창에 비친 수많은 승객의 얼굴이 다 엄마처럼 보였다. 그때 아버지와 살고 계셨던 어머니에게 또 다른 여성의 아이가 있다는 것을 바로 알리지 못했다. 그래서 생존해 계시던 친할머니 그리고 엄마가 다른 남자 동생과 함께 살았다. 둘째어머니는 아들을 낳은 후, 그 아이를 놓아두고 집을 나갔다고 했다.

남동생이 반찬에 손을 대기 전에 내가 먼저 먹으면 안 되었다. 남자아이가 얼마나 우월한 존재인지 내 의지와 상관없이 배워야 했다. 시골에서 서울로 전학한 학교에서 적응하는 것보다 힘든 일은 고등학습이었다. 나의 어머니에 대한 할머니의 분노는 사그라지지 않았다.

"니 애비가 나를 자주 찾아오지 않는 것도 다 니 때문이다!"

할머니는 모든 분노와 억울함과 자기연민을 나를 향해 퍼부었다.

"너는 반찬도 못 만드나?"

"연탄 하나도 제대로 못 갈고, 도대체 니는 할 줄 아는 게 뭐가 있노?"

할머니는 한 시간이 멀다 하고 나를 혼내셨다. 외갓집에서 어른들의 관심과 사랑만 받으며 자라온 나는, 집안일을 제대로 하지 못했다.

그때마다 하셨던 말씀이 설거지를 하는데 기억났다.

"여자는 행주를 꼬옥 짜야 눈물이 없단다."

그런데 아무리 행주를 꼬옥 짜도 주체할 수 없던 눈물을 흘리며 조용히 외할머니를 불렀다.

그런 친할머니와 함께 한 지 6개월 뒤였다. 친할머니가 돌아가셨다. 친할머니로부터 나를 감싸주시던 옆집 아주머니도 이별하게 되었다. 새어머니 집으로 옮길 수밖에 없게 된 것이다. 출장을 핑계 삼아 외도로 늘 집을 비우던 아버지, '아버지'라는 세 글자를 입에 익히는 데도 6개월이 걸리게 했던 아버지. 어쩌다 집에 들어오시면 조용한 날이 없었다.

"왜 내가 '남의 자식'을 하나도 아니고 둘씩이나 키워야 해?"

새어머니의 언성을 귀가 따갑도록 들어야 했다. 나의 어머니는 목에 걸린 생선가시였다면 새어머니는 얇은 종잇장이었다. 나으려고 하는 새 살을 계속 베어내며 아리게 하였다. 마르지 않는 피가 밖으로 가늘게 스며 나오게 했다.

친할머니 밑에서 많이 훈련되어서 갑자기 생긴 대가족을 섬기는 일은 문제가 되지 않았다. 얼음이 꽁꽁 얼어붙은 겨울날, 대가족의 빨래와 설거지, 집안의 여러 궂은일은 아무것도 아니었다. 아침이면 식사는 물론 동생들의 도시락까지 챙기느라 지각을 여러 번 하였다. 사정을 알지 못하던 담임선생님으로부터 따귀를 맞기도 했다. 집안의 고된 일과 같은 반 아이들 앞에서의 수치 또한 아무것도 아니었다. 그런데 반복해서 들어야 했던 단어, '남의 자식'이라는 그 단어가 살아야 할 의미를 상실케 했다. 새엄마라는 한 여성의 삶을 송두리째 멍들게 하는 존재가 나라는 생각에 괴로웠다. 나는 왜 태어났을까? 남자보다 못한 존재가 여자인 나라는 것, 가정의 평화를 깨고 새어머니의 삶을 망가트린 존재가 나라는 것은 변하지 않는 사실일까? 나는 어디에서 왔을까? 또 어디로 가게 될까? 질문이 끊이질 않았다. 그 누구에게도 나의 이야기를 할 수 없었다. 중학교 때, 학생들의 일기를 검사하시던 선생님이 나의 일기를 보시고 나를 불러 함께 울어주셨다. 그 사실을 새엄마가 아시고, 나는 죽을 만큼 두들겨 맞았다. 다시는 그 누구에게도 내 마음, 내 삶을 말하지 않아야겠다고 다짐했다. 동생들 앞에서 자존심이 뭉개지는 모습을 보이는 것보다 차라리 죽는 것이 낫다고 생각했다.

방황

가출도 여러 번 해보았다. 그러나 어디에도 내가 설 수 있는 자리는 없었다. 영등포에서 신림동까지 걸었다. 버스비를 아껴 수면제를 구입했다. 미성년자라고 금지되었던 것을 할머니가 밤에 잠이 오지 않아 심부름한다고 했다. 영등포 일대의 20군데 약국에서 40알을 모았다. 그리고는 아주 멀리 가출한다고, 탈출한다고 편지를 썼다. 이 가정의 암 덩어리를 제거하듯이 이제 돌아오지 않겠다고 생각했다. 다시는 '남의 자식'이란 말을 듣지 않기를 소망했다. 그런데 약이 온몸에 흡수되기 전에 발견되었다고 한다. 내가 가까스로 정신을 차렸을 때는 매스꺼운 느낌이 들었다. 튜브가 오르락내리락하면서 위세척을 하고 있었다.

하나님께서는 나의 목숨을 지켜주셨고, 나와 함께 하시면서 하나님의 목적을 조금씩 준비하고 계셨다. '인류의 모든 족속을 한 혈통으로 만드사 온 땅에 살게 하시고 그들의 연대를 정하시며 거주의 경계를 한정하셨으니(행17:26)' 말씀처럼, 출생의 선택은 전적으로 주님의 주권적 섭리이다. 이 사실에 의하면 하나님께서는 나를 비성경적인 가정에서 태어나게 하셨어야만 했던 것이다.

창조 전부터 나를 하나님께서 사용하시려는 계획이었다. 그 계획을 위해 가족들의 역할이 필요했던 것이다. 마치 드라마에서 주인공을 돋보이도록 하기 위해 여러 역할의 조연들이 필요하듯이. 친할머니, 새엄마, 그리고 아버지 등 가족들이 사용되었던 것이다. 살아있는 말씀을 통해 이 사실을 깨닫고 오히려 나를 아프게 했던 모두에게 미안했다. 특히, 이름 석 자도 모르는 새어머니 생각이 많이 났다.

하나님은 전능하신 하나님을 속이는 자, 야비한 자로 야곱을 창조(Create, Form)하셨다고 했다(사43:1). 그리고 야곱을 이스라엘로 조성해 가셨다. 야곱을 이스라엘로 조성하셨던 하나님이 나를 조성(Reform)해 가셨고 또 계속 진행해 가신다. 이것이 나의 출생부터 시작해, 아나시아와 같은 영혼들을 돌보게 하시려는 하나님의 섭리였다.

나는 가짜였다

나의 상황을 다 지켜보시고 외할머니의 기도를 기억하신 아버지 하나님께서 지금의 남편을 만나게 하셨다. 그를 통해 복음을 접하게 되었다. 무더운 여름날에 냉수를 벌컥벌컥 들이켜듯 말씀을 마셨다. 내가 누구인지 알 수 있을까 하는 목마름 때문에 말씀을 마시고 또 마셨다.

일찍이 신앙생활을 해왔던 남편과 함께 교회에서 가르치는 모든 단계별 성경공부에 참여하였다. 온종일 일을 해서 피곤이 몰려오면 일어서서 공부를 하기도 했다. 직장에도 성경을 가지고 다니며 쉬는 시간이나 점심시간에 읽었다. 임신 중에도 쉼 없이 말씀을 암송하고 묵상했다. 말씀이 달고 오묘했다. 참된 안식과 자유케 함이 있었다. 그렇게 나를 사로잡은 말씀의 생수 중 하나가 '우리는 그가 만드신 바라 그리스도 예수 안에서 선한 일을 위하여 지으심을 받은 자니 이 일은 하나님이 전에 예비하사 우리로 그 가운데서 행하게 하려 하심이니라'(엡2:10)이다. 영혼에 전율이 일어났다. '그렇다! 나는 우연한 존재가 아니다! 가족계획 없는 일시적인 감정의 산물이 아니다. 만드신 이가 목적을 가지고 손수 나를 만드셨다! 나는 가치 있는 존재이다.'

나는 뛸 듯이 기뻐서 거리에 지나가는 누구나 잡고 외치고 싶었다. 마치 구름 위를 날아다니는 것 같았다.

그 후 시편 139편의 말씀으로, 사방으로 흩어져 있던 삶의 조각들이 하나씩 퍼즐처럼 맞추어지기 시작했다. 나를 살펴보시며 내가 말하지 않은 생각까지 알고 계신다는 하나님과 소통이 이루어졌다. 그리고 나의 모든 상황도 결국 주님의 손안에 있었다. 특별히 모태에서 하나님이 나를 하나씩 짜 맞추셨고, 나에 대한 삶의 일기를 이미 다 기록해 놓으셨다는 것이었다(시139:16). 부서진 가정에서 무가치하게 살아야 했던 것까지도 하나님이 이미 써 놓으신 시나리오라는 것이었다. 그렇게도 인정하고 싶지 않은 아버지의 피가 흐른다는 것도, 나를 이 땅에 보내시기 위한 하나의 통로였음을 깨닫게 되었다.

나의 조성자이신 하나님은 비록 어머니가 나를 잊을지라도 나의 이름을 양손(palms)에 기록하시고 삶을 살피신다고 하셨다(사 49: 15, 16). 그리고 나를 안고 업으시며 노년이 되어도 백발이 되어도 품어 주신다는 것이었다(사46:3,4). 나의 창조자이신 하나님은 더는 방황할 질문이 없도록, 사랑과 관심의 울타리를 겹겹이 쳐 놓으셨음을 확인케 하셨다.

내 영혼에 말씀이 조금씩 들어가면서 자존감이 세워지기 시작했다. 그런데, 문제는 하나님이 너무 위대하고 커서, 나를 하나님께로 인도한 생명줄, 남편을 보지 못했다. 아니, 나를 위해 생명을 주신 주님에 비교하면 한없이 하찮은 존재로 여기면서, 마치 졸부가 중간 단계 없이 갑부가 되었을 때 갑질을 한다는 것과 같은 행동을 했다. 나의 존재감만 챙겼다. 교회 성도 중에 사업을 하다가 어려움을 당하게 된 분이 계셨다. 그 사실을 알고 시어머님께 상황을 설명하고 돈을 빌려드렸다. 그런데 그 성도가 사업을 그만두게 되었다.

"우리 형편이 안 되면 그냥 두어야지, 왜 어머님 돈까지 끌어들여?"

남편의 말에 그만 이성을 잃고 말았다.

"아니, 당신은 나보다 훨씬 신앙생활을 오래 했는데, 어려운 성도를 주님의 말씀대로 돌아볼 생각을 왜 못해요?"

남편에게 손가락질하며 소리를 질러댔다. 나의 의(Selfish-Righteousness)를 내세워 한 가정의 제사장으로 허락하신 남편의 자존심을 상하게 하였던 것이다.

구정물 통을 막대기로 휘저으면 가라앉아 있던 찌꺼기들이 올라오듯이, 아버지에 대한 뿌리 깊은 분노는 온전히 치료되지 않았던 것이다. 나의 쓴 뿌리를 가장 가까이에 있는, 그리고 가장 먼저 관계를 발전시켜야 할 남편에게 투사했다. 무엇보다도 올바른 아버지 상을 보지 못하고 자라온 환경 속에서 한 가정에서 남편의 역할과 위치도 알지 못했다. 그리고 하나님 사랑과 이웃 사랑에 대한 관계의 균형을 잘못 이해하고 행동했었다. 이웃은 집 밖의 사람이라고만 생각하고 집안의 남편은 예외로 했던 것이다.

그런 내가 교회의 새 신자 담당 사역을 맡게 되었다. 교회 일을 가정보다 우선하는 것을 하나님께서 기뻐하신다고 착각했다. 내 머

안개꽃 이야기

리 속은 온통 교회 생각밖에 없었다. 그러다가 개미 스프레이를 헤어스프레이로 알고 뿌리기도 했었다. 마치 그것이 하나님을 사랑하는 특심이란 듯, 교회에 가기 위해 집을 나가면서 세 아이들의 숙제를 남편에게 챙기라고 명령하곤 했었다.

지금 생각하면 어처구니가 없지만, 갓 이민 오신 새 신자들이 신용 없이 차를 구입하거나 집을 세 얻으려 할 때, 남편 동의도 없이 내 신용번호를 내어주곤 하였다. 그로 인해 신용 기록에 붉은 줄이 그어져서 어려움을 겪기도 했다. 말씀을 통해 치유되고 회복되었다고 착각하고 있었다. 하지만 사람들과 하나님께 인정받으려는 나의 의와 공로를 중히 여기며, 삶의 현장에서 분별력 있게 행동하지 못하고 넘어졌다.

나의 동역자, 나의 남편

1997년, 미국 LA Big Bear 산장에서 있었던 영성훈련을 통해 성령님께서 나를 깨닫게 해 주셨다. 나의 남편이야말로 깊은 곳에 가라앉아 있던 나를 낚으시기 위해 사용된 낚시꾼이요 그물망이었다는 것이다. 그 산장에서 눈가가 따갑도록 눈물로 회개하고 집에 돌아와서 남편에게 용서를 구했다. 그 후 성령님의 도우심으로 남편과의 관계가 말씀 안에서 조금씩 회복되어 갔다. 이것이 바로 둘이

합하여 하나가 되는 것이라고 확신한다.

이런 과정을 통해 남편은 지금, 나의 동역자가 되었다. '두 사람이 한 사람보다 나음은 그들이 수고함으로 좋은 상을 얻을 것이라. 혹시 그들이 넘어지면 하나가 그 동무를 붙들어 일으키려니와 홀로 있어 넘어지면 붙들어 일으킬 자가 없는 자에게는 화가 있으리라'
(전4:9,10)

열두 살로 돌아가다

"어디 있나 했더니 여기 있었어?"

온종일 밭에 나가서 일을 하고 온 엄마가 냇가에서 손수건을 빨고 있던 나를 찾았다. 엄마가 숨겨둔 하얀 토막비누를 찾아서 다 닳도록 수건을 빨고 또 빨았다. 나를 찾은 엄마는 아끼던 비누를 다 허비해서 야단을 쳐야 했다. 그런데 나를 안아주며 "손이 퉁퉁 붇도록 물가에 있었네."라고 하며 내 손을 엄마의 가슴에 대고 안쓰러운 듯이 바라보다가 얼굴을 씻겨주었다.

더운 여름날 저녁에 모깃불을 피우고 멍석 위에 엄마와 누웠다. 밤하늘의 별들을 함께 세어보던 엄마의 눈가에 흐르던 눈물이 모깃불 빛에 반짝거렸다.

"엄마! 왜 울어?"

"모깃불이 매워서."

"나는 안 매운데……."

그때는 엄마의 삶이 매운 것을 알지 못했다. 지금은 안다고 이야기하고 싶은데…, 그렇게 세월이 흘러갔다.

2019년 10월, 한국을 방문했다가 50여 년 전에 떠났던 고향 근처에 다녀오게 되었다. 어딜 가도 신도시처럼 개발되어 있어 반듯하고 깨끗한 모습이었다. 내가 12살까지 자라난 곳을 방문하고픈 마음이 한켠에 있기도 하였다. 그러나 한편으로는 개발되지 않은 옛 모습 그대로를 간직하고 싶었다. 도로 양옆에 펼쳐진 황금벌판이 마음을 황홀하게 했다. 추수를 얼마 남겨 놓지 않은 들녘은 노다지 같았다. '링링'이라는 이름의 태풍이 심하게 유혹했어도 비틀거렸을망정 절개를 지켜낸 벼 이삭들이었다.

뜨거운 햇살과 모진 비바람을 견디어내며, 누군가의 양식이 되려는 이삭들의 한결같은 순정이었다. 우리가 고마워해야 하는데 더 머리 숙이며 굽히고 있었다. 돌아오는 내내 맴돌던 '향수'를 작은 소리로 읊조렸다. '이 마을 전설이 주저리주저리 열리고' 그러다가는 '엄마야 누나야 강변 살자…' '사뿐히 즈려밟고 가시옵소서' 등으로 전환했다.

어느 나라나 가지고 있지만, 유독 우리나라만이 가지고 있는 독특한 정서 문화이다. 같이 비비고 맞대고 살아야만 우려져 나오는 엄마의 품 같은 것이다. 12살 때 생이별했던, 갓 서른 넘었던 엄마

가 어딘가에 잘 계시기를 바라는 것이 내 평생 염원이다. 아직도 나
는 열두 살 계집아이로, 동요를 부른다.

산새야 물새야

엄마에게 소식 전하렴
흔들리면서도 벼 이삭처럼
믿음의 뿌리를 내리노라고…
쌀밥처럼 선교지 영혼들의
허기짐을 채우려 하노라고…

산새야 물새야
엄마에게 소식 전하렴
그냥 근처에만 왔다가
노래만 하고 갔노라고!

3장

내 영혼, 증인이 되다

이 장은 나의 삶을 통해 협력하여 선을 이루게 하신
하나님의 섭리를 알고, 행동으로 옮기게 된 이야기들이다.
선교 현장 속에서 경험하게 되었던 갈등과 충돌 후,
모든 것을 미리 아시고 준비해 주고 계셨던
하나님의 뜻을 영혼 깊이 새기게 되었다.
하나님을 찬양하며 떨리는 가슴으로 소개한다.

결정

차라리 태어나지 않았으면 더 좋았을 거라 생각했던 나였다. 그러나 곧 나의 삶이 거룩하신 하나님의 목적 안에 있음을 알게 되었다. 이제 나는 가치 있는 삶을 살고 싶었다. '이러한 마음에 나의 열등감을 숨기려는 의도가 숨겨져 있는 걸까?'라는 생각에 기도하였다. 그런데 아프리카 여성들을 만나고 또 아니시아를 통해 선교에 대한 하나님의 비전을 더 구체화하게 되면서, 탄자니아 부코바로 체류지를 정하고 다시 미국으로 돌아가 비즈니스와 집을 정리하게 되었다.

우리 부부는 많이 기도하고 생각하고 결정했다. 문제는 가족이었다. 첫째는 연로하신 시어머님을 홀로 두고 떠나야 했다. 어머님께서는 우리 아이들 셋을 돌보시느라고 당신의 삶을 다 투자하셨다. 이제는 연로해지신 어머님 옆에서 우리가 효도해야 했다. 어머님을 떠난다는 것이 성경의 말씀에 불순종하는 것 같았다. 두 번째 문제는 아이들이었다. 아이들은 대학을 갓 졸업하고 집으로 돌아와서 취업하고 있었다. 하지만 정규직이 아니고 임시직이었다. 그래서 좀 더 아이들이 기대고 싶은 집, 또 성장하는 동안 온갖 추억이 고스란히 담긴 그들의 둥지를 흐트러트려야만 했다.

무엇보다 내가 일찍 엄마와 헤어졌기에 우리 아이들에게는 엄마라 부르기 싫증나도록 옆에 있어 주고 싶었다. 그런데 부모님께서 계시지 않는 집에서 모든 것을 아이들 스스로 해야 하는 생활을 만들어 버리는 것이었다. 나와 같은 아니시아를 위해 떠난다는 것이 이기적인 선택은 아닐까? 나 역시 나의 어머니와 아버지의 삶을 반복하는 모습은 아닐까? 쉼 없이 갈등했다.

그러나 선교지에서 만난 아니시아와 같은 영혼을 위해, 60년 가까이 되는 세월 동안 나의 질문에 대한 대답을 아끼셨던 하나님의 마음을 우선시해야 했다. 그리고 주님께서 우리의 가족을 외면하실 분이 아니심을 확신했다.

마음의 출렁거림을 뒤로하고 가족들과 대화의 시간을 가졌다. 그리고 과감하게 파송 예배를 드렸다. 탄자니아 부코바로 오는 여정 가운데 우간다(Uganda)에 강의차 머물렀다. 그때, 우리가 체류하기로 한 곳에 지진이 났다는 소식을 들었다. 그렇게 강진이 아니었기에 심각하게 생각하지 않았는데, 우간다에 머무는 동안 갑자기 혈압이 떨어지지 시작했다. 긴 비행기 여정과 쉴 틈 없이 강의한 여독 때문에 몸살감기려니 했는데, 상황은 심각했다. 부랴부랴 택시를 불러 우간다의 최고 병원이라는 수도 캄팔라의 국립병원으로 갔다. 피검사를 하더니 패혈증(Blood Infection)이라고 했다. 페니실린 두 대와 포도당 두 병을 연속으로 맞았다. '아! 이러다가 그냥 죽을 수도 있겠구나.'라는 생각이 스쳐 지나갔다.

"병원에 입원해 계셔야 해요."

의사의 말이었다. 병원에는 몸을 덮을만한 시트 하나 없었다. 그리고 소아과와 구분되어 있지 않아서 아픈 아이들의 울음소리를 감당할 수가 없었다. 그리고 화장실은 어찌나 멀던지, 여기 있다가는 병이 낫기는커녕 병을 더 키우게 될 것 같았다. 그래서 약만 처방받고, 만약 어떤 일이 생겨도 병원에서 책임지지 않을 것이라는 내용이 적혀져 있는 종이에 사인을 하고 퇴원했다. 아니시아와 같은 영혼을 돌보라고 나의 삶에 개입하신 하나님께서 나를 이대로 내버려 두시지 않을 것임을 믿었다.

허물어진 건물의 뜻

겨우 몸을 추스르고 부코바 센터로 와 보니 상황은 참담했다. 지진에 대비해서 지어진 건물이 아니라서, 지붕과 기둥만 남고 천장과 흙으로 만든 벽들이 다 허물어져 있었다. 재건 자체가 불가능해 보였다. 우리의 선교를 후원하는 교회도 개인도 없었기 때문이다.

그런데다 손가락과 손 전체에 구슬 같은 물집이 수도 없이 생겼다. 일단 물에 손대는 일은 남편이 맡아서 담당했다.

외부와 소통하기 위해 전화기의 심카드를 바꾸어야 했는데, 전화의 잠금장치가 풀려야 한다는 것이었다. 이곳의 통신 서비스 직원이 풀어보겠다고 해서 전화기를 맡겼지만 잠금을 풀지 못했다. 그런데 전화기에 있는 은행 앱을 건드렸는지 낯선 이름이 전화기 화면에 떴다. 뿐만 아니라, 카카오톡 대화 목록과 전화기에 있던 모든 자료가 사라져 버렸다. 무엇보다 외국인을 타깃으로 삼기에 우리의 안전이 두려워지기도 했다. 결국, 우리 선교회의 직원이 전화기를 르완다에 가지고 가서 3주 만에 복구시켰다. 짧은 시간 동안이었지만 사막에 홀로 남겨진 것 같았다.

무엇을 해야 할지 몰라서 예배만 드리고 있었다. 그런데 우리 부부가 선교사로 부임했다는 소식을 들은 사람들이 마을 회의를 통해 3가지를 공식적으로 부탁해 왔다. 무상 유치원과 재봉학교 개원 그리고 축산을 지원해 달라는 것이었다. 이 마을은 다운타운에서 4킬로미터 정도 떨어져 있는 곳으로 산과 호수와 접하고 있는 낙후된 곳이었다. 흙벽돌로 대충 건물들을 짓고 살다가 지진으로 인해 많은 집이 허물어져서 적십자의 후원으로 임시 텐트에서 살고 있었다. 이런 주민들의 눈에는 무너진 건물도 그들의 집보다는 월등히 낮게 보였다. 아니, 그들의 눈에는 지진이나 허물어진 건물이 문제로 보이지 않았다. 그들이 간절히 바라고 있는 것은, 유치원을 무

무너진 건물　　　　　　　　　　보수공사 현장

상으로 제공받는 것이었다. 정부에서 공립 유치원을 운영하지만 한 학년에 백여 명이었고, 더는 아이들을 받아주지 않는다고 하였다. 대부분의 주민은 교육과 관련된 혜택을 전혀 받지 못하고 있었다. 글을 읽고 쓸 줄 모르는 자신들의 삶을 자녀들에게 답습시키고 싶지 않은 것이 부모들의 소망이었다. 그들의 젖은 눈이 마치 빅토리아호수만 해 보였다.

한 가지 재미있는 것은 이런 요청을 위해 마을 회의를 몇 차례 하게 되었다. 그럴 때마다 마을 의결 임원들에게 음료수 비로 회의 참가비를 지불해야 했다. 이곳의 문화라고 했다.

우리 부부는 원래 센터에 거주하기로 되어 있었지만, 지진으로 인해 집을 세 얻어 살게 되었다. 사방이 막혔으니 주님만 바라보면서 기도드릴 수밖에 없었다.

'이곳 선교지까지 오게 해주신 주님, 아니시아를 통해 부르심의 확증까지 해주신 주님께 여쭐 수밖에 없습니다. 주님, 무엇을 어떻게 해야 할까요?'

그때 주님께서 주신 마음이 '무너진 건물을 공사하라.'는 것이었다. 고쳐 사용하라는 뜻이었다. 그렇다! 무너졌던 나를 수도 없이 고쳐 쓰신 하나님이시다! 허물어진 건물을 통해, 그동안 나를 지켜보며 아파하고 계셨던 하나님의 마음을 다시금 생각하게 되었다. 그리고 기도할 수밖에 없는 상황을 통해, 선교지에 있는 주민들의 소망을 통해, 하나님께서 원하시고 계획하고 계신 뜻을 깊이 묵상할 수 있었다.

채워주시는 하나님

그런데 문제는 고치는 것만이 아니었다. 교사비와 관리비, 행정 비용은 어쩌란 말인가! 유치원을 열면 아이들에게 영양죽을 먹여야 했다. 산간 마을, 시계도 없는 어두운 아침에 불을 지펴서 식사를 하도록 해줄 만한 형편과 마음이 있는 보호자가 단 한 명도 없었

안개꽃 이야기

다. 보호자라고 해도 부모님이 안 계신 아이들이 대부분이었고, 친척이나 이웃에게 얹혀사는 아이들이 대부분이었다. 그리고 이들의 삶의 문화라고 해야 할까? 사람들은 아침을 먹지 않았다. 아이들이 굶고 등교할 터인데, 배가 고픈 아이들에게 오후 1시까지 무엇을 가르친단 말인가?

그러나 나의 제한된 생각이나 염려로 하나님의 능력을 제한할 수는 없었다. 이미 '주의 백성'이라고 '내적 치유 세미나'에서 나에게 예방주사를 놓으신 주님이시다. 그 주님께서 지휘하심을 믿고 일을 단행하기로 했다. 마침 파송 예배를 통해 차량 구입용으로 후원받은 비용이 좀 있었다. 그래서 차를 내려놓고 공사를 시작했다. 무너지고 금이 간 벽을 헐고 돌들을 다 정리하여 버렸다. 벽에 철심을 심고 나무 조각으로 받치고 다시 벽돌을 넣으며 보수를 시작했다.

그러는 과정 속에서 현지 직원과 잦은 충돌이 있었다. 공사에 드는 견적을 부탁했는데, 그 뒤로 계속 비용이 추가되었다. 공사에 경험도 없고 이들의 문화나 삶을 잘 알지 못했던 나, 갈등이 멈추질 않았다. 신대원에서 선교학 이론을 배우고 인지했지만 현실에서는 달랐다. 과연 이런 이들과 사역을 할 수 있을까 하는 염려만 쌓여 갔다. 내가 그럴만한 그릇인가 하는 자괴감도 들었다. 건설 현장의 사람들이 자기 일이 아니라고 인건비나 자재비를 낭비하는 것처럼 보였다. 사실 낭비했다! 그리고 이들은 시간 개념 없이 살아온 이들이다. 이런 상황이 반복되면서 누군가에게 하소연이라도 시원하게 하고 싶었다. 하지만 한국인이라고는 단 한 명도 없는 철저히 외로운 선교지였다.

"그래. 알면서도 속아주고 모르면서도 속아주는 것이 선교 아니겠어?"

남편 선교사와 마음을 같이 하며 위로를 받았다. 어차피 주려고 이 땅에 왔다. 이해관계를 철저히 따지며 주는 것보다, 그냥 내어주자는 마음의 여유를 갖고 재건을 진행했다. 교육청과 세 차례의 미팅을 한 후, 인가 비용을 지급하였다.

드디어 48명의 어린이와 함께 유치원을 개원하였다. 어둡던 땅에 빛이 임하듯, 보호자 모두 기쁜 마음으로 아이들에게 가장 좋은 옷을 입혀서 학교에 보내려고 했음을 알 수 있었다. 이 어려운 마을에도 부모가 돌보는 아이와 친척 또는 이웃이 돌보는 아이와의 차이가 있었다. 그래서 아이들에게 유니폼을 통일해서 입히기로 했다. 무슨 색으로 할까 고민하다가, 번식력이 탁월하며 건강에 유익을 주는 민들레를 생각했다. 그래서 상의를 노란색, 하의를 초록으로 했다. 속옷을 입힐 형편이 아닌 것을 알기에, 남녀 모두 반바지를 입게 했다. 가장 탁월한 선택을 했음을 지금도 실감하고 있다.

순진하고 사랑스러운 아이들에게 영어 교육을 한다는 이유로 모든 노래를 주일학교 찬양으로 가르쳤다. '세 살 버릇 여든 간다.'는 우리 속담처럼, 이 시기에 익힌 찬양을 통한 복음과 말씀을 가지고 아이들이 세계 곳곳에 민들레 홀씨처럼 번져 나아가기를 바라는 마음이었다.

입학한 아이들 중에 눈에 띄는 두 아이가 있었다. 한 아이의 이름은 '아와지'였는데, 주의 집중장애와 학습장애가 있었다. 할머니가 키우는데, 늘 야단맞아서 때때로 옷에 소변을 실례하기도 했다. 또 다른 한 명은 '스티븐'이라는 아이였다. 소아마비로 태어나서 걷지 못해 업혀서 학교에 오고 갔다. 스티븐에 대해서 알아보니, 대부분의 아이들과 마찬가지로 조부모가 데리고 있었다.

부모 없는 아이들

개원한 유치원

스티븐의 부모는 장애우를 위한 시설이나 혜택이 없는 이 나라에
서 스티븐을 양육할 능력이 없어 서로 다투기만 하다가, 아이를 버
리고 서로 헤어지고 말았다. 이 사실을 나중에야 알게 된 스티븐의
친할아버지가 수소문해서 스티븐을 데려오게 된 것이다.

우리 유치원에도 스티븐과 같은 처지에 있는 아이들을 받아들일
시설이나 준비가 되어 있지 않았다. 하지만 나는, 어떤 방법으로든

안개꽃 이야기

스티븐을 도와주고 싶었다. 우선 장판을 구입해서 깔아주었다. 그리고 '사역의 무게'란 제목으로, 스티븐에 대해 SNS에 알렸다. '할 수만 있으면 휠체어를 사주고 싶어요,'라며 도움의 손길을 구했다. 하나님은 자신의 백성으로 택한 자들을 책임지심을 체험케 하셨다. 스티븐의 소식을 알게 된 한 분이, 탄자니아에서 두 번째로 큰 도시인 므완자(Mwanza)에서 휠체어를 주문해 주셨다. 그런데 또 다른 한 분이 헌금을 해 주셨다. 하나님의 은혜에 매번 놀라게 되는 선교 생활이었다. 하지만, 한 치의 오차가 없으신 하나님께서 휠체어값을 왜 여유롭게 주셨는지 그때에는 알지 못했다.

증인으로 서게 되었다

유치원 개원은 우리에게 주신 하나님의 첫 번째 선물이었다. 영혼의 산소 같은 아이들로 인해 우리 노년의 삶에 활력을 더해 주셨다. 마른 가지에 새순이 파릇파릇 솟아나듯 아이들은 우리에게 생명과도 같은 존재였다. 기쁨과 감사로, 교회에서 신학생 강의를 하고 있을 때였다. 창문으로 새까만 차 두 대가 우리 유치원으로 들어오는 것을 보았다. 분명 이방인이었다. 이 산간 마을에 저런 종류의 차를 소유한 사람은 없었기 때문이다. 수업이 끝난 후, 직원에게 물어보았다.

"누구였어요?"

"교육청 사람들입니다. 유치원 문을 닫으라고 하네요."

무슨 말인가? 교육청에 정식 인가를 내고 시작한 일이었다. 알고 보니, 우리에게 인가비를 받은 교육청 직원이 인가신청을 하지 않고, 그 돈을 가지고 다른 도시로 도망을 가 버린 것이었다. 무슨 말을 해야 할지 몰랐다. 아니, 아무런 말도 떠오르지 않았다.

한참 아이들과 사랑에 빠져있었는데, 그 아이들을 우리의 품에서 빼앗아가는 것 같았다. 여러 가지 야속한 생각이 들었다. 우리가 이익을 목적으로 유치원을 운영하는 것이 아니라, 단지 주민들의 요청에 의한 것이었다. 2주가 지나고 3주가 지나갔지만 감감무소식이었다. 그대로 있다가는 언제 일이 정리될지 몰라서 교육청에 찾아 갔다.

"저희가 어떡하면 좋을까요? 유치원 아이들이 여러분의 자녀라고 생각해 주세요. 선처를 부탁드립니다."

우리는 잘못한 게 없었지만, 아이들을 위해서 오히려 부탁하는 입장을 취할 수밖에 없었다.

"모든 행정 절차를 다시 밟아야 해요."

탄자니아에서는 전산으로 행정처리를 하지 않았다. 광활한 나라의 4도시를 기준으로, 차례로 인증을 받아야 하는데, 일일이 사람이 직접 서류를 전달해야 한다고 했다. 그러니까 문제는 돈이었다.

"얼마의 돈이 필요한가요?"

한숨과 함께 나는 다시 질문을 던졌다. 그런데 교육청 직원의 입을 통해 듣게 된 답변에서 하나님의 계획하심을 깨닫고 전율할 수밖에 없었다.

행정 절차를 마치기 위해 필요한 돈은, 스티븐의 휠체어 값으로 받은 금액과 정확하게 일치했다. 그러면 그렇지! 나의 하나님이 어떤 분이신가? 한계와 상황, 필요한 모든 것을 이미 알고 계셨던 것이었다. 이렇게 살아 역사하시는 하나님을 어찌 찬양하지 않을 수 있겠는가! 그들이 말한 비용보다 좀 더 챙겨주었더니 바로 학교를 열도록 임시 인가증을 만들어 주었다.

우리에게 생명과 같은 에너지를 넘치게 부어주는 아이들을 위해서라면 그 정도 비용은 아무것도 아니었다. 그리고 무엇보다, 하나님이 우리의 필요를 미리 공급하신다는 사실을 영혼 깊이 깨닫게 되었다.

"내가 너보다 앞서가서 험한 곳을 평탄하게 하며 놋문을 쳐서 부수며 쇠빗장을 꺾고 네게 흑암 중의 보화와 은밀한 곳에 숨은 재물을 주어 네 이름을 부르는 자가 나 여호와 이스라엘의 하나님인 줄을 네가 알게 하리라"(사45:2,3)라는 말씀은 우리 선교 전체의 기본이 되었다. 우리는 하나님의 백성을 돌보는 선택된 자리에서, 하나님께서 일하심을 목격하는 증인으로 서게 되었다.

그 손

죄 없는 자, 먼저 치라며

손가락으로 무언가

묵묵히 쓰셨던 손

피하고 싶으신 쓴 잔을

아버지 뜻 위해 받아 드신 손

저주받은 자를 대신해서

나무에 달려 못 박히신 손

그 손

두려운 풍랑 가운데

가라앉던 나를

덥석 건져주셨네

그 손

소망의 줄이 끊어져

죽음에 누웠던 나를 찾아

구원하셨네

그 손

사방이 가로막혀

어쩔 줄 모르던 나를

가만히 잡아주시네

그 손

못 자국 난 손

나, 오늘도 서게 하네

날 잡아주시는 손

그 은혜의 손

나, 여전히 서있게 하네

4장

밤에 핀 목련처럼

도스토옙스키는 『카라마조프가의 형제들』에서
'하나님은 꽃씨를 온 지천에 뿌려 놓으셨다.'라고 했다.
그의 말대로 꽃씨들이 꽃을 피우고 있는 곳이
우리가 있는 탄자니아 부코바라는 꽃밭이다.
이 장은 이 꽃밭에 있는 눈물겨운 꽃들,
선교지에서 만난 사람들의 이야기이다.

기적이 아닌 현실이다

　다시 유치원을 시작하면서 아침에 국민체조를 하였다. 그리고 주일학교 영어찬양을 율동과 함께 가르쳤다. 아이들은 즐거워하며 가르쳐주는 대로 바로 익혔다. 아이들이 교실에 들어가기 전에 건강 상태를 살폈다. 감기 증상이 있거나 기침을 하는 아이들에게는 약을 먹였다. 구충제는 6개월마다 규칙적으로 먹였다. 문제는 피부병이었다.

　흙벽돌로 지어진 집이나 지진으로 무너진 집은 비닐로 임시 집을 짓게 되는데, 바닥은 흙이다. 사람들은 그 위에 풀을 말려서 깔고 산다. 그리고 빨래를 빨랫줄이 아닌 잔디 위에서 말린다. 잔디에는 동물들의 오물과 온갖 균, 박테리아가 서식하고 있다. 그 위에 젖은 옷을 널었다가 입으면 피부가 어떻게 되겠는가? 몇 년이 가도 집안을 청소하지 않는 데다가, 대부분 호숫가에 집이 있음으로 일 년 내내 습한 환경 속에서 살게 된다. 비위생적인 환경과 자연적 환경으로 인해 아이들 대부분은 피부병에 걸려있다. 그런 아이들을 위해 피부에 약을 발라주지만, 심한 경우는 항생제를 사용해야 한다.

이렇게 상황을 파악하고 알아가면서 아이들 한 명 한 명을 돌보아 주었다. 한 집에 6~7명의 아이가 살고 있는 가정도 있었다. 하지만 제대로 된 돌봄 없이 이름 한 번 불리지도 않고 있었다. 그런 사실을 알고 난 후, 아웃도어(Out Door) 시간에는 공놀이 게임을 했다. 모든 아이가 둥글게 서게 하고, 한 아이만 공을 들고 아이들이 서 있는 원 안으로 들어가 뛰게 했다. 그러면 모든 아이가 그 아이의 이름을 크게 불러주었다. 장난감이 없던 아이들에게는 공도 새롭고, 친구들이 자신의 이름을 크게 부르는 공간도 새로웠다. 그리고 두 아이에게 공을 머리와 머리 사이에 끼우고 공이 떨어지지 않도록 같이 뛰게 했다. 우리는 모두 혼자가 아니라 친구와 함께라는 사실을 알게 해 주고 싶었다. 놀이 이후로, 학습장애로 천덕꾸러기처럼 살던 '아와지'가 달라졌다. 옷에 소변을 실례하는 것도 줄어들고 교실에서도 공부를 곧잘 따라 한다고 했다. 그리고 나에게도 한 번씩 장난을 걸어오곤 했다.

한 아이가 마음에 걸렸다. 놀이에 참여할 수 없는 '스티븐'을 살펴보았다. 장판과 휠체어에 앉게 한 것은 좋았지만 늘 누군가에게 의존해야 했다. 그렇지 않으면 스스로 움직일 수 없었다. 게다가 고르지 않은 흙길에서 휠체어를 밀어주는 것은 쉽지 않았다. 그래서 스티븐의 보호자도, 스티븐 자신도 그냥 업어주는 것을 편하게 여

안개꽃 이야기

겼다. 하지만 언제까지나 스티븐을 업어줄 수는 없는 노릇이었다. 가만히 살펴보니, 스티븐의 어깨 힘이 좋았다. 휠체어보다는 목발이 낫겠다 싶어서 큰 도시에서 목발을 구입해 왔다. 문제가 있었다. 스티븐의 키가 목발과 맞지 않는다는 것이었다. 구입해 온 목발은 후에 사용하기로 하고, 지역주민에게 스티븐의 키에 맞도록 목발을 다시 주문했다.

목발을 짚고 걸음을 연습시키는 일은 쉽지 않았다.

"제가 왜 이렇게 힘든 연습을 해야 하는 거죠? 업어주시는 게 훨씬 더 편하다구요."

스티븐은 자신이 목발을 짚으며 힘들게 연습해야 하는 까닭을 이해하지 못했다.

나는 스티븐의 트레이너가 되었다. 처음에는 잘하나 싶다가도, 얼마 가지 않아 스티븐은 목발을 던져버렸다. 그리고 굵은 눈물을 떨어트렸다. 스티븐을 안아주며 함께 울고 또 울었다. 스티븐이 누구에게 의존하지 않고 자립적으로 서게 해야 했다.

"선생님, 아무도 스티븐을 도와주지 마세요."

스티븐이 넘어져도 못 본 체하라고 했다. 몇 달이 지났다. 스티븐은 목발을 의지해 몇 발자국씩 걷기 시작했다. 스티븐도 신기해했다. 졸업할 날이 다가왔다. 그 상태로 스티븐을 졸업시키면, 목발을 포기하고 흙바닥에 다시 기어 다닐 것 같았다. 교사들과 미팅을 해서, 스티븐의 졸업을 일 년 더 유예하자고 했다.

그리고 반복적으로 목발 연습을 시켰다. 스티븐은 날이 갈수록 자신감이 높아졌고, 얼굴에 미소를 짓게 되었다. 나중에는 목발을 짚고 공도 차고, 두 목발을 들고 몇 발자국씩 걷기도 했다. 마치, 《기적이 현실이 된 날》이라는 영화를 보고 있는 듯했다. 하지만 이건, 기적이 아니라 진짜 현실이었다!

2년 동안 스티븐에게 목발 훈련을 시켜서 특수초등학교에 들어가도록 필요한 일들을 후원했다. 최근 스티븐이 다니고 있는 학교를 방문하려고 했는데, 코로나로 인해 마냥 미루어지고 있는 것이 안타깝다. 스티븐은 유치원을 떠났지만 나는 늘 마음속으로 기도하고 있다.

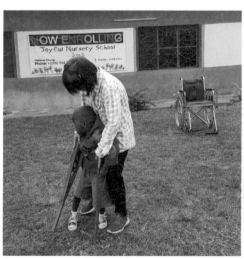
스티븐 훈련

스티븐 졸업

안개꽃 이야기

졸업자

"하나님, 스티븐은 우연히 태어난 존재가 아닙니다. 하나님께서 창
조하셨고 하나님께서 이 땅에 보내주셨습니다. 하나님의 영광을 위
해 귀히 쓰일 아이임을 믿습니다. 하나님께서 끝까지 보호해 주실
것을 믿습니다."

　전혀 생각지도 않았던 유치원 운영이었다. 주민들의 요청으로 시
작하게 된 일이 나에게 엄청난 은혜의 통로가 되었다. 그때나 지금
이나 아이들이 배우는 소리는, 마치 바나나 잎 위에서 소곤대는 빗
방울 소리 같다. 나뭇가지에 앉아 종알거리는 새들의 합창대회 같

다. 사무실에 앉아 있는 나의 마음을 계속 간지럽힌다. 느슨해지려는 영혼을 톡톡 깨워주는 기폭제이다. 천진하고 순진한 아이들은 "좋으신 하나님, 아기예수님, 위대하신 하나님, 예수 사랑하심." 등등. 교실에 들어가고 나가면서 온종일 노래한다. 'I am so special'이란 노랫말처럼 모두 특별한 존재이다. 우리 주님도 사랑스러운 아이들의 모습을 보고 싶으셔서 주민들의 입을 사용하신 것 같았다.

아이들의 종교 배경은 다양하다. 이슬람이 압도적이며 가톨릭과 토속종교를 가지고 있기도 하다. 안타깝게도 기독교를 신앙으로 가지고 있는 사람들은 10퍼센트 미만이다. 우리와 함께 하는 선교지 아이들의 마음이 온전히 주 예수 그리스도라는 복음의 물감으로 물들여지기 바란다.

아이들 치료

단추 달기

안개꽃 이야기

밤에 핀 목련처럼

선교지에서 사용하고자 했던 차를 포기하고 그 비용으로 선교를 시작했다. 이제는 차 없이 운전하지 않고 생활하는 것이 편하다. 어느 날 나는 남편에게 말했다.

"우리가 돌아가면 또 운전해야 하는데?"

"운전사를 두지."

"어떻게?"

"버스 운전사."

우리 둘은 아랫니 윗니가 다 보이도록 실컷 웃었다. 그렇게 웃고 나니 떠오르는 한 얼굴이 있었다. 호숫가에 사는 '에스더'였다.

남편 허락 없이 5천 실링(2천 5백 원가량)을 썼다고 남편에게 맞아서 앞니 3개가 부러졌다. 잠시 나는, 그 사실을 의도적으로 외면했었다. 얼마 전, 어머니 기도회에서 어머니들이 뜨겁게 기도하는 사진을 찍기 위해 잠시 눈을 뜬 적이 있었다. 목에 핏줄이 서고 침 튀기는 것이 멈추지 않을 정도로 열심히 기도하는 이들을 보다가, 한 여성에게 그만 시선이 멈추었다.

평소에 늘 입을 꼭 다물고 있던 에스더였다. 여기 살고 있는 대부분의 사람들은 하얀 이를 드러내어 활짝 웃지 않는다. 얼굴 근육이 석고처럼 늘 굳어있다. 에스더의 앞니 세 개가 빠져 있다는 사실을 알고 있어서였는지, 나는 의식적으로 에스더를 더 주목했던 것 같다. 마음을 찢는 듯한 기도를 하는 에스더는 이제 30대 초반이다. 살아온 날보다 앞으로 살아갈 날이 더 많은 여자였다. 에스더의 아픔을 알면서도 외면했던 나의 마음을 회개했다.

그곳에는 임플란트가 없었다. 에스더 구역 담당 목회자에게 틀니를 알아보게 했다. 재질에 따라 가격 차이가 크게 나서 중간 것으로 하도록 했다. 그런데, 에스더를 데리고 갔던 목회자가 걱정스런 눈빛으로 말했다.

"치과의사가 검사해 보더니, 아랫니 세 개도 뿌리가 많이 흔들린다고 하네요."

우리에게 감사하다고 인사하러 오는 그녀에게, 우선은 윗니 세 개를 치료하고 기도하자며 비타민을 챙겨주었다. 흔들리는 아랫니를 잡아주시도록 주님의 돌보심에 맡겨드렸다. 짙은 피부의 얼굴에 하얀 이를 드러내며 웃는 에스더의 모습이 밤에 핀 백목련 같았다. 늘 저렇게 화사한 미소 꽃을 피우며 살았으면 좋겠다! 나중에 알고 보니, 예전에는 남편이 집에서 내쫓아서 오갈 데가 없었지만, 지금은 남편 마음이 변해서 다시 잘산다고 했다.

21세기의 호세아

성탄절 날, 우리 교회에서 아이들에게 신구약 목차를 암송하는 대회를 열었던 적이 있다. 초등학생들이 여러 명 나왔는데, 3살 반된 '다이네스(Daines)'도 나왔다. '언니, 오빠들 따라서 그냥 나왔나 보다.'라고 생각했다. 그런데 다이네스는 순서가 다 끝나가도록 몸을 이리저리 돌리면서 계속 서 있는 것이었다.

그 아이가 당황해하지 않을까 하는 마음으로 마이크를 주었다. 그 순간, 놀라운 광경이 눈앞에 펼쳐졌다. 3살 다이네스는 신구약의 모든 목차를, 다른 암송자들보다 더 똑똑한 모습으로 말했다. 내가 교회담임을 하게 된 지 얼마 되지 않았을 때의 일이었기에 성도들을 일일이 알지 못했다. 하지만 다이네스가 저렇게 뛰어난 실력으로 암송할 수 있는 것은 누군가의 지도를 받았음을 알 수 있었다.

다이네스의 부모가 누구인지 알아보았더니, 엄마는 우리 교회에 나오지 않고, 아빠인 '디스마스'만 나오고 있었다. 그 이후로 디스마스를 유심히 지켜보았다. 예배 시간이나 성경공부 시간에도 말씀 하나하나를 놓치지 않으려고 늘 노트했다. 교회 봉사에도 늘 모범적이었다.

한해를 돌아보는 연말 예배 시간에 디스마스가 짧은 간증을 했다.

"별거했던 아내와 하나 되어, 가정을 회복게 하신 하나님께 감사드립니다."

그 일이 있은 지 얼마 후, 아침에 센터로 향하려고 하는데 전화가 왔다. 디스마스였다.

"선교사님, 아내가 친정으로 돌아가려고 해요. 심방 좀 부탁드립니다."

디스마스 집에 도착해서 우선 자초지종을 들어보았다. 디스마스는 신부값을 지불하지 못하고 함께 살았다. 그리고는 바로 다이네스를 임신하게 되었다. 그런데 신부값을 받지 못한 친정에서는 계속 압력을 가했다. 결국, 디스마스의 아내를 다른 남성에게 데려다준 것이었다. 하지만 디스마스는 아내를 또 데려왔다. 아내는 다른 남자의 아이를 임신해 있었다.

디스마스는 아내가 낳은 다른 남성의 아이까지 품어주며 양육했다. 신부값을 받지 못한 친정에서는 계속 압력을 가했다. 급기야 아내를 또 데려갔다. 다시 아내를 데려왔는데, 이번엔 아내가 에이즈 보균자가 되어 있었다. 그런 아내를 받아주며 친엄마 밑에서 자신의 딸 다이네스가 성장하도록 했다. 그런데 또 아내가 친정으로 간다고 하자, 디스마스가 나에게 심방을 요청한 것이었다.

디스마스는 왜 이렇게 가정을 지키려고 씨름을 할까? 디스마스가 3살 때 아버지가 돌아가셨다. 그리고 엄마는 디스마스를 버리고 재혼해버렸다. 그 후 디스마스는 이 집 저 집을 전전하며 살았다. 그런 자기의 삶을 딸 다이네스에게 답습시키고 싶지 않았던 것이다. 딸만큼은 친엄마 밑에서 성장하게 하고 싶었다. 가정을 지키려는 그가 마치 호세야 선지자 같았다. 디스마스는 정말 특별했다.

"에이즈 보균자인 아내와 부부생활을 할 수 있겠어요?"

디스마스에게 물었다.

"여기엔 그런 사람들이 많아요. 보건소에서 정기적으로 약을 타서 먹어요. 교육도 받구요. 괜찮습니다."

디스마스를 잠시 내보내고 그의 아내를 불렀다.

아내의 말을 들어보니 문제는 돈이었다. 디스마스의 가정뿐만 아니라 이곳 가정에서의 다툼의 근원은 대부분 돈이었다. 그녀는 디스마스를 생활능력이 없는 남편이라고 했다. 학구적 태도와 섬기는 성품을 가지고 있는 그를 보고, 혹시 신학을 하고 싶으냐고 물어보았다. 우선 시도해 볼 것을 권유하며 장학금과 생활비를 보조해 주었다. 그리고 정식으로 장모와 여러 증인 앞에서 결혼식을 올리도록 했다. 장모에게는 매달 얼마씩 신부값을 지불하도록 했다.

디스마스가 신학 공부를 한 지 1년이 지난 후, 교회 전도사로 임명했다. 그리고 우리 교회의 가장 열악한 두목장을 맡겼다. 자신의 가정에서 이미 이곳 부부들이 겪고 있는 일들을 경험했기에, 누구보다 먼저 가정의 문제를 탐지하여 나에게 알려주었다. 이제는 디스마스의 아내도 여성 사역을 하면서, 어머니 기도회와 중보기도를 이끌어나가고 있다. 디스마스와 그의 아내는 건강한 가정을 세우는 통로로 사용되고 있다. 물론 우리 부부를 비롯해서 아직도 변화해야 할 부분들이 많다. 하지만 우리와 함께 이곳의 가정들이 조금씩 변화해가고 있다. 하나님께서 현장을 진두지휘하시며 모든 것을 회복게 하고 계신다!

하늘의 공주들

아이는 걷고 있었다. 또 다른 아이는 엄마의 등에 업혀 있었다. 두 아이와 함께 뚜벅뚜벅 걸어가는 한 여성의 뒷모습을 보았다. 지난밤, 남편에게 심하게 얻어맞고 친정으로 가다가 우리에게 왔다. 당장 먹을 양식을 좀 달라고 했다. 빛바랜 사진 한 장을 보는 것 같았다. 그 여성의 모습에서 60년 전의 나를 둘러업고 시골로 향했던 엄마가 보였다. 그때 엄마의 마음은 어떠했을까. 하지만 이곳에서는 비일비재한 일이다. 이곳 여인들과 엄마의 공통점이 있다면 생존할 방편이 없다는 것이었다.

유치원 개원 다음으로 이들이 요청했던 것은 재봉학교였다. 딱한 여인들을 생각하며 우선 재봉틀 3대와 필요한 비품들을 구입하여 재봉교실을 열었다. 교사를 채용하였는데, 교육생은 열 명의 여성으로 제한했다. 학교 문 앞에도 가지 못한 여성들이었다. 이들은 6개월의 과정을 마치고 나면, 이론시험 없이 수료증을 달라고 부탁해왔다. 교육생들은 종이 위에 옷본을 그리며 스스로 대견해하였다. 서로 보여주기도 하고, 벽에 전시도 하였다. 뒤늦기는 했지만, 교실경험을 통해 이들의 자존감이 만져졌다. 자신들의 내면에 있는 새로움을 발견하며 신기해했다. 공식적으로 허가받은 시간에 매일 4시간씩 함께 하면서 자신들의 이야기를 주고받았다. 그러면서 서로의 마음에 치유가 일어났다.

재봉교실

교육과정을 마치고 수료증을 받은 후, 자신들의 삶에 무언가를 할 수 있다는 소망이 움트기 시작했다. 이 산골의 재봉 비즈니스는 도시와는 달라서 수요와 공급이 많이 낮았다. 생활에 많은 도움은 되지 못했지만, 삶의 소소한 방편이 되었다. 코비드 19로 인해 칠백여 개의 마스크를 만들어서 동네 주민들에게 나누어주기도 하였다.

또한 일 년에 한 번씩 여성 세미나를 개최하기도 했다. 세미나 중에 종이를 나누어주고 자아상을 그려보는 시간을 가졌다. 농사일만 해서 굳은살이 배어있는 손가락이었다. 단 한 번도 색연필을 잡아 보지 않았던 이들이, 유치원 수준도 안 되는 그림을 그리며 깔깔대 고 웃었다. 손톱에 매니큐어를 발라주고, 직접 손가락을 잡아주고 체온을 느끼게 해 주었다. 얼굴 페인트를 하고 이마에 왕관도 그려 주었다.

마스크 보급

안개꽃 이야기

자신들이 얼마나 귀한 존재인지 서로를 바라보며 알게 해 주고 싶었다. 그렇다! 이들 모두는 하늘의 공주들이었다!

밖으로 나가 공놀이도 했다. 규칙이 없어도 좋았다. 그냥 걱정근심에서 자유로우면 되었다. 릴레이 마라톤, 줄넘기, 숨은 사탕 찾기도 했다. 준비된 식사를 제공하고 서로 안아주고 사랑의 인사를 나누었다. 가슴의 언어를 가슴으로 주고받았다. 재봉학교나 연중 한 번의 여성 세미나가 얼마나 영향이 있을까 싶지만, 흙먼지 날리는 인생 광야 길에 이들에게는 잠시 쉼의 그늘이 된다. 이런 시간을 기다리는 여성들을 위해 우리가 존재한다. 이들이 있어서 우리의 삶이 가치가 있다.

제니퍼와 알프리디나,
기대할게

이 사역은 전도의 통로가 되었다. 센터 근처에 사는 '제니퍼'라는 여성이 있다. 흙벽돌이던 집이 지진으로 무너져 내려, 비닐하우스에 살고 있다고 했다. 그런데다가 몸이 아프다고 해서 심방을 갔다. 말이 집이지 완전 헛간이었다. 제니퍼의 딸 '알프리디나'는 7살 때 독사에게 물렸다고 했다. 병원에 갈 형편이 아니어서 대부분 민간요법으로 치료했다. 그런데 상태가 점점 나빠져서 결국 다리를 절단할 수밖에 없게 되었다. 아빠가 아이의 아픔을 품고 위로해 주어야 하는데, 딸이 이렇게 된 것이 모두 엄마의 책임이라며 가출해 버리고 말았다. 아이의 아빠는 자신의 책임회피를 위해 도피하고 만 것이다. 나중에 남편을 수소문해 보니 다른 여성을 만나 아이들을 낳고 살고 있었다. 제니퍼와 알프리디나는 살길이 없었다. 제니퍼는 온종일 큰 돌을 깨서 자갈 만드는 일을 하면서 간신이 생활을 이어갔다. 돌가루를 마시면서도 흙벽돌을 한 장 한 장 모아두고 있었다.

"언젠가는 무너진 집을 다시만들 거예요."

그것이 제니퍼의 꿈이었다.

알프리디나는 시간이 가면서 자라나는 뼈가 피부를 밀어내고 있었다. 그 통증은 어떤 말로도 표현하기 힘들 것이다. 지금까지 4번이나 뼈를 절단했다. 알프리디나는 특수 초등학교에 다니다가 방학 때면 우리가 있는 곳으로 온다. 그 아이를 데려다가 학습하는 것도 보아주고, 나무 목발을 짚고 다니던 것을 전문 목발로 바꾸어 주었다.

"다리 피부가 너무 아파요."

어느 날, 알프리디나가 사무실로 나를 찾아왔다. 그 아이에게 손을 얹고 진심으로 기도해 주고 진통제를 주었다. 하지만 진통제는 일시적인 효과만 있을 뿐이었다. 다시 통증이 일어날 것이다. 그래서 기도할 수밖에 없었다. 그 딸을 위한 유일한 무기는 기도의 눈물

안개꽃 이야기

이었다.

"알프리니다, 가장 갖고 싶은 선물이 뭐야?"

"예쁜 신발이요."

한 발만 신을 수 있었지만, 가장 좋은 것을 신기고 싶어서 다운타운에서 가장 고급 구두를 샀다. 구두 선물을 받은 알프리니다는 통증을 잠시 잊은 듯, 행복 가득한 표정을 지었다. 아이에게 한 가지 소망을 주었다. 이다음에 몸이 다 성장하고 나면 의족을 할 수 있다고. 의족을 하고 나면 바지도 입을 수 있고, 목발 없이도 걸을 수 있다고 했다. 씽긋 웃고 있는 아이의 눈을 보니, 영혼이 춤을 추고 있는 듯했다. 나는 의족값이 얼마인지 전혀 알지 못한다.

알프리디나

그런데 일을 저지르는 데는 프로이다. 뒷일은 아버지의 몫임을 알기 때문이다. 그리고 엄마 제니퍼가 잘하는 것이 있음을 알게 되었다. 이 지역의 만두인 '삼부사'를 잘 빚었다. 그래서 삼부사 장사를 하도록 경비를 지원하고, 우리 교회나 학교에서 언제나 삼부사를 주문했다. 이제는 저녁에 산골 마을 주민들도 사 먹는다. 알프리디나가 얼굴에 여드름이 돋기 시작했다. 이 여드름을 어떻게 해야 하느냐고 부끄러워하는 얼굴이 사랑스럽기만 했다. 이제는 엄마 제니퍼와 알프리디나는 신실하게 예배드리며, 지원해 준 성경으로 성경공부를 하고 있다. 앞으로 하나님께서 이 가정을 어떻게 사용하실지 기대된다.

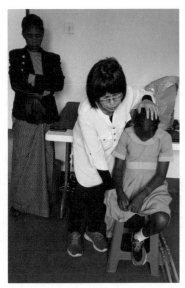

기도로 통증을 호소하는 모습

안개꽃 이야기

이제는
평안한 마음으로

　교회는 나오지 않아도 급한 일이 생기면 우릴 찾는 사람이 있었다. '실비아'란 여성이다. 그녀는 2달 전 갑자기 다리에 힘이 없어져 앉거나 일어서지 못하고 있었다. 이곳에서 버스로 10시간가량 떨어진 '므완자'에서 사는데, 친정에 방문했다가 이런 일이 생겼다고 했다. 그 집에서는 마을에 있는 두 나무를 섬긴다고 들었다. 큰 나무는 아버지이고, 작은 나무는 어머니라고 했다. 그 사실을 알고 전도하기 위해서 갔다.

　"우리가 치료하는 것이 아닙니다. 우리를 지으신 하나님께서 치료해 주시는 것입니다."

　복음의 메시지를 전한 후, 양쪽 무릎에 쑥향을 피워드렸다. 전동 마사지를 해주고 파스도 붙여드렸다. 매주 2번, 한 달을 그렇게 보냈다. 갈 때마다 옷, 간식, 액세서리를 가져갔다. 마음에 기쁨을 드리고 싶었다. 그리고 기도했다. 실비아가 복음의 통로가 되게 해 달라고, 헛된 우상을 믿는 사람들이 살아계신 주님을 만날 수 있도록, 그녀의 회복이 증거가 되게 해 달라고 기도했다.

　그러면서 단 한 번도 교회 나오라는 말은 하지 않았다. 말보다 더 강력한 전도 방법이 섬김이고, 섬기다 보면 삶을 통해 하나님의 살아계심이 자연스레 보이는 것이라고 생각했다. 한 달 후, 실비아는 조금씩 나아져서 홀로 설 수 있게 되었다. 그래서 더는 가지 않았다. 또다시 한 달이 흘렀다. 하나님께서 기적을 보여 주셨다. 실비아가 걸어서 교회로 온 것이다. 주님, 감사합니다! 감사합니다! 주님께 영광을 돌렸다.

실비아는 한 달 정도 교회를 열심히 나왔다. 그런데, 간다는 말도 없이 건강한 다리로 남편이 있는 므완자로 돌아가 버렸다. 실비아로 인해 기대했던 전도가 이루어지지 않았다. 실비아의 다른 가족들은 우리에게 염소와 태양열 지원 등 모든 것을 다 받으면서도 교회에 오지 않는다. 필요할 때만 교회를 찾고 선교사를 찾는다. 어쩌면 이런 모습이 주님 앞에서 나의 모습임을 보여주는 현장이다. 작은 것을 투자하고 많은 것을 기대하는 나의 모습을 점검하게 되었다.

예수님은 30년을 투자하고 3년의 공생애 삶을 사셨다. 그런데 우리는 30일을 투자하고 30년 치의 결과를 기대한다. 실비아가 복음의 통로가 되어주길 희망하는 마음은 아름답지만, 그것이 이루어지지 않았을 때 실망하는 태도는 하나님께서 원하지 않으셨던 것이다. 영혼 사랑하는 마음을 가지는 것, 섬김의 자세를 보여주는 것, 믿음의 기도를 드리는 것, 이 모든 것을 행하게 하심도 주님의 뜻인데 말이다. 우리는 그저 순종할 뿐이다.

이제 나는, 실비아의 미래를 위해 기도한다. 하나님과 평생 함께하는 삶이 되기를, 만나게 되는 사람들에게 그리스도의 향기를 전해주기를 말이다. 평안한 마음으로.

건강한 교회의 핵심은
건강한 가정이다

이곳에서는 대부분 여성들만 교회에 나오고, 남편은 나오지 않는다. 그런데 남편만 교회에 나오는 특별한 가정이 있었다. 그 가정은 아들이 셋인데, 어느 날 아내인 '에스더'가 상담을 하러 찾아왔다. 이유는 남편이 아버지 집에 간다며 외출한 후, 일주일 이상 집에 들어오지 않는다는 것이었다. 다른 여성에게 관심을 가지고 있다고 했다. 나를 바로 쳐다보지 못했지만, 그녀의 커다란 눈에서 눈물이 넘치고 있었다. 그런 에스더에게 무슨 이야기를 할 수 있을까? 내가 걸고 있던 십자가 목걸이를 그녀의 목에 걸어주었다. 그리고 꼬옥 안아주었다. 그날부터 우리의 기도 목록에 에스더의 이름을 올려놓고 기도했다. 하나님 아버지의 옷자락을 잡아당기며 조를 수밖에 없었다.

우리 교회 전도사님의 아내에게, 에스더의 집을 심방해 달라고 부탁했다. 한 번으로 끝나지 않고 규칙적으로 방문하여 이야기하게 했다. 에스더가 교회를 오게 하려면 한 명이라도 먼저 친해져야 교회에 오게 될 것 같았다. 또한 남편 헨리에게는 아내에게 전하라고 스카프나 옷, 가방, 액세서리 등을 챙겨 보냈다. 어쩌다 에스더가 교회에 오면, 남편을 통해 건네받은 내가 준 옷을 입거나 액세서리를 걸고 나오곤 했다.

어느 날, 어머니 기도회를 담당하는 전도사의 아내가, 그동안 친해진 에스더에게 말씀 인도를 맡겼다고 했다. 에스더를 위해 늘 기도하고 있었지만, 과연 어떻게 할지 유심히 지켜보았다. 그런데 이게 웬일인가! 말씀을 탁월하게 전하는 것이었다. 하나님께서 아프리카 사람들에게 언권을 주셨다. 누구든 마이크만 잡으면, 남자든 여자든 언어가 폭발적으로 나온다. 대단한 은사이다. 그날, 에스더의 말씀 내용은 '말의 힘'이었다. 말을 어떻게 하느냐에 따라서 말의 열매를 먹게 된다고 했다. 교회도 어쩌다 나오는 평신도로만 알았는데, 이미 에스더의 마음에 믿음이 충만했다. 숨겨져 있던 보석을 캐어낸 것이다. 에스더에게 성경을 구입해 주고 어린이 예배의 반사로 임명했다. 기도와 말씀이 뜨겁다.

남편 헨리는 이곳 사람들보다 상대적으로 학구적이었다. 그래서 우리가 초등학교 아이들의 중학교 입학을 돕기 위해 지도하는 토요 교실 교사 중의 한 명으로 채용하였다. 에스더에게 남편 헨리가 무릎 꿇고 잘못을 빌었다고 했다. 그런 헨리가 성경을 더 체계적으로 배웠으면 하는 마음이 들었다. 그래서 장학금을 주고 신학 과정을 밟게 하고 있다. 앞으로 어떻게 하나님께서 인도하실지 모르지만, 무엇보다 성경적으로 건강한 가정을 이루길 희망하는 마음이 크다.

깨어지고 또 깨어진 가정들이 난무하고 있는 시대, 하나님 안에서 건강한 가정이 되어 믿음의 본보기가 되기를 바란다. 건강한 가

안개꽃 이야기

정만이 건강한 교회를 이룰 수 있다. 하나님 안에서 하나 되는 가정, 건강한 교회의 핵심이 되는 가정을 세우는 것이 우리 선교의 핵심이다.

'음테게티(Mtegeti)', 자살까지 생각했었지만

이곳은 일부다처제가 문화요 전통이다. 하나님을 믿고 기독교 신앙을 가지게 된 영혼들도 있지만, 그러한 가정은 10퍼센트 미만이어서 가계도가 복잡하기만 하다. 아이들은 전적으로 엄마 책임이다. 우리 교회만 해도 90퍼센트가 여성과 아이들이다. 학교교육 혜택을 입지 못한 우리 교회의 성도 중에 '마리아니스'라는 여성이 있다. 아들 둘을 양육하고 있는데, 형편이 어려워 아이 '음테게티'는 후원을 받아 사립초등학교 4학년에 다니고 있었다.

하루는 학교에서 음테게티의 엄마를 불렀다.

"음테게티가 결석을 너무 많이 해요. 어떻게 된 일이에요? 이러면 다른 학생을 후원할 수밖에 없어요."

음테게티는 아침이면 학교에 간다고 나갔다가, 하교 시간에 집에 왔기에 엄마는 전혀 몰랐다. 아이에게 물어보아도 아무런 이야기가 없다고 했다. 아무것도 할 수 없었던 엄마는, 수요예배와 금요예배

때마다 콘크리트 바닥에 납작 엎드려서 하소연하는 기도를 드렸다. 얼마나 절실한 기도인지, 옆에서 보면 마음이 애잔해졌다.

전도사님이 이야기를 나누어 보려 했지만 음테게티는 입을 열지 않았다. 여러 번 관심을 보이고 나서야 음테게티는 겨우 입을 열었다.

"산에 가 있었어요. 공부가 너무 어려워요. 선생님 말씀도 못 알아듣겠고, 갈수록 짜증만 나요."

음테게티는 엄마에게 계속 거짓말하는 것이 싫어서 자살까지 생각했다고 했다. 그런 아이를 토요일마다 데려다가 간식을 주며 학습수준을 알아보았다. 4학년인데 2학년 산수 수준도 안 되었다. 그래서 음테게티 수준에 맞추어 산수를 반복적으로 가르치며 자신감을 갖도록 했다. 그러자 음테게티의 산수 수준은 조금씩 나아지기 시작했다. 그런데 다니던 학교에서는, 친구들 앞에서 자존감을 구기는 언사 등으로 이미 교사와는 관계가 무너진 상태였다.

아이를 도울 수 있는 방법은 지금 다니고 있는 사립학교에서 공립학교로 옮기는 것이었다. 마을 촌장에게 부탁해서 음테게티의 학적을 옮겼다. 학교를 일찍 졸업하지 않아도 되니, 옮긴 학교에는 학년을 낮추어서 들어가게 했다. 새로운 학교로 가는 음테케티에게 책가방을 선물해 주었다. 그리고 매주 토요일 교실에 와서 학습을 지도하고 있다. 지금 음테게티는 자신감을 가지고 공부하고 있다. 그렇다! 인생의 노를 빨리 저어갈 필요가 없다. 나 자신에 대해 알

고자하는 노력을 하면서, 나 자신이 어떠한지 알게 해 주는 어른의
도움과 함께 순간순간을 누리면서 갈 줄 아는 음테게티가 되길 바
란다.

음테게티 개인지도

'크리스토퍼(Christopher)', 다시 기도하게 하셨다

무너졌던 유치원을 겨우 재건해서 사용하고 있었다. 그래서 방학 때가 되면 규칙적으로 보수를 해 주어야 했다. 방학 때는 청년 학생들이 도우미가 되어 기술자들을 도와주었다. 도우미로 일을 했던 청년 중에서 우리 교회 성도의 아들, '크리스토퍼'가 있었다. 그런데 개학을 해도 크리스토퍼가 학교에 가질 않았다. 하루는 전도사님께 물어보았다.

"여기는 초등학교가 7년제입니다. 그리고 졸업시험을 보는데, 합격하지 못하면 중학교 진학을 할 수 없습니다."

다행히도 이 나라 대통령은 교육을 중요하게 생각했다. 그래서 공립학교는 고등학교까지 무료로 운영되고 있었다. 하지만 크리스토퍼를 이대로 두면 그의 인생이 그냥 끝나고 말 것 같았다. 그래서 크리스토퍼와 엄마를 불러 대화를 나누었다.

"크리스토퍼, 다시 공부하고 싶니?"

"기회가 된다면 최선을 다해서 열심히 공부해 보고 싶어요."

이 아이를 구할 수 있는 방법은 사립학교에 보내는 길밖에 없었다. 그런데 사립학교의 학비는 이곳 노동자의 한 달 월급과 맞먹었다. 그래도 지원해 주고 싶었다. 중학교만 졸업해도 삶의 지경을 넓힐 수 있었다. 직원 한 명을 사립학교에 보내어 입학 절차를 밟게 하였다. 그리고 내가 영어와 수학을 조금 도와주었다. 그런데 크리스토퍼의 학습능력이 발전되지 않았다. 전도사님에게 부탁을 드려서 크리스토퍼의 공부를 도와주게 했다. 그리고 크리스토퍼가 빨리 진도를 따라잡고 공부에 더 집중할 수 있도록, 자신을 되돌아볼 수 있도록, 토요 학교 1, 2학년 어린이들을 가르치게 했다. 그런데 크리스토퍼가 아이들을 대하는 모습이 가르치는 자의 기본자세가 아니었다. 크리스토퍼가 3개월마다 성적표를 가져오는데 처음부터 끝까지 F학점이었다. 조금씩 나아지겠지 하고 기대했지만 일 년 내내 같은 점수였다. 한 학년을 합격해야 다음 학년으로 올라갈 수 있었는데, 크리스토퍼의 성적은 많이 부족했다. 결국 크리스토퍼는 학교를 그만둘 수밖에 없었다. 아이들을 함부로 대하는 크리스토퍼의 안 좋은 인상 때문에 그에 대해 더는 생각하고 싶지 않았다.

'내가 할 도리는 다했어. 아내가 3명인 크리스토퍼의 아버지도 자기 아이에게 관심을 갖지 않는데, 내가 왜 나서서 돌봐주어야 해?'

스스로 타협했다. 그런데 하나님은 크리스토퍼도, 나도 포기하지 않으셨다. 크리스토퍼를 위해 다시 기도하게 하셨다.

"어떻게 하면 크리스토퍼를 도울 수 있을까?"

남편과 의논 후, 크리스토퍼와 대화를 나누어 보았다.

"저, 기술을 배우고 싶어요."

그래! 공부하는 것이 힘들다면, 그리고 자신이 좋아하는 일이라면, 기술을 배우는 게 더 나은 방법이었다. 크리스토퍼가 기술을 배울 수 있는 나이가 되면 학원에 보내주어야겠다고 생각했다.

영혼을 돌보지 않고자 했던 자기합리화의 마음을 회개케 하시고, 영혼을 위해 다시 기도케 하시고, 좋은 방법을 찾게 해주신 하나님을 또 한 번 찬양드릴 수밖에 없었다. 하나님, 감사합니다. 하나님, 순종하겠습니다. 아멘, 아멘.

'파리다(Farida)', 한 영혼을 위한 아버지의 뜻

이곳은 종교의 종합상가이다. 그리고 우리 집은 빅토리아호수를 끼고 약간 높은 위치에 있기 때문에 타운에서 기도하는 소리가 다 들렸다. 새벽 5시를 시작으로 하루에 5번 이루어지는 이슬람의 주문소리가 들린다. 잠시 후면 로만가톨릭 교회의 종소리가 들린다. 그리고 신비주의 종교의 울부짖는 기도 소리도 들린다. 개신교의 찬송 소리도 빼놓을 수 없다. 복잡한 종교 형태가 오랫동안 내려왔기 때문에 우리 성도들도 순전한 신앙을 소유한 사람이 많지 않았다. 교회에 와서 예배를 드리며 회개와 찬송을 해도, 집으로 돌아가면 여전히 혼합적인 종교에 안주하고 있다. 신줏단지가 방마다 있고, 부적도 지니고 있으며, 손 있는 날을 계산한다. 마을의 큰 나무를 수호신으로 제사하면서도 급한 상황과 필요에 따라서 교회를 찾을 뿐, 옛사람 그대로의 모습이었다. 이런 상황을 두고 볼 수만은 없었다.

"우리 교회를 처음 방문한 사람이 그러더군요. 술을 마시고 담배를 피우는 사람이 왜 교회에 있냐고요. 다시는 교회를 오지 않겠다고 으름장을 놓고 갔습니다. 교회의 경건을 위해서라도 영적인 기준을 좀 더 강화할 필요가 있는 것 같습니다."

교역자들이 건의했다. 그들의 말도 일리가 있었다. 하지만 예수님은 경건한 사람들만을 위해 이 땅에 오신 것인가? 과연 경건한 사람이 있긴 한가? 교회라는 장소가 죄 없는 사람들이 모이는 곳이라면, 나부터 자격이 없다고 했다. 교회는 어떤 자격이나 조건을 갖추고 있는 사람들만 오는 곳이 아니다. 죄인들이 와서 변화 받는 곳이 교회이다.

이러한 마음으로 교회 문을 활짝 열어두고 있던 어느 날, 호숫가에 살고 있는 파리다가 자기 집에 오라는 것이었다.

"집에 있는 모든 우상을 태우고 싶어요. 그런데 제가 직접 하는 건 무서워요."

그래서 전도사 한 명과 우리 부부가 파리다의 집으로 갔다. 무허가 지역에서 가난으로 힘들게 살고 있는 우리 성도들이 몇 분 더 계셨다. 밤이면 호수에서 불어오는 바람 때문에 엄청 춥다. 그래서 이들에게 성탄절을 기념하여 밍크 담요를 선물하기도 했다.

우선, 말씀을 전하고 찬양을 드렸다. 그리고 집에 있는 모든 신주단지들을 내왔다. 농사의 신, 재물의 신, 건강의 신, 성공의 신 등등이었는데, 나의 눈에는 한낱 쓰레기에 지나지 않았다. 우상의 도구들을 한곳에 모아 불에 태웠다. 그러는 동안 그 지역에 사는 성도들이 모여 플라스틱 통을 북 대신 두드리면서 찬양과 함께 춤을 추었다. 오직 주 예수 그리스도만이 모두가 경외해야 할 유일하신 하나님이심을 노래했다.

파리다가 혁신적인 종교개혁을 하고 난 후, 우리 교회에 나오는 성도들은 물론 그 지역의 주민들이 파리다를 지켜보았다. 이슬람은 물론 온갖 잡신을 다 섬겼던 파리다에게 무슨 일이 일어나지 않을까 염려하면서 말이다. 고혈압, 당뇨, 협심증 등 성인병은 물론 늘 몸이 많이 아팠던 파리다였는데, 우상들을 불태우고 난 뒤, 오히려 강건해졌다. 이제 파리다는 매주 토요일 이른 아침에 일찍 교회에 와서 기도하고 청소를 하고 있다. 뒷날, 간증을 통해 알게 되었다. 이슬람을 믿다가 떠나면 어떤 공격을 당할지 몰라 두려웠다고 했다.

비록 많은 사람이 파리다와 같은 결단을 하지는 않았지만, 하나님은 달걀로 바위를 깨는 분이심을 믿는다. 한 사람이 변화하는 것을 천하보다 가치 있게 여기시는 아버지임을 믿는다. 전지전능하신 아버지를 믿기에, 한 영혼을 향한 아버지의 뜻을 믿기에, 잠시 지쳤다가도 용수철처럼 힘차게 일어날 수 있다.

안개꽃 이야기

'아니셋(Aniseth)', 우리는 단지 도구일 뿐

미숙아나 병약한 이들을 위해 우유를 지원하고 있다. 유치원 아이들의 포리지(Porridge)에도 우유를 넣어주고 싶다. 그래서 목장 프로젝트를 위해 기도했다. 이 목장이 잘되면 유치원 운영의 자립을 위해 사용해야겠다는 장기 플랜을 세웠다. 오랜 기도 끝에 목장을 후원받게 되었다. 6칸짜리 우리를 만들었다. 그리고 우리 지기로 청소년 '아니셋'을 채용했다.

아니셋은 엄마 없이 아버지가 9살까지 키웠다. 집세를 내지 못했던 아버지는 돈을 벌어오겠다 하고 떠나버렸다. 고아가 된 아니셋을 한 가정이 데려다가 잡일을 시키며 데리고 살았다. 탄자니아는 의무교육이라 학비가 무료인데도 아니셋의 보호자는 아니셋을 학교에 보내지 않았다. 글을 몰라서 우리가 운영하는 '스화힐리' 교실에 글을 배우기 위해서 온 것이었다. 2020년 9월, 그를 처음 만났을 때 마냥 주눅 들어 보였다. 그래서 교사에게 아니셋에 대하여 알아보게 했다. 아니셋을 돌보아준 그 가정에 감사하고, 이제는 그를 좀더 발전적으로 도와주고 싶었다. 마을 촌장을 통해 아니셋을 맡고 있는 보호자에게 연락을 했다.

"아니셋을 저희가 채용해도 될까요? 청소년이 된 아니셋이 집안에 더 많은 도움이 될 수 있을 텐데, 저희가 채용하면 어떤 어려움이 생기게 될까요?"

최대한 정중히 대화를 요청했지만, 한 달이 다 되어도 묵묵부답이었다.

적당한 절차를 밟지 않으면 좋지 않은 결과가 올지도 몰라서 인내했다. 우리의 바람 때문에 물의를 빚고 싶지 않았다. 촌장이 몇차례 이야기를 나눈 후, 아니셋은 달랑 백팩 하나만 메고 우리 센터로 왔다. 친엄마 없이 성장한 아니셋에게 따스한 마음을 주고 싶었다. 당장 필요한 비품들과 이불, 옷, 양식을 마련해 주었다. 이곳은 쌀도 없어서 '마도께(바나나와 비슷하며 쪄서 먹는다)'를 주로 먹는다. 빵이나 쌀은 부유한 사람들이나 먹는 음식이다. 그런데 남편은 거의 매일 샌드위치를 준비해서 아니셋에게 주었다. 아니셋은 조금씩 배우기 시작한 글로 아침저녁 인사를 문자로 보내왔다.

"아니셋, 이제 글을 어느 정도 쓸 줄 알게 되었구나."

내가 노트에 시편 23편을 써서 주면서 암송해 보라고 했다.

"다 암송하고 나면 성경책을 선물로 줄게."

아니셋 자신이 소의 목자이기도 하지만, 자신의 목자이신 주님과 인격적으로 만나기를 소망해서였다. 그리고 그를 위해 성경을 미리 구입했다. 아니셋에게 선물할 성경에 나에게 강렬하게 와 닿았던 말씀들이 있는 페이지마다 스티커를 붙였다. 그리고 성경구절에 노란색 형광펜을 칠해서 준비했다.

몇 주가 지났다.

"아니셋, 시편 암송했니?"

"네."

아니셋은 떠듬거리긴 했지만 시편 23편을 모두 암송했다. 성경을 전해주며 표시한 말씀에 대해 안내를 했다.

성경을 전하고 두 달이 지난 금요 성경공부 시간이었다. 아니셋이 일어나서 성경을 읽는 것이 아닌가! 더군다나 찬양단에 들어가서 찬송가를 보며 찬양도 하고 있었다. 지난 성탄절에는 다른 청소년들과 무언극 드라마를 했다. 그리고 자신과 같은 입장의 아이들이 모여 사는 고아원에서 드라마 연극을 했다. 순서를 다 마친 후, 아이들에게 준비해 간 물품과 과자, 사탕을 전하게 했다.

아니셋을 만난 지 6개월이 되는 지금 이 책을 정리하는데 표현 못할 감동이 일어나고 있다. 우리 교회의 금년 캠페인이 성경 필사이다. 2021년 1월엔 마태복음이었는데, 그때는 참여하지 않았지만, 2월 요한복음 필사에 아니셋이 참여하고 있음을 보았다. 글을 쓰는 것에 익숙하지 않지만 한 자, 한 자 써나가고 있다. 시편 23편 암송 전 미리 성경을 구입했던 것처럼, 이번에도 아니셋에게는 특별상을 준비하려고 한다. 아니셋으로 인하여 굳어지려는 마음이 부드러워진다. 막혔던 눈물샘이 뚫어졌다. 무엇보다 아니셋이 나를 처음 만났을 때 가지고 있던 주눅이 든 표정, 구겨진 모습은 온 데 간 데 없다. 아니셋의 인생 드라마를 펼쳐 가시는 주님께 감사기도를 드린다. 우리는 단지 도구일 뿐, 아니셋 삶의 주인은 주님이시다.

'마똥'과
하나님의 선물

우기가 아닌데도 비가 많이 쏟아졌다. 빅토리아호수의 수면이 집 앞까지 밀려오고 있어서 기도하고 있는 상황이었다. 바로 그 호숫가에 살고 있는 한 여성이 도움을 청해 왔다. 아이를 2달 먼저 조산했는데 모유가 나오지 않는다는 것이었다. 그래서 젖소 우유를 사서 먹이고 있다면서 지원을 부탁했다. 아기를 보니 안쓰러운 마음에 말문이 턱 막혔다. 사람들이 요청한다고 해도 무조건 다 들어줄 만한 상황이 아니었다. 하지만 아기엄마와 아기의 처지를 가만히 두고 볼 수 없었다.

우선 한 달 우윳값을 지원하고 산모에게 손을 얹고 간절히 기도했다.

'여호와는 나의 목자시니 내게 부족함이 없으리로다.'

시편 23편 1절 말씀을 계속 묵상한 다음, 아기엄마에게 종합 비타민을 챙겨주고 돌아왔다. 그날 저녁 주님의 옷자락을 잡아당기듯 기도드렸다.

'하나님, 동물도 새끼를 낳으면 젖이 나게 하시잖아요. 아기엄마를 불쌍히 여겨주세요. 그리고 아기에게 젖을 물릴 수 있도록 도와주세요.'

간절하게 기도한 다음, 나는 하나님이 어떻게 하실까에 대해 기대하고 있었다.

"모유가 나오는 다른 여성에게 부탁해서 아기 젖을 물려보는 건 어때요?"

조산한 아기가 우유를 먹는 것으로는 영양이 부족하다고 안타까워하면서 남편이 제안해왔다. 호숫가에는 젖소가 없어서 센터가 있는 마을로 올라온 아기엄마를 만나게 되었다.

"아직도 모유가 안 나와요?"

"네."

"그럼, 모유를 나누어 줄 만한 다른 여성이 있나요?"

"아니요."

"우유만으로는 안 될 텐데, 혹시 분유는 있어요?"

"있긴 하지만 너무 비싸서…."

전도사에게 바로 분유를 사 오라고 했다. 분유를 들고 아기엄마와 아기가 있는 호숫가로 심방을 갔다. 이곳 사람들의 형편이 열악한 것은 다 비슷했지만, 그 집은 특히 더 심했다. 아이의 이름이 '마뚱과', '하나님의 선물'이란 뜻이란다. 아기를 안고 기도했다. 모유는 아니지만 아기가 영양가 있는 분유를 먹을 수 있도록 하나님께서 알맞은 양식을 공급해 주신 것이다. 그 후 1년이 지났다. 우유에 분유를 타서 먹고 자란 마뚱과는 건강한 아이로 성장해 벙글벙글 웃고 있다.

하나님은 살아계신다! 기도한 내용 그대로가 아닐지라도, 하나님은 주권적인 응답을 주신다. 단 한 번도 실망시키지 않으시는 나의 아버지시다!

'도나티아(Donatia)', '패트릭' 그리고 엄마라는 존재

이곳에는 에이즈 보균자가 많다. 보균자들은 면역력이 약해서 '면역결핍증자'라고 부른다. 우리 교회에도 에이즈 보균자인 '도나티아'와 '애나 조이스'가 있다. 유니세프에서 후원하고 있어서 보건소에서 매달 정기적으로 약을 타서 먹고 있다. 약이 너무 독하기 때문에 음식을 잘 먹고 건강관리에 철저한 주의를 기울여야 했다. 하지만 생활이 너무 어려운 상황이라 우리가 매달 후원해도, 규칙적이고 영양가 있는 식사를 할 수 없었다.

도나티아의 남편은 아들 둘을 남기고 같은 병으로 죽었다. 도나티아가 노산으로 낳은 두 아들의 나이는 아직 어리다. 엄마 자리를 오랫동안 지켜주어야 하는데, 다른 누구보다 면역력이 약해서 늘 복합적인 병을 달고 산다. 우리가 어디를 가도 늘 가슴에 이름을 달고 다녀야 하는 여성이다. 곧 죽을 것 같은 증세를 보여 병원에 여러 차례 입원도 했다. 그때마다 7살, 11살 두 아들이 걱정이었다.

만약 하나님께서 도나티아를 데려가시면, 이 아이들은 고아가 되

안개꽃 이야기

는 것이다. 숨 쉬는 순간마다 도나티아와 두 아들을 위해 기도하게 된다. 만약, 도나티아를 데려가신다면 두 아들이 얼마나 엄마를 보고 싶어 할까, 그 마음이 고스란히 전해졌기 때문이다. 우간다에는 '패트릭'이라는 고아가 있다. 나를 엄마라고 부른다. 동정심도 있고, 아이가 워낙 반듯해서 볼 때마다 약간의 용돈을 챙겨주었다. 패트릭은 자전거를 사는 게 꿈이었다.

"엄마, 자전거를 사고 싶어서 돈을 모으고 있어요. 반 정도 모았는데 돈이 더 필요해요. 나중에 자전거 살 수 있도록 도와주실 수 있어요?"

사실, 얼마 안 되는 이곳 사람들에게는 큰 비용이었다. 그래서 자전거 반값에 돈을 더해서 바로 보내주었다. '엄마! 감사합니다!'라는 문자를 열 번은 넘게 받았던 것 같다. 이 세상에서 가장 불러보고 싶은 단어, '엄마'이다. 엄마는 세계의 공통어이다. 나에게도 엄마는 우주였고 에덴이었다. 그래서 우리 아이들에게 엄마라는 단어를 실컷 부르게 해 주고 싶었다. 엄마로 살게 하심이 참 좋다.

엄마의 의미가 무엇인지 알기에, 도나티아의 건강을 위해서 SNS에 기도 부탁을 급히 올리기도 하였다. 기도만큼 초자연적인 능력을 발휘하는 것이 어디 있을까! 죽을 고비를 몇 번 넘겼지만 도나티아는 살아 있다. 하지만, 집세를 못 내면 아들 둘과 도나티아는 이 집 저 집에 각각 떨어져 살아야 한다. 또 기도했다. 주님은 응답해 주셨다. 과부나 고아를 긍휼히 여기시는 주님께서, 도나티아를 위해 집터를 구입할 수 있도록 해 주셨다. 또 얼마 지나지 않아서 집을 짓도록 후원받게 해 주셨다.

주님을 어찌 찬양하지 않을 수 있겠는가! 사막에 샘을 내시고 길을 내시며, 시들하던 생명을 소생케 하시는 현장에서 말이다. 이 글을 쓰는 지금, 도나티아의 큰아들이 성전에서 성탄 마임을 연습하고 있다. 주님의 뜰을 밟으며 성장하는 도나티아의 아들을 통해서 주님께서 영광 받으실 것을 믿는다. 하나님께서는 한 사람 한 사람마다 뚜렷한 목적을 가지고 지으셨기에, 이들을 통해 하나님의 영광을 드러내게 하실 것을 확신한다. 두 아들의 엄마인 도나티아, 우간다의 패트릭 엄마인 나는 앞으로도 계속 기도하는 엄마가 될 것이다. 이 또한 하나님의 영광을 위해서 말이다.

도아티아의 집짓기

안개꽃 이야기

날 써 주소서

숯덩이처럼 되어 버린 저들에게
예수 그리스도의 보혈이 흘러들도록
혈관을 뚫을 주의 손으로
날 써 주소서.

창백하게 탈색된
저들의 영적 세포에
복음의 엽록소 옮기고 돌보며
새움이 돋아나도록
생명을 전달할 주의 발로
날 써 주소서.

벌거벗은 영혼들이
생기를 되찾아
구원의 푸른 예복을 입고
노래하며 춤추는 저들에게
입 맞추시며 얼싸안아줄
주의 가슴으로
날 써 주소서.

5장

하늘의 두레박

갈릴리 디베랴 바닷가에 있던 베드로에게 찾아오신 예수님께서
'나의 양을 치라', '나의 양을 먹이라.'고 부탁하신 것처럼,
선교지의 영혼들은 결코 우리의 양이 아니다.
더욱이 우리가 이곳에 오기 전
'주님의 백성'이라고 말씀하신 주님께서
우리에게 맡겨주신 주님의 양들이다.
이 양들을 목양하는 이야기를 나누고 싶다.

수요예배 말씀을 전했다. 캄캄해서 잘 보이지는 않았지만, 낯익은 한 남자의 얼굴이 눈에 들어왔다. 말씀을 마친 후, 그 남자는 꼭 나누고 싶은 이야기가 있다며 전도사에게 상담을 요청했다. 로마서 6장 1절 말씀을 인용하면서, 집 나갔던 탕자가 다시 돌아왔다는 이야기를 했다. 어찌 그 이름을 잊겠는가? '조나스'였다. 코로나로 인해 사회적 거리두기라는 이유를 내세우지만 마음으로는 달려가야 했다. 그런데 마치 집을 나갔다 회개하고 돌아온 동생을 환영하는 아버지의 모습에 달가워하지 않았던 집안의 큰아들과 같았다(눅 15:11-32).

순간 그를 알게 된 과정이 스쳐 지나갔다. 주일학교 예배 시간마다 항상 1등으로 오는 세 명의 아이가 있었다. 힘없이 앉아있는 모습이 애처롭게 보여 심방을 하게 되었다. '집'이라고 불리는 곳은 산간 절벽에 위치해 있었다. 절벽이 벽의 역할을 하고 있었고, 절벽에 나무를 대충 걸쳐 벽돌 몇 장 얹은 형태였다. 게다가, 비바람이 세차게 불면 곧 무너질 것 같은 위험천만한 그 곳에서 7명의 아이들이 살고 있었다. 아이들 모두 하나같이 영양실조로 배가 불룩하게 나와 있었고, 횅한 눈동자 역시 튀어나올 것만 같았다. 조나스는 큰 돌을 작게 부순 자갈을 팔아 생활하고 있었는데, 그만 허리를 다치고 말았다.

남편이 조나스를 치료하였다. 그리고 언젠가 집을 지을 소망을 갖도록 집터를 구입해 주고, 그의 일자리를 만들어 주었다. 학교를 못 가는 여자아이 둘은 우리 유치원에 입학시켰고, 졸업까지 무사히 하게 되었다. 큰 아이들에게는 우리가 할 수 있는 여러 혜택을 제공해 주었다. 그런데 나중에는 타지역에 살던 제일 큰아이가 필요한 물품 리스트를 가지고 와서는, 마치 맡겨놓은 재정을 돌려달라는 듯이 행동했다. 그리고 조나스는 몸의 상태가 온전치 못하다고 해서 일을 못 해도 생활비를 지원했는데, 그 돈으로 술과 약을 먹는 것이었다. 그로 인해 자연스레 관계도 멀어지게 되었다.

여자아이들은 우리 교회에 가끔씩 왔지만 조나스에 대해선 잊고 있었다. 그런데 조나스가 다시 돌아왔다는 것이었다. 복합적인 감정이 밀려왔다. 선교사의 필독서인 『파인애플 스토리』라는 책을 떠올렸다. 그 책에는, 우리가 가지고 있는 일반적인 상식과 가치를 내려놓아야 한다고 기록되어 있다. 현지인들에게는 도움받는 삶의 패턴이 당연한 문화이고 전통인 것이었다. 예수님의 발자취를 따르는 제자라면, 자신들과 같은 처지에 있는 사람들을 돌봐주는 것이 성경적인 일이라고 알고 있는 이들이었다.

"주님! 선교 정말 어려워요! 적어도 저에게는요. 저는 아직도 감정이 앞서고, 사람들을 골라서 좋아해요. 그리고 사람에 대해 기대치를 정해놓고 저 스스로 실망해요. 주님의 관점보다 제 생각이 더 중요한 사람입니다. 주님! 언제쯤이면 저를 비우고 자유로운 선교를 할 수 있을까요? 머리로는 알지만 삶으로 실천하지 못하고 있어요. 그러면서 이들에게는 크리스천의 삶을 강조해요. 과연 이들이 저를 통해 주님을 만날 수 있을까요?"

오늘은 슬픈 날입니다.

진짜 떡을 위해

맛이 좋은 음식점에 사람이 모인다. 그래서 '맛집'이라는 말이 있다. 오랜 시간 줄을 서서 기다려야 해도 다른 곳으로 가지 않는다. 내가 대학교 때, 맛집으로 알려진 곳에서 아르바이트를 했던 적이 있다. 주말이 되면 손님들이 보통 한 시간, 길게는 두 시간을 기다려야 하는 곳이었다. 미국 사람들은 기다리는 것쯤은 전혀 문제 삼지 않는다.

하나님은 '떡집'이란 의미가 있는 베들레헴에 예수님이 나셔서 구유에 누이시게 하셨다.

그러실 수밖에 없던 상황이었지만, 그런 가운데에서도 하나님은 메시지를 주신다. 성경은 예수님이 누워계신 구유이다. 그리고 우리는 그 구유에서 말씀의 떡을 먹어야 산다.

교회는 베들레헴을 의미한다. 사람들은 떡을 먹으러 교회에 온다. 그런데 떡이 변변하지 않으면 오지 않는다. 떡도 맛있어야 하고 거기에 디저트까지 준다면 금상첨화다. 이곳 현지인들은 떡보다 디저트를 더 좋아한다. 교회에서 옥수수, 설탕, 기름, 비누를 나누어 준다는 소문을 듣고 사람들이 몰려왔다. 오늘은 의자가 모자라서 아이들 의자까지 사용해야 했다.

찬송가도 부르고 이들의 전통 복음송을 통해 다윗처럼 춤도 추었다. '예수님은 가능하십니다'를 애절하게 부르며 기도도 드렸다. 디저트와 생활물품을 받아 가도 다시 오지 않을 확률이 높다. 하지만 예수님 말씀인 생명의 떡 한 조각이라도 먹지 않았을까 하고 소망해 본다. 동방교회, 천주교, 이슬람에서도 디저트를 준다고 하면, 신앙과 상관없이 그곳으로 간다고 한다. 어느 누구나 배가 고프면 먹을 것을 주는 곳으로 가는 것이다.

그래도 환영한다. 진짜 생명의 떡 맛을 알게 될 이들도 있을 테니까. 더 맛있는 떡과 함께 나누어 줄 디저트를 생각해 봐야겠다.

안개꽃 이야기

찬송

음악이 예배와 삶에 차지하는 부분은 대단하다. 그래서 찬송은 곡조 있는 말씀이고, 곡조 있는 기도라고 하지 않는가! 가장 기쁠 때도 찬양이고, 가장 슬플 때도 찬양이다. 우리 성도들은 모든 삶을 노래와 춤으로 풀어낸다. 이들에게 찬양은 천국 비타민이요, 삶의 활력소이다. 찬양 중에 거하시는 하나님을 향한 경배를 드린다.

그런데 음악의 역사를 살펴보면 의인의 계열에서 나온 것이 아니어서 아이러니하다. 카인의 후손 중 유발이 음악의 조상이라고 성경이 기록하고 있는 것이다(창4: 21). 카인이 아벨을 죽이고 유리하다가 놋땅에 거주할 때, 세상 문화를 발달시키면서 유흥이 생겼던 것이리라. 지금도 세상 음악이 교회 음악보다 월등히 앞서가고 있다.

어쨌든 음악에는 신비한 능력이 있다. 세상 음악은 사람의 감성을 자극한다. 그러나 교회 음악은 영혼을 빚는다. 초자연적인 기적을 일으킨다. 여호수아 시대에는 여리고성을 무너뜨렸다. 다윗이 수금을 탈 때 사울에게 있던 악귀가 떠나갔다. 여호사밧왕이 전쟁터에서 노래하는 자를 군대 앞에 세웠을 때는 대승을 거두었다(역하 20:21, 33). 거문고 타는 자가 거문고를 탈 때 엘리사에게 예언이 임하였다(왕하3:15). 시편의 마지막에서는 호흡이 있는 모든 것들로 여호와를 찬송하라고 했다.

사도 요한은 어린양 예수님을 중심으로, 천군 천사와 셀 수도 없는 무리가 찬송의 예배를 드리는 비전을 기록했다. 사람을 만드신 목적도 하나님의 이름을 찬송하게 하시기 위함이라고 했다(사 43:21). 그 목적하심에 맞게, 우리 교회 성도들은 찬송만큼은 이곳의 어떤 교회에 뒤지지 않는다. 어제나 오늘이나 영원토록 변함없으신 하나님께 감사드리는 마음을 찬송으로 표현하는 성도들과 함께, 오늘도 하늘나라를 밟고 서 있다.

질문

오늘 예배를 시작하려 할 즈음, 마을 촌장이 교회에 왔다. 천주교를 종교로 가지고 있는데 웬일인가 했다.

"코로나 때문에 온 나라가 난리입니다. 오늘부터 교회에서 어린이 예배를 드릴 수 없습니다."

예배를 중단하라는 메시지를 전하려고 온 것이었다.

그렇지 않아도 어린이 예배는 휴교령과 함께 중단한 상태였다. 하지만 어린이 찬양팀을 비롯한 20명 정도의 아이들은 마스크를 착용하고 계속 참여했었다. 마을 촌장의 말을 전해 듣고 미리 와있던 아이들을 돌려보내야 했다.

이곳은 특별히 아이들이 갈 데도 없고 놀이기구도 없다. 교회에서 찬양과 예배를 드리고, 과자와 사탕을 받는 것이 유일한 즐거움이자 놀이와 같은 것이었는데, 그마저도 못하게 되었다.

어른들은 사회적 거리두기를 지키기 위해, 의자 하나를 사이에 두고 띄워 앉아 예배를 드리도록 자리를 재배치했다. 그런데 찬양을 하다 열정이 오르면, 마스크 쓰는 것도, 정해진 자리에 앉아야 하는 것도 아랑곳하지 않게 된다. 이들은 온몸으로 찬양한다. 그런데다 일 년 내내 무더운 날씨 때문에 마스크 착용이 쉽지 않다. 아무리 흙먼지를 마셔도 마스크를 사용하는 문화가 아니다. 코로나바이러스에 대한 상황을 이야기해 주고 예방을 위해 마스크를 지원해 주었지만, 입만 가리고 코는 내어놓는다. 이야기할 때는 턱 밑까지 마스크를 내린다. 이들은 코로나의 위험보다 배고픔의 위험을 더 크게 여기고 있다. 마스크보다 말씀보다, 식량이 제일 중요했다. 예수님도 배고파하는 무리를 챙기셨다. 먼저 배부르게 하고 말씀을 전하셨다.

그런데 나는, 배가 고파 온 이들에게 기독교는 종교 개념이나 이론이 아니라, 삶이어야 한다는 메시지를 전했던 것이다. 진짜 영혼을 위하는 방법이 무엇인지, 예수님께서 원하시는 마음은 무엇인지를 묵상하고 회개한 후, 방문자들에게 식량과 설탕을 지급하는 일을 했다. 코로나도 그렇지만 범람한 호수 때문에도 끼니 해결에 큰 문제가 있다. 한 끼 식사가 너무나 귀한 사람들이다. 얼마나 애가 타겠는가? 종교가 무엇이든, 누가 어디에서 주든지, 그들은 먹을거리를 받기 위해 다가간다. 괜시리 내가 미안해진다.

주님! 가난한 자는 오직 이 땅에서만 있지요? 주님 나라에서는 그 누구도 배고파하거나, 식량을 구하기 위해 여기저기 기웃거릴 필요가 없지요? 주님 나라엔 이런 구제선교가 필요치 않지요?

선교지의 모든 영혼이 우리의 참된 소망, 우리의 참된 양식 되시는 예수님을 영접하게 되면 좋겠다. 그리되면 참 좋겠다.

양식 지원

안개꽃 이야기

하나님의 마음으로
함께하자

　지금은 휴교 상태이지만, 탄자니아, 우간다, 르완다에 있는 신학교를 순회 강의를 하다 보면 가장 많이 받는 질문이 있다.

　"아프리카에 있는 저희는 함의 후손인가요? 성경 말씀대로 저주받은 함의 후손이라서 경제, 문화적으로 후진국으로 살 수밖에 없는 건가요?"

　예전엔 나도 그렇게 생각했었다. 그런데 '댈라스신학교'에 계신 Thomas Constable 박사와 함께하는 연구팀에 의하면, 하나님께서는 사람마다 각기 다른 12개의 DNA를 주셨다고 한다. 예를 들자면 AABB, AaBB, AAbB, AAbb, Aabb… 등으로 12개이다. 첫째 사람은 AaBb로 황인종이었을 것이라고 한다.

　부부가 자녀들을 낳으면서 우성(AABB)끼리 연합하면 흑인이다. 열성(aabb)끼리 연합하면 백인이다. 어떻게 연합하느냐에 따라서 폴리네시안 같은 흑인에 가까울 수도 있고, 황인종이면서도 백인에 가까울 수도 있다. 그러니까 아담부터 10대 노아 때까지 약 1000년 동안 다양한 혈색이 이미 존재했었다는 것이다. 그러면 어떻게 아프리카대륙에만 흑인들이 모이게 되었을까? 나는, 바벨탑 사건 이후 언어가 혼란해지자 겉모습이 비슷한 사람들이 공동체를 이루어 이주하게 된 것이라고 생각한다. 성경에 함의 후손으로 애굽과 이

디오피아가 언급되어 있지만, 주로 가나안 땅과 중동지방이었다. 그런데 오늘날 연구진들이 유전자를 연구하면서 오해를 바로잡게 되었다. 함의 저주 때문에 후손들이 흑인이 된 것이 아님을 알려주었다. 더불어 구약을 대표하는 12지파 중에 장자권의 축복을 받은 에브라임과 그의 형인 므낫세는 흑인이다. 요셉의 아내가 애굽 여인이었는데, 흑색이 우성이니 아이는 당연히 흑인이었다. 미국 전 대통령 오바마를 보라. 할머니는 백인인데, 그의 아버지는 흑인이다. 그리고 아프리카 현지인 중에서도 완전 백인처럼 하얀 피부를 가지고 있는 사람이 종종 있다.

서기 1000년경부터 아프리카 대부분이 유럽의 식민지배를 받으며 이들의 자존감이 묵살되어 버렸다. 아마도 과학이 발달되지 않았던 그 시대는, 이들을 저주받은 함의 후손이라고 생각하며 군림했을 것이다. 자신들의 탐욕에 사로잡혔던 자본주의국가들에 의해 이들에게도 동일하게 적용되는 하나님의 형상이 가려졌다. 경제력이 약하다고 해서 사람의 인격까지 낮추어 보는 것은 죄이다. 알게 모르게, 이들을 함부로 대했던 적이 있다면 회개해야 한다.

나 자신부터 회개하는 마음으로 이 자리에 있다. 이제 우리는 예수 그리스도 안에서 다 같은 후손이 되었다. 하나님의 자녀들인 영혼을 대할 때, 하나님의 마음과 하나님의 시선으로 함께하자. 그것이 하나님께서 기뻐하시는 일이자, 우리를 향하신 하나님의 뜻이다.

안개꽃 이야기

진짜 선물

울퉁불퉁한 길을 걷는다는 것이 완전히 자유롭지는 않다. 그런데 지난 주일, 코로나 상황을 알지 못하고 예배를 드리기 위해 교회에 왔다가 그냥 집으로 가야 한다는 것을 알고 울면서 돌아가는 아이들을 보고 결심했다.

'내가 그들에게 가자!'

이틀에 걸쳐 준비한 선물들을, 목회자들과 함께 120개의 가방에 담았다. 성구를 프린트하여 쪽지 모양으로 접었다. 그리고 아끼고 있던 스티커를 붙였다.

아이들과 엄마들은 대부분 글을 읽을 줄 몰랐다. 그러나 누군가가 읽어 줄 것이다. 그리스도의 편지가 어린이들과 불신자들에게 생명이 되어, 눈으로 영혼으로 읽히게 될 것을 소망한다. 말씀은 살아 있는 생명이다!

"선교사님, 저희는 단 한 번도 이렇게 정성스러운 선물을 받아본 적이 없어요."

선물을 준비하던 목회자들이 말했다. 실은 나도 그랬다. 그래서 내가 받고 싶었던 대로 선물을 준비하는 것이 행복했다. 집이나 거리에서 아이들의 이름을 불러주며, 선물과 풍선을 나누어 주었다. 상상하지 못했던 풍경과 선물에 아이들은 약간 어리둥절해하거나 어색해하는 모습을 보이기도 했다. 그러나 우리가 떠나고 나면, 그

들 마음속에는 잊지 못할 추억이 새겨질 것이다. 하나님의 사랑을
느끼게 될 것이다.

주님! 이곳 사람들이 주님께서 한 영혼을 귀하게 여기시고, 자신
의 영혼을 기억하고 있다는 것을 우릴 통해 느끼도록 하소서! 그래
서 그들 마음속에 주님이 읽히고 읽히기를 기도합니다! 아멘, 아멘!

성경말씀을 넣은 간식 백을 가지고 유치원 아이들을 방문하여 풍선과 함께 전달

안개꽃 이야기

 코로나가 아니었다면 예정대로 집에 가려고 준비해왔던 식재료들이 바닥났다. 이곳의 유일한 해산물로 만들 수 있는 것은 황탯국과 미역국이다. 주로 카레와 된장국을 먹는다. 두부가 없어서 여러 종류의 콩을 넣어 밥을 짓는다. 살림을 많이 해 보지 않았지만, 하나님께서는 또 적응해서 살게 하신다. 며칠 전, SNS에 올려져 있던 닭강정과 새우튀김 요리 방법을 보고 오늘 도전해 보았다.

 도전적인 나는 예전에 먹었던 맛을 상상하면서 닭 껍질을 벗기고 살만 떼어내어 칼질했다. 양념을 해서 밀가루에 발라 튀겼다. 그리고는 미리 만든 소스에 잘 버무려서 살짝 다시 데웠다. 딱딱하던 튀김이 약간 부드러워지면서 맛이 스며들었다. 마지막으로 잣을 얹어보기 좋게 마무리했다.

 패션푸룻, 토말리오, 파파야 같은 과일도 보기 좋게 놓고, 이곳에만 있는 파인애플 소다도 준비했다.

 "이야, 사막의 오아시스 같은 음식이네. 맛있다. 한 달에 한 번씩 해 줘요."

 사고로 발목을 다쳐서 지난 6주간 부엌을 도맡아 주었던 남편에게 별식을 만들어 주길 잘했다는 생각이 들었다.

 이제는, 성도들이 좀 더 맛있게 섭취할 수 있도록 주일 말씀 양식을 준비하고 있다. 말씀을 대하는 이들의 수준을 고려해야 한다. 말씀을 보고 듣는 것도 어려워했지만, 읽는 것을 특히 더 힘들어했다. 인터넷 사용률이 전체 0.5% 정도이고, 동영상은 전혀 열리지 않는다. 그리고 이들은 현재 대통령과 1961년 독립을 이룩한 첫째 대통령 그리고 넬슨 만델라뿐이다. 조지 워싱턴이나 링컨, 저명한 작가들을 당연히 모른다. 설교 예화도 극히 제한적이었다. 이런 대상자들을 위해 처음엔 성경 안에서만 예화를 찾아 설교했다.

'어떻게 하면 이 영혼들이 말씀을 잘 소화할 수 있을까?'를 연구하며, 하나님께 지혜를 구했다.

남편이 또 닭강정을 해달라고 하듯, 이제는 이들을 위한 말씀의 별식도 점차 요리해야겠다. 가마솥에 푸욱 끓여야 하는 음식처럼, 묵상도 오래오래 드리면서 말이다.

국화꽃 그대

지난밤, 천둥과 번개, 비바람이 세차게 몰아쳤다. 나뭇가지가 부려져나가고, 나무가 뿌리째 뽑히기도 했다. 마또게(쪄먹는 바나나)를 이고 있던 나무도 쓰러졌다. 얼마 전에는, 낡은 흙집이 폭우에 완전히 내려앉아 5명의 가족이 그대로 묻히는 사고도 있었다. 이와 비슷한 가정에서 살고 있는 유치원 아이들이 삼 분의 일 이상이나 된다. 계속 결석하고 있어서 긴장이 된다. 6개월 이상 지속되고 있는

주일 예배후 성경공부

천둥과 번개, 폭우다. 이 땅에도 국화꽃이 필 수 있을까? 잠시 한숨을 내쉬었지만 이내 힘이 난다. 국화는 이미 피고 있다! 말씀으로 말이다!

매주 금요일마다 성경공부를 하고 있다. 마가복음, 창세기, 에스더를 거쳐 오늘은 사사기 7장을 공부할 차례다. 열악한 일기와 상황인데도, 성도들이 저 먼 곳 호숫가에서도 올라왔다. 대부분 여성들이다. 엄격한 가부장적 문화와 일부다처제로 인해 마음이 무너진 삶의 현장에서 다시 한 번 더 살아내기 위한 안간힘이리라.

오늘의 말씀은, 기드온과 미디안의 싸움에서 인간의 방법이 아닌, 오직 하나님의 방법으로 대승을 거두게 되는 내용이다. 전쟁 무기라고는 보잘것없는 나팔과 항아리, 횃불뿐이다. 하나님의 역사는 우리의 경험이나 상식으로 이해되지 않는다. 마치 유치원생이 대

주일 예배후 성경공부

안개꽃 이야기

학원 문제를 이해하고 풀 수 없는 것 그 이상이다. 하나님의 지식은 빅토리아호수의 물과 같다면, 우리가 아는 것은 한 컵의 물에 지나지 않기 때문이다. 하나님의 경영만큼은 사람이 이해하거나 설명할 수 있는 것이 아니다. 그냥! 그냥! 신뢰하고 믿는 것이다. 하나님 말씀을 내가 좀 더 많이 공부하고 전했지만, 믿음에 대한 순수함은 우리 성도들을 따라갈 수 없다. 믿음과 지식이 꼭 비례하지 않음을 이들을 통해서 보고 있다.

하나님은 온갖 꽃들이 다 피고 지고 난 후에, 찬 서리 맞으며 홀로 국화가 피도록 남겨두셨다. 어떤 상황 속에서도 일하시는 하나님의 생명을 닮아 있는 국화꽃이다. 흉내 낼 수 없는 유일하신 하나님의 체취 역시 국화에 담아 놓으셨다. 그 향! 그 체취! 모진 삶의 뒤안길에서도 말씀 안에서 피어나고 있는 이들에게서 맡는다. 국화꽃을 닮은 그대여, 하나님의 말씀으로 그대들의 영혼이 활짝 피어나기를!

엄마라는 이름을 가진
이들에게

　아프리카 의상은 대체로 여러 가지 색상이 어우러져 알록달록하다. 황토 흙먼지가 많은 환경과 용도에 따라서 디자인한 것이리라. 만약 밝거나 단색이라면, 이 환경에서의 필요를 다 소화해 낼 수 없다. 잘 관리해야 하는 고급 비단이 아닌 면이다. 널따란 직사각형 스카프는 다목적용으로 사용한다. 물론 기온에 따라 스카프로 두르기도 한다. 비가 오는 날에는 우산으로 사용한다. 또 아이를 업어주는 포대기로, 아이를 안아주고 덮어주는 이불로, 바닥에 깔아주는 깔판으로도 사용한다. 아이들의 눈물, 콧물을 닦아주는 손수건이기도 하다.

　아기를 위해서 절대 서두르지 않고 수유하는 엄마를 본다. 엄마와 눈이 마주친 아기는 세상을 다 가진듯한 평안한 모습이다. 아기의 입가에서 봄 향기가 난다. 눈에는 가을밤의 별들이 반짝인다. 모유를 만족하게 섭취한 아기는 절대 산만하거나 버둥대지 않는다. 욕구불만이 없다. 마냥 평안하다.

　이 엄마들은 세척하고 또 세척해서 얼마든지 다시 쓸 수 있는 무명 손수건과 같은 존재이다. 예쁘게 진열되어 있어 사용하기 부담스러운 비단 손수건이 아이가 흙장난을 하다가도 느닷없이 달려가서 안겨도 되는 수수하고 폭넓은 치마폭과 같다. 아프리카 엄마들이 아이들을 돌보는 모습을 보면서 많은 메시지를 생각하게 된다. 자신을 아끼지 않고. 오직 아기를 위해 전부를 내어주는 엄마, 우리 주님의 모습이다.

과연 나는 우리 아이들에게 엄마다운 엄마였는가. 사람 됨됨이보다 성공이나 성취를 우선시하는 엄마는 아니었는가. 하나님께서 기뻐하실만한 엄마의 모습은 어떠한 것인지 반성해 본다.

오늘 예배도 연일 내리는 엄청난 폭우로 성도가 반 정도만 참여했다. 예배를 마치고 이 엄마들에게 식용유 1리터와 비누 두 장을 나누어 주며 작은 마음을 전달했다. 엄마라는 이름을 가진 이들에게 감사한다. 이들의 목자인 나는, 사랑스러운 이들의 이름을 가슴에 달고 다녀야겠다. 나의 목자이신 예수님께서도 나의 이름을 가슴에 품고 함께해 주고 계시듯, 나 역시 이들의 이름을 부르며 가슴에 품는다. 이들의 '영적 됨됨이'가 잘 빚어지도록 말이다.

우리의 진짜 주소

선교 오기 전, 집과 짐을 정리했더니 가는 곳 주소가 없다. 이메일로 소통할 수 있어서 큰 무리는 없지만, 주소를 기록해야 할 때도 있다. 이 땅에서의 주소도 있어야 하지만, 우리의 영적 주소는 어디인가? 리더의 부재로 영적인 주소를 교란한 시대가 있었다. 바로 사사기 시대이다.

레위인은 자신이 거처가 없어 떠돌다 미가를 만나 제사장이 된다. 아론 계열만 제사장이 될 수 있었음을 우리 성도들은 알지 못한다. 가족의 일원으로 선대한 것에 박수친다(삿 17장). 말씀을 바로 해석하여 전하지 못하는 일이 선교지에서 얼마든지 있을 수 있다. 그래서 성도들의 영적 주소를 엉뚱한 곳으로 인도할 수 있다.

우리 성도들은 영적 분별력을 발전해 가는 중이다. 미가의 어머니처럼 남이 한 죄는 저주이고, 자가 아들이 한 죄는 용서해야 한다고 한다. 물론 그래야 한다. 하지만 회개 없는 축복을 당연하게 여긴다. 어떻게 하면 나에게 맡겨주신 이 영혼들에게 바른 신앙관과 인격을 가르쳐 줄 수 있을까 하고 기도한다. 물론 성령님께서 하시지만, 내가 해야 할 역할은 바른 신학을 전하는 일이다.

모든 성도를 내 마음과 영혼의 거실에 보관하고 있다. 사진을 보면서 이름을 부르며 기도한다. 그래서 오늘 예배 후에는 자기 사진이 없는 성도의 사진을 찍어주었다. 현상된 사진을 소중한 마음으로 교회 벽에 비치했다. 성도들은 자신이 소유하고 있는 사진이 단한 장도 없다. 교회에 오면 자신의 사진을 보고 또 본다. 그런 성도들의 모습을 보며 나는 소망한다. 자신의 사진이 있는 이 교회를 이땅의 주소로 인식하는 것이다. 더는 다른 곳에서 방황하지 않길 바란다.

선교 대상자들의 필요를 채워주는 것은 형편껏 하면 된다. 그런데 영혼을 바른 진리로 인도하는 것, 즉 영적인 주소를 갖게 해 주는 것은 최고로 거룩한 부담이요, 또한 최고로 거룩한 은혜이다!

신방

우리 교회에서는 매주 수요일마다 기도를 중심으로 예배를 드리고 있다. 그리고 금요일엔 성경공부 중심의 예배를 드린다. 목회자들이 순번을 정해 성경 한 장씩을 맡아 말씀을 증거하고 있는데, 벌써 2년이 다 되었다. 지금은 사사기 17장을 공부하는 중이다.

말씀을 관찰하고 해석하며 적용하는 학습 방법이 성도들에게는 쉽지 않다. 성도들은 말씀을 듣기만 하는 것에 익숙해져 있다. 그래서 이제는 말씀을 더 깊이 관찰케 하는 과정에 집중하고 있다.

아무리 영양가 있는 음식이라도 소화할 수 있느냐가 관건이다. 비록 느리더라도. 이들의 수준과 문화에 맞추어 스스로 배우도록 하는 게 중요했다. 그래서 이들이 쉽게 관찰한 것들을 질문하도록 했다. 전에는 질문의 답을 내가 설명해 주었지만, 이제는 성도가 하게 한다. 더 구체적이고 좋은 답을 주기 위해 세 전도사에게 협력게 했다. 성도들이 옳은 대답을 했는지는 모르겠다. 그러나 뚜렷한 변화는, 성경을 비록 띄엄띄엄 읽더라도 이제는 서로 읽으려 한다는 것이다. 쑥스러워하거나 부끄러워하지 않고 질문도 하고 대답도 한다. 성경공부를 하는 성도의 숫자가 4배 이상 늘었다. 질문이 계속 이어져서 예정되어 있던 마무리 시간을 초과하기도 하고, 폭소가 터지기도 한다. 아이가 시끄럽게 해도 전혀 방해받지 않는다. 성경과 점차 친해지고 있다.

많은 것을 단시간에 주입해서 많은 결과를 추구하려는 성과주의 사고를 비워낸다. 본문 말씀의 핵심을 잘 파악해서 전했을까 하는 노파심도 내려놓는다. 이래라저래라 참견하지 않으려 한다. 그렇다! 이제는 이들이 예수 그리스도의 신부로서 이들에게 어울리는 말씀의 신방을 꾸미고 있다. 그 누구보다 성령 하나님을 신뢰한다. 기도하며 함께 하고 있다!

세상 문화와 천국 문화

여기 선교지의 삶과 문화의 모습은 다른 나라에 비해 많이 낙후되어 있는 편이다. 특히 코로나 이전(CB: Crona Before)과 이후(CA:Crona After)의 변화도 제대로 인식되어 있지 않아, 세계 곳곳에서 들려오는 소식들과 완전히 동떨어져 있는 듯하다. 2009년에 처음 아프리카를 방문하고 돌아가서 주일학교 아이들에게 현지에 대해 이야기해 주었다. 아프리카 아이들은 먹을 것이 없다고 하자 아이들이 손을 들어 질문했다.

안개꽃 이야기

"그 아이들은 냉장고 문 여는 방법을 모르나요?"

아프리카의 문화적 상황을 전혀 모르는 아이들의 질문이었다. 아프리카 아이들은 냉장고가 어떻게 생겼는지, 기능이 무엇인지도 모른다. 그리고 이어서 '선한 사마리아인'에 대해 설교했다. 그리고 그 설교에 대하여 아이들에게 질문했다.

"성경말씀처럼 강도를 만난 이웃이 도움을 청하는 상황을 경험하게 된다면, 여러분은 어떻게 할 것 같나요?"

그때 여름방학을 맞아 미국에 온 한국에서 초등학생들도 함께 했다. 한국에서 방문한 아이들은 하나같이 돕지 않겠다고 했다. 왜냐하면 강도를 만난 척, 위장하고 있다가 오히려 나에게 강도짓을 할 수 있기 때문이라고 했다. 성경이 전하고자 하는 메시지보다, 자신이 살기 위한 테크닉에만 집중하고 있었다. 차세대에는 말씀의 적용을 달리해야겠다는 생각을 해 보았다.

세상 문화는 천국 문화와 반비례한다. 가인이 하나님의 앞을 피해 놋땅에 거주하였다. 그리고 하나님 없이 살 것처럼 자녀를 낳으며 바벨탑 같은 성을 쌓았다. 그의 5대손인 라멕은 일부일처라는 가정의 창조 질서를 깨고, 두 아내를 얻어 아들들을 낳았다. 일부다처의 원조인 그의 아들들이 축산업, 유흥업, 기계공업의 원조가 되었다. 오늘날의 세상 문화가 이미 창세기 4장에 있었다. 이런 문화가 발전하면 발전할수록 인간은 문명의 노예가 되어간다.

요즘 AI(Artificial Intelligence, 인공지능)를 주제로 다룬 영화를 보라. 앞으로 펼쳐질 예고편 같다. AI가 인류를 지배하는 시대가 올 것이다. 코로나 바이러스 사태는 또 무엇인가? 소설이나 공상영화로만 볼 수 있었던 일들이 실제가 된 세상을 보여주고 있다.

이곳은 아직 농경산업이 주를 이루고 있다. 이웃과 붙어 산다. 담이 없다. 아이들도 서로 돌봐준다. 함께 웃고 울어준다. 폭력이 없다. 농기구인 낫이나 칼을 들고 다녀도 경계하지 않는다. 신문이나 뉴스에서 떠들썩하게 하는 연쇄 범죄가 없다. 폭동도 없다. 데모나 시위도 없다. 단지 가난할 뿐이다. 이들과 우리 중 하나님께서는 어느 쪽을 기뻐하실까? 예수 그리스도를 전하는 것 외에는 오히려 우리가 이들에게서 많은 것들을 배우고 있다.

하나의 연장

우리 성도들을 알고 보면, 성경적인 부부가 5퍼센트 될까 말까 한다. 한 여성이 보통 3, 4명의 다른 남편들의 아이들을 키운다. 이곳 풍토 중 하나는, 남자 한 명당 두세 명의 부인이 있다는 것이다. 그래서 친자식이 아닌 아이들을 함께 키우고 있는 여성들이 많다. 함께 살다가 어떤 이유로 헤어지면 아이들은 엄마가 맡는다. 양육비? 없다. 그렇다고 엄마가 생활을 유지해 나갈 만한 방편이 있는

가? 없다. 엄마는 생존을 위해 무슨 노동이든 할 수밖에 없다.

이런 엄마의 모습을 보면서 자란 아이들은 엄마에 대한 애착이 크다. 일하러 나간 엄마를 대신해 어린 동생들을 돌보는 것은 큰아이의 몫이다. 엄마가 다르지만 우애가 기가 막히게 좋다. 엄마는 일한 대가로 돈이 아닌, 마토케든 감자든, 식량을 받아 연명한다. 생활의 방편을 위해서랄까? 그러다 다른 남자를 만나 살다 또 헤어진다. 아프고 아픈 삶의 연속이다.

때론 앞이 보이지 않는다. 아빠 없는 아이들이 우리 유치원에 90퍼센트나 된다. 엄마가 아닌 할머니가 키우고 있는 아이들도 많다. 그래서 부모들에 대해 묻지 않는다. 문제는, 이러한 가정문화를 아이들이 그대로 답습한다는 것이다. 이들은 일부다처제를 평범한 삶의 형태로 여기고 있기 때문에, 문란함과 무책임한 행동에 양심의 가책을 느끼지 않는다. 이상하고 안타깝게 느끼는 것은 이방인과 같은 우리뿐이다.

'파스카지아'라는 성도가 우리 교회에 온 지 약 2개월이 되어 간다. 옷이 한 번도 바뀌지 않았다. 매번 아기를 업고 왔다. 볼 때마다 머리에서부터 똑같은 의상이다. 업고 오는 아기도 마찬가지이다. 파스카지아와 이야기를 나누어 보았다. 다른 여성들과 똑같은 사연을 가지고 있었다.

"필요한 게 무엇일까요?"

"지금 삼촌 집에서 살고 있어요. 일할 때 입는 옷 한 벌, 교회 올

때 입는 옷 한 벌, 제 옷이 두 벌 있습니다. 큰아이는 중학생이구요. 그런데 큰 아이가 학교 갈 때 신을 신발이 없어요."

욕심이 없다. 그냥 그렇게 산다. 그런데 춤을 출 때는 폭발적인 힘이 솟는다. 파스카지아 뿐만 아니라, 성도들 모두 말이다.

어떻게 해야 건강하고 활기찬 가정이 되게 할까를 놓고 늘 고민이다. 고질적인 남성우월주의와 가부장적인 전통을 벗지 못하고, 규칙과 사랑 없이 무조건 군림하려는 남성들, 거기에 무조건 복종하는 여성들! 순회 신학생 강의를 하다가 종강 때 자주 들었던 학생들의 소감을 생각해 본다. 앞에서 강의하는 나보다, 뒤에서 섬기는 남편을 통해 은혜를 받았다고 했다.

남편을 통해 성경적인 남편상이 보이기를 소망할 수 있었다. 다른 곳에서는 지극히 평범한 우리이다. 그런 우리를 하나님께서 늦은 나이에 이 땅에 불러주신 이유가 무얼까? 자라나는 어린이들에게나 택하신 누군가를 위해 우리의 실상이 성경적 가정으로 캡쳐되길 바랄 뿐이다.

주님이 기뻐하시는 뜻대로 사용되는 하나의 연장이었으면 한다. 주님께서 허락하시는 그날까지!

안개꽃 이야기

그 어떤 바이러스에도 치료의 광선이 발할 수 있도록, 온 성도들은 진심을 다해 뜨거운 찬양을 드렸다. 오늘 드리는 예배가 마지막인 것처럼 말이다. 품위 있게 예배드린다고 조용히 눈을 감고 손만 들었던 나도, 이들의 신령한 예배 바이러스에 점점 감염된다. 발목만 더 온전해지면 이들과 똑같이, 아니 다윗 같은 춤을 올려드릴 것이다.

"우리나라는 코로나가 없는 나라입니다. 그러므로 모든 생활을 정상화합니다."

대통령의 선포로 어린이도 교회에 와서 예배를 드린다. 아이들과 약간만 함께 율동을 같이해도 발목에 무리가 간다. 하지만 생명 있는 동안에, 호흡하는 동안에, 후회하지 않을 찬양의 경배를 드리고 싶다. 예배 후엔 여선교회가 화요일에 있을 어머니 기도회를 위해 모였다. 모든 일을 만드시고 세우시고 성취하시는 여호와께 목소리를 합하기 위함이다.

이제는 여선교회 내에서 MC, 찬양 인도자, 말씀 선포자, 기도 인도자 역할을 목회자에게 의존하지 않는다. 독립적으로 세워지고 있는 어머니 기도회에 기대가 된다.

특별히 오늘은 목회자들 중 한 가정에게 식사를 준비하게 했다. 지난주 신학강의 때 한 학생이 우리에게 선물로 가져온 닭 한 마리와 재료비를 미리 주었다. 다들 힘들어도 성도들은 식사를 서로 나누고 사는데, 우리는 식사에 초대받은 적이 없다. 목회자들이 우리와 함께하는 시간이 아직 편안하지 않은 모양이다.

예전엔 우리집에서 매주 식사를 준비하고 말씀을 나누었다. 목회자인 우리가 성도들의 집에 가는 것이 자유롭지 못하기 때문이었다. 무엇보다 화장실을 사용하는 것이 어려웠다. 그래서 오늘은 의도적으로 이런 자리를 마련하게 했다. 또 성도들이 목회자들을 조금은 편안한 마음으로 대할 수 있도록 하는 것이 중요했다. 그래야 말씀과 삶을 나눌 때, 진심과 진심이 통할 수 있기 때문이다

이들과 바닥에 앉아 식사를 함께하며, 우리나라도 일제강점기와 내전을 겪으며 힘든 삶을 살았다고 이야기해 주었다. 거리엔 고아와 과부들이 넘쳐났고 앉을 의자도 없어 바닥에서 생활했다고 말해 주었다.

"정말이요!"

믿어지지 않는다는 눈빛으로 바라보았다.

"그런데 지금은 어떻게 그렇게 잘살고 선교를 많이 하는 나라가 되었나요?"

내가 대답했다.

"폐허가 되어버린 현실 가운데에서도 사경회를 통해 며칠씩 공동체 생활을 하며 말씀과 기도에 힘썼지요. 삶은 형편없었어도 교회에 드릴 헌금을 우선했지요."

그러면서 주님께 신실하고 성실하게 나아가면 좋은 결과가 분명히 주어진다고 했다.

교회가 아닌 현지 목회자의 집에서의 대화가 좀 더 친밀해지게 했다. 오늘의 닭요리는 최고로 맛있었다. 우리가 만족해하는 것을 느꼈는지, 집을 나서며 이들에게서 우리를 대접한 뿌듯함을 볼 수 있었다. 이들과 개인적으로도 함께 하는 교제를 통해서도 하나님께서 기뻐하시길 소망한다. 말씀으로만 하나됨이 아니라, 실제 삶에서 드러내는 교제였다.

9월

선생님이 아이들에게 물었다.

"구원받은 어린이는 손들어 보세요."

한 어린이만 빼고 모두가 손들었다.

선생님이 물었다.

"손을 들지 않은 어린이는 구원받지 않았나요?"

아이가 대답했다.

"우리 엄마가 다른 사람한테 돈 받으면 안 된다고 했어요."

'구원'을 돈 '9원'으로 생각했던, 순수한 어린이다운 대답이었다. 그런데 어린이뿐만 아니라, 이렇게 생각하는 이들이 선교지에서는 의외로 많다. 지난주, 교회에서 옥수숫가루와 설탕을 주었다는 소문을 듣고, 절기 교인처럼 가끔씩 나오던 이들이 오랜만에 교회에 나왔다. 처음 나온 이들도 많았다. 교회에서 준비한 물품들이 동났다. 그냥 집으로 돌아가야 하는 사람들 사진을 찍으며, 다음 주에 오시면 주겠다고 약속했다. 물론 지난주에 받아 간 교인들 중 오지 않은 이들도 있다. 이런 소문을 듣고 교회를 찾았다가, 예배를 통해 영혼이 생명을 얻는 사람이 있기를 소망한다. 그래서 교회는 9원(물질)도 줄 수 있는 곳이 되면 좋겠다고 생각한다.

도움을 드림에 있어, 어디서 끊고 매듭저야 할지 쉽지는 않다. 마른 몸, 처량한 얼굴을 보면 필요한 물품을 달라고 하는 말을 거절할 수 없다. 초대교회에서 오죽하면 사도들이 접대하는 일을 내려놓고 다른 지체들에게 맡겼을까(행6:2).

1964년 이후로 많은 이들에게 생존 방편이 되어 주었던 어업의 장소, 빅토리아호수에는 연일 쏟아지는 폭우 때문에 평균 수위보다 1m가량이 높아졌다. 많은 집이 침수되었고, 10미터 이상 되는 모래사장도 물에 잠겼다.

오염된 육지의 물이 범람하여 어선도 멈추어 있다. 옥수수나 다른 농사도 기대할 수 없다. 더군다나 코로나로 인해 물가는 계속 오르고 있다.

빅토리아호수 근처에서 아무 말 하지 못한 채, 목석처럼 서 있을 이곳 사람들의 뒷모습이 자꾸 떠오른다. 그들은 호수를 보며 무슨

코로나 기간 기름 설탕 비누 식량 등 생필품 지원

생각을 하게 될까? 너 그러지 마라, 너 그러는 거 아니다, 우리 좀 살려주라, 뭐든 할 테니 이러지 마라. 희망 비슷한 원망을 쏟아내진 않을까, 여러 생각이 든다. 내가 할 수 있는 건 무얼까? 그래, 나는 구원의 기쁜 소식을 전하는 자다. 우리 교회에서 나누는 9원의 혜택을 통해서라도 구원이 이루어지는 하나의 방편이 되기를 소망한다.

예수 그리스도가 이 땅에 오셔서 십자가에서 흘리신 피 값으로 세우신 것이 교회다. 교회만이 소망이고, 교회만이 구속사의 완성이다. 그런데 주님의 피로 세운 교회에 구원이 없다면 어떨까? 사도 바울은 예수 그리스도를 믿는 데에 부활, 소망이 없다면 우리의 믿음이 헛되다고 했다(고전 15:17). 교회의 핵심은 바로 구원이다. 이들의 영육의 어깨가 조금이나마 펴질 수 있는 디딤돌이 되도록, 다음 주일에 나눌 9원을 어서 준비해야겠다.

양심

목회를 하다 보면, 특별히 신뢰가 가는 성도가 있다. 우리 유치원에 다니는 딸과 아들을 둔 여성도였다. 남편은 한 번도 보지 못했지만, 형편이 어려운 것을 직감할 수 있었다.

그래서 특별히 그녀의 아이들에게 책가방, 유니폼, 학용품, 옷가지 등을 챙겨주었다. 대부분 사람은 물품이나 선물을 나누어 주면 당연한 것으로 여기는데, 이 성도는 연신 감사하다는 말과 함께 옥수수를 삶아다 주었다.

자신도 배불리 먹기 힘든 음식일 텐데, 나를 위해 그리고 감사한 마음을 표현하기 위해 옥수수를 준비해 온 성도를 보며 감동했다.

발목이 다쳐서 집에 있는 동안 충격적인 소식을 들었다. 나에게 옥수수를 가져다주었던 성도가 아이들을 놔두고 다른 남자와 가출했다는 것이다. 처음엔 믿을 수가 없었다. '헛소문이겠지, 다시 돌아오겠지.'라고 생각했다. 하지만 내 생각은 틀렸다. 그 여성도의 남편이 아이 둘을 돌볼 수 없어서, 먼 지역의 친척 집에 맡기게 되었다고 한다.

코로나로 석 달 동안 문을 닫았던 유치원이 개원했다. 하지만 이제는 그 아이들을 볼 수 없게 되었다. 혹시나 했던 나의 기대도 전혀 가망이 없어져 버렸다. 이곳의 첫 번째 사역은 가정회복이다. 가계도가 복잡한 깨어진 가정을 화합게 하는 것인데, 이런 일이 발생한 것이다. '열 길 물속은 알아도 한 길 사람 속은 모른다.'는 말이 실감 났다. 그래서 사람의 마음은 양파껍질 같은 것이다. 벗기고 또 벗겨도 결국 속을 알 수 없다. 오죽하면 예수님은 사람에게 의탁하거나 사람의 증언을 거부하셨을까(요2:24, 25). 사람은 사랑의 대상이지, 신뢰나 존중의 대상이 아니라고 수도 없이 들었다. 또 그렇게 가르치고 있다.

그런데 그 분별력에 대해 아무리 학습해도 실습 적용이 어렵다. 사람과 주님을 따로 생각하는 것은 대단히 중요한 문제이다. 사람을 통해 일하시는 주님이신데, 그 사람을 우상화하거나 지극히 주관적인 나의 잣대를 들이대며 사람을 판단하기 쉽기 때문이다. 주님은 모든 일을 홀로 다 하실 수 있으시지만, 사람을 통해서 일하시기 때문에 사람을 통해서 주님을 보게 된다. 오죽하면 크리스천의 삶이 가장 잘 번역된 것이 성경이라고 했을까! 믿지 않는 사람들은 성경을 읽지 않는다. 믿는 사람의 삶을 읽는 것이다. 삶이 곧 성경이어야 한다는 것이다.

나 자신부터도 얼마나 이율배반적인지 모른다. 크리스천이란 포장지 아래 나의 양심(self-consciences)을 숨길 때가 있다.

사람의 약함을 아시는 주님은 회개의 문을 열어놓으셨다. 시내산에서 모세에게 주신 오경에서부터이다. 바로 속죄제이다. 그 제를 드려야 하는 대상자가 일반인만이 아니었다. 소위 내로라하는 대제사장, 회중지도자를 먼저 언급하셨다. 그리고 점차 평민에 이르도록 말씀하셨다. 그러니까 하나님은 어떤 누구라도 이미 죄를 지을 것을 아셨다. 그리고 용서함을 받도록 길을 열어놓으신 것이다(레 4장). 나 자신부터 부끄러운 죄인임을 철저하게 실감하며 사유하심의 은혜를 입고 산다(요일1:9).

어디나 마찬가지이지만, 이곳의 비신자들도 목회자와 성도의 삶을 읽고 있다. 말로 전도하는 시대가 아니다. 아이 둘을 두고 다른 남자와 떠나버린 여성도의 모습은, 교회 전체의 아픔인 것이다. 하지만 그리 떠났을 때에는 그만한 이유가 있었을 것이다. 나를 두고 떠나버린 우리 엄마가 그랬던 것처럼. 아이 둘이 나를 보는 것 같다, 이 아이들은 이 사람 저 사람의 눈치를 보며, 자신들을 버린 엄마지만 못 잊어 하겠지, 많은 생각이 들었다. 주님! 이 성도의 양심을 만져주소서. 그리고 용서를 구하면 받아주소서!

오늘도 나는, 사람에게 실망하는 것이 아닌, 오직 우리 주님께만 신뢰하는 법을 배운다. 그리고 나도 어쩔 수 없는 죄임임을 고백한다.

기쁨

선교사라는 도구로 사용되고 있는 우리는, 주님의 눈길이 머무는 곳과 주님의 마음이 닿는 곳이 어디인지 민감하게 파악할 수 있도록 깨어있어야 한다. 코로나가 이곳을 향해 돌진해오고 있는 상황이지만, 살든지 죽든지, 이들과 함께 있기로 결단하고 나니 담담해진다. 상황이 진정될 때까지 우린 이들을 떠나지 않을 것이다. 영혼들을 향하신 주님의 음성을 듣고 오늘은 5kg짜리 옥수숫가루 125자루와 350mg 설탕 160개를 준비했다. 집이 침수된 호숫가에 사는 사람들은 한 가구당 옥수수 4자루와 설탕 3봉지를, 형편이 조금 나은 윗마을에는 성도 개인당 옥수수 1자루와 설탕 3봉지를 주었다. 사정이 있어서 빠진 성도들도 있다.

환한 미소로 옥수수 자루와 설탕 봉지를 받아 돌아가는 영혼들의 모습들을 보면 기쁨이 샘솟는다! 친정에 왔다가 돌아가는 딸에게 무어라도 더 주고 싶어 이것저것 챙겨 보내는 친정엄마 마음 같다고 해야 할까? 오늘 저녁은 달곰한 옥수수떡을 만들어 대여섯 되는 아이들과 함께 둘러앉겠지? 주님을 믿는다는 은혜로 거저 받은 양식에 대해 이야기하며, 가족들과 함께 웃는 소리가 담장 없는 뜰로 동글동글 굴러 나오겠지?

이슬람의 기도 소리는 여전히 하루에 5번씩 들리고 있다. 지난 금요일부터 오늘까지 3일 동안, 전 국민들에게 기도하자고 탄자니

아의 존마구홀리 대통령이 발표했다. 검사기가 없어서 정확한 숫자
는 전혀 파악할 수 없지만, 코로나 확진자와 사망자가 점점 늘고 있
다. 무너져가는 흙집이라도 문 앞에 물과 비누를 비치하라고 한다.
만약 따르지 않으면 5만 실링 벌금이라고 한다. 하지만, 어떤 상황
에서도 오늘이 마지막일지도 모른다는 자세로 예배함이 신령과 진
정으로 드리는 예배가 아닐까 한다. 조금은 비장한 자세로 예배드
리던 성도들의 모습이 가슴에 머물고 있다. 생명 싸개 안에 이들을
보호해주기를 바라는 마음으로 주님 앞에 엎드릴 뿐이다!

주님! 이 세상에 잠시 왔다가 가는 우리네 삶은 소풍입니다. 소외
되고 단절된 이들과 함께하도록 우릴 이곳에 파송해 주셔서 감사합
니다. 오늘은 이곳의 영혼들에게 양식을 거저먹게 하시니 더욱 감
사합니다. 나누어주기만 하는 손길인데, 왜 이리 가슴이 시리도록
기쁜 마음이 드는 것일까요? 고통과 눈물 가운데 진정한 행복과 기
쁨을 알게 해 주시니 감사합니다. 주님만 우리의 기쁨이 되어 주실
수 있습니다. 오늘도 주님을 찬양합니다!

산고

아프리카 사람들에게 천부적인 음악성이 있음을 부인할 수가 없
다. 아마 다툴 때도 음악이 나오면, 다툼이 멈춰질 것이다. 특히 박

자 감각이 탁월하다. 배움의 혜택이 없었고 악보 있는 노래를 본 적도 없다. 그냥 듣고 그냥 익히는 것이다. 이들의 천부적인 은사를 보다 효과적으로 누리게 해 주고 싶었다. 찬양 인도자를 찾던 중에 다른 교회에서 찬양을 인도했던 한 성도가 우리 교회에 왔다. 그를 몇 달 동안 지켜보았다. 무한한 가능성을 가지고 있었다. 상담을 하고 신학을 하도록 후원했다. 사례비를 책정하고 금년 초에 찬양 인도자로 임명했다.

그런데 찬양팀들이 인도자와 찬양 연습을 하다가, 평소 마음에 들지 않던 마을 사람들 중 몇 명에 대해 좋지 않은 이야기를 주고받은 모양이었다. 찬양팀 중 한 사람이 이름이 언급된 사람에게 가서 찬양팀끼리 나누었던 말을 옮겼다. 그 사람은 억울함을 마을 촌장에게 하소연했고, 일이 커졌다. 그렇지 않아도 동네 사람들은 다른 부족을 환영하지 않는 분위기다. 찬양 인도자의 잘못으로 말썽이 일어나게 되었다. 찬양 인도자를 이 지역에 당분간 오지 말라는 것으로 마을회의에서 결정이 내려졌다.

처음 이야기를 전해 들었을 때 마음이 상했다. 교회가 마을에 선한 영향력을 미쳐야 하는데, 오히려 문제를 일으켰기 때문이다. 전도사를 통해 계속 이야기해 오다가 타협을 보게 되었다. 찬양 인도자의 잘못도 인정하면서, 찬양 외에는 모든 말과 행동을 절제하도록 해야 했다. 그를 만나서 이야기했다. 이번 기회를 통해 모든 목회자들이 배우게 되었다고, 부딪히면서 깎이고 다듬어진다고, 실수와 고통 없이 성숙하는 사람은 많지 않다고 말이다. 그리고 가장 중요한 것은, 같은 일을 반복하지 않는 것이라고 강조했다.

우리와 함께하는 동역자들은 정말 귀하다. 갖가지 모양으로 허물과 죄 된 모습들을 보일 때도 있지만, 점차 변화할 것을 믿는다. 나는 이 진리를 나에게서 찾는다. 내 안에 너무나 많은 증거가 있기 때문이다. 아직도 변화해야 할 부분이 많다. 죄를 다 깨닫지 못했지만, 성령께서 조금씩 아리고 쓰라리게 하며 계속 회개시키신다. 죄를 지어본 사람이기에 죄짓는 사람을 품을 수 있다. 사람을 키우는 일, 그것도 예수 그리스도의 일꾼을 키우는 일에는 입덧과 산통 같은 고통이 있는 것이다.

오늘의 우리 부부가 있기까지 해산의 고통을 감당해 주신 고마운 분들이 떠오른다. 우리 역시 영혼들을 낳기 위해 산고를 감당하는 이 자리에 있음을 다시금 깨닫게 된다. 죄인 중에 괴수인 나에게도 생명을 낳을 수 있도록, 영적인 태의 문을 열어주신 하나님께 감사하다.

에덴교회로 예배하다

하나님이 세우신 예배처소는 교회이다. 시대의 흐름에 따라 구분해 보면, 에덴이 첫 번째 교회가 된다. 성도는 아담과 이브였다. 예배시간이 정해져 있던 것이 아니라, 삶 전체가 예배였다. 창세기 2장 15절에 보면, 하나님께서 아담에게 에덴을 경작하게 하셨다는 말씀이 있다. 여기에서 '경작하다(abad)'는 '일하다(work)'라는 뜻도 있지만, '섬기다(serve)' 즉 '예배하다'라는 뜻도 가지고 있다.

'일'은 우리가 일반적으로 아담의 범죄 후에 저주를 받아서 해야 하는 것으로 알고 있지만, 결코 그렇지 않다는 것임을 시사한다. 일이 곧 예배하는 것이다. 예배 중심의 일, 예배중심의 삶으로, 24시간 삶의 예배를 원하셨던 하나님이시다. '몸을 산 제물로 드리는 영적 예배'(롬 12:1)라는 말씀에서도 그 의미를 잘 표현해 주고 있다.

예배의 본질을 상기하며 우리 부부는 예배를 드렸다. '찬양하라 복되신 구세주 예수' 찬양의 가사 하나하나가 깊숙이 들이마셔졌다. '내 주 예수 주신 은혜 한없건만' 찬양으로 눈물꼭지가 풀려버렸다. '주 예수께 빚진 것이 한없건만 내 천한 몸이 생명을 왜 아끼랴 내 모든 것 주의 소유 삼으소서.' 성령님의 전적통치를 느꼈다. 우리의 고백과 결단을 갱신하는 예배였다.

우리 주님이 이 세상에 선교사로 오시게 되었을 때 마음이 어떠셨을지 조금이나마 느껴졌다. 늦은 밤이나 이른 새벽에 그리도 아버지와 함께 함을 목말라 하셨던 주님이셨다. 아버지께 받은 사명을 끝까지 순종하시고 완성하신 주님! 우리도 현지인들을 영혼으로 더욱 품도록 사랑의 지경을 넓히는 예배를 드렸다.

더불어, 우리가 우리의 예배문화를 사모하는 만큼, 현지인들의 예배를 존중해야 함을 생각했다. 하나님께서 각 나라와 민족 고유의 예배문화를 허락하신 것이다. 그런 예배의 정서가 각각의 정체성을 고양하며, 신앙의 길로 전진케 하는 원동력이 되어준다.

'나의 갈 길 다 가도록 예수 인도하시니' 찬양으로 우리 부부만의 에덴교회에 부어주신 성령의 은혜에 감사드리며 예배를 마쳤다. 그리고 미역국을 끓이고 콩밥을 맛있게 지어 식탁 교제까지 나누었다. 복 되신 예배 허락해 주신 주님, 감사합니다!

배탈 나지 않도록

선교지에 있으면서 일 년에 한 번은 우리 가족이 있는 미국으로 돌아간다. 아무리 소명과 사명을 받았어도 쉼표가 있어야 한다. 더 오래, 더 멀리 달려가기 위함이다. 모국어로 수다도 떨고, 피붙이들도 어머니로서 세상에서 가장 따스한 눈빛으로 마주 보고, 세상에서 가장 따스한 손길로 만지고 싶다. 그리고 마치 월동준비를 하듯이, 이곳 사역에 필요한 물품과 학습자료, 기기 등과 고춧가루, 새우젓, 멸치젓, 고추장, 된장, 다시다, 카레, 건어물, 규칙적으로 복용해야 할 혈압약 등을 챙긴다. 선교지에서의 1년 생활을 준비하는 것이다.

들뜬 마음으로 미국에 갈 준비를 다 마쳤는데 전화기가 문제였다. 만 4년 넘게 사용한 배터리가 바로 나갔다. 보조배터리도 그렇고, 연결선도 느슨해져서 제 역할을 못한다. 늘 저렴한 것을 선택하다 보니, 정품이 아니기 때문이기도 하다. 전화기의 비디오나 사진화질, 용량도 많이 떨어진다. 5월 6일로 티켓팅을 해 놓았었는데 다취소되었다. 가지고 있는 양념과 재료들도 바닥이 났다. 양념 없이양배추김치와 파김치를 담아보았다. 우린 그냥 먹는데, 사실 맛이없었다. 이 나라에는 한국 양념이 없다. 사고로 다친 발목이 아직온전하지 못해서 남편이 부엌일을 다하고 있다. 이래저래 속이 상해서 남편에게 감사한 마음도 사그라들었다.

오늘은 예수님께서 무덤에 계신 날을 기념하는 날이다. 부질없는상념들은 다 묻어버리고, 주님의 고난과 죽으심만 묵상해야 하는데그렇지 못했다. 부활의 아침을 준비하느라 벅차고 기쁜 마음이어야하는데 말이다. 이런 마음으로 음식을 준비하여 아이들을 먹이면배탈이 나고 말 것이다. 선교지의 영혼들은 한없이 어리기만 하다.그저 기도만 한다.

그럼에도 한 가지라도 잘하면 자식 자랑하고 싶은 것이 부모 마음이다. 이 어려운 시기에 이들이 식량을 바라지 않고, 성경책을 원한다고 했다. 자그마치 18명의 명단이었다. 이들의 마음이 기특해서 남편이 바로 서점에서 성경을 구입해왔다. 성경에 한 사람 한 사람의 이름을 적었다. 그리고 모든 성도와 음식은 나눌 수 없는 상황이라, 과자와 사탕을 대신 준비해놓았다.

이것이 우리를 못 잊어 하시는 주님의 마음이 아닐까 한다. 주님의 마음 다 헤아릴 수 없는 나도 여전히 철부지이다. 주님께 달라고만 한다. 주님! 이런 부질없는 푸념을 늘어놓는 저는 아직 멀었습니다. 거룩하지 못합니다. 주님! 그러나 맡겨주신 영혼들이 배탈 나지 않도록 정성을 다하게 하소서! 부활의 주님! 이들을 부활의 증인들로 세우게 하소서!

춤바람이 불다

오랜만에 화창한 주일이다. 그런데 연이은 폭우로 인해 도로공사가 중단되었다. 센터로 가는 거리는 차가 통행할 수 없다. 매일처럼 오늘 주일도 아침 7시 반에 집을 떠났다. 택시를 타고 차가 갈 수 없는 지점까지 갔다. 그리고 빗물이 흥건한 언덕길을 걸어 센터로 향했다. 걸으며 하나님께 감사의 기도를 드렸다. 지금까지 나의 건강을 지켜주셨다. 해외 일정을 소화하고 돌아와서도 시차 적응하는 데 무리가 없다.

요즘은 걷기 운동을 더 많이 할 수 있는 환경도 허락하셨다. 결코 불편함이 아니라, 거룩한 간섭의 은혜를 입고 있다. 매일 걸으면서 동네 사람들과 친숙해져 간다. 그중에 한 아주머니를 알게 되었는데 축복이 흘러간다. 매일 아침저녁으로 부지런히 밭을 가꾼다. 유일하게 일 년에 3모작을 한다. 이곳에서는 정말 보기 힘든 일이다. 우릴 보면 자신은 운동하기 위해 일한다며 팔을 올렸다 내렸다 한다.

어느 누가 편하고 싶지 않을까. 더 쉬고 싶지 않을까. 우리 성도는 아니지만 존경스럽다. 여러 주민들을 보고 만나며 교회에 도착하니, 어린이들은 앞당겨진 예배 시간보다도 더 일찍 와서 기다린다. 예배에 참석한 어린이들이 이전보다 훨씬 더 늘었다. 그동안 전기가 끊겼었는데, 감사하게도 어린이 예배 때는 전기가 들어와서 프로젝터를 사용할 수 있었다. 성인 예배는 북에만 의존할 수밖에 없지만, 북 하나로 비에 젖은 것이 아니라, 땀에 젖는다. 온 성도에게 춤바람이 불어왔다. 예배의 환희가 임했다. 구원의 기쁨이 충만했다. 그래서 말씀과 접목하기가 매끄러웠다. 교회의 예배가 살아나면 영혼 전도는 자동으로 맺히는 열매인 것이다.

자신들이 기쁘고 즐거운데 입을 다물 수가 있겠는가! 지난해의 교회 슬로건이 '성령충만'이었다. 성령충만함을 입고 기쁨의 예배를 드리면, 금년의 슬로건인 '복음전파'로 이끄실 주님이시다. 예수님께서 마지막으로 위임하신 명령이다. 끝날 때까지 우리와 함께해 주실 주님께, 기업을 상속받을 자녀들로서 생명을 걸고 예배드릴 것이다. 오늘도 기쁨 충만으로 덩실덩실 춤을 추며 주님을 찬양할 것이다.

하늘의 두레박

우리 교회 찬양 리더가 재혼을 한다고 했다. 타지역에서 옴으로써 많은 이들의 호기심을 끌었다. 2주 전, 결혼할 여성을 데리고 와서 나에게 인사를 했다. 나는 진지한 마음으로 기도를 드렸다. 준비되면, 부부관에 대해 말씀을 나누는 시간을 갖자고 했다. 그래서 오늘은 예비부부와 함께했다.

두 사람 다 초혼은 아니었다. 둘 다 자녀가 있었다. 어느 누구를 막론하고 자식에 대한 사랑은 천성이다. 그래서 남자는 그의 부모에게 뜨겁게 사랑받고 소망이던 아들이었음을, 여자도 그녀의 부모에게 뜨겁게 사랑받고 기쁨이었던 딸이었음을 기억하면서, 자신의 자녀를 사랑하듯이 서로 사랑하고 존중하라고 했다. 그리고 한 가지 질문을 했다.

"만약 상대방이 간음을 하면 어떻게 할 것입니까?"

둘은 대답했다.

"인내하겠습니다."

만약 상대가 간음하면 어쩌겠냐 했더니, 둘 다 인내하며 기다리겠다고 했다. 그것은 아주 소극적인 태도라고 말해 주었다. 정말 사랑한다면, 다른 이성이 접근하지 못하도록 방어하라고 했다. 또한 다른 상대에게 눈길을 주지 말고, 최선을 다해 서로 섬기고 사랑하라고 했다.

안개꽃 이야기

"남편 되실 성도님, 잘 들으세요. 댁에 혼자 계시게 되면 그 어떤 여성과도 같은 공간에 함께 하시면 안 됩니다. 찬양 단원들과도 아내 없이는 상담이나 깊은 대화를 나누지 마시구요. 과거는 묻지 않겠습니다. 다만, 같은 일을 반복하지 마세요. 만약 다른 여성과 문제가 생기면 사역을 하지 못하게 됩니다. 서로의 아이들을 사랑해 주고 책임감을 가지고 잘 양육해 주시구요."

말씀으로 부부의 의미를 확신 시켜 주고, 축복 기도를 해 주었다.

천국의 접착제가 되어 이 두 사람이 다시는 떨어지지 않기를 성령님께 기도드린다. 그렇다! 이전 것은 지나갔다. 그리스도 예수 안에서 새로운 피조물로 살게 되기를 기도한다. 우리의 선교방침이 '건강한 가정 세우기'다. 하나님께서 교회보다 가정을 먼저 세우셨음을 늘 반추한다. 가정의 건강 없이는 교회의 건강도 없다. 도덕과 윤리의 개념이 없는 척박한 곳을 말씀의 쟁기로 갈아엎는다. 성경적인 가정관과 부부관의 새싹이 솟아나 그리스도의 계절을 이루도록 거룩한 땀을 흘린다.

아! 그래서 우리 곁에 커다란 빅토리아호수를 주셨나 보다. 하늘의 두레박으로 물 길러가야지! 호수의 물을 다 퍼서라도 주께서 사랑하는 영혼들이 티 없이 흠 없이 푸르른 가정의 계절을 이루도록 부어주어야지!

빅토리아 호수

헛된 것만을 바라보느라
정작 보아야 될 것을 보지 못하고
시간을 도둑질했던 두 눈을 비벼대며
버언쩍 뜨게 한
새벽의 실로암입니다

좀 더 쉬자 좀 더 눕자 좀 더 놀자하며
해야 할 일을 알고서도
안주하여 묶어두었던 사지를 풀어서
버얼떡 일어나게 한
베데스다연못입니다

후회의 눈물 콧물의 얼룩들
체념과 실의의 흙먼지들을
털어내고 씻기고 먹이시며
어루만지고 다독거려 세우시려는
갈릴리바다입니다

타들어갈 것 같은 목마름으로

안개꽃 이야기

동분서주 질주해 다니는
한 선교사의 해갈을 위해
광야 길에 준비해 놓으신
엘림의 열두 샘물입니다

모든 족속으로 제자 삼으려고
소원의 항구를 향해 달려가는 이들에게
별들로 수놓고 밤하늘을 덮어주고
평안히 잠자게 하는
안락한 물침대입니다

산달이 찬 수많은 영혼들의
출산을 위해
천년이 가고 가도 일편단심으로
흥건하도록 저장해 온
자궁의 양수입니다

미명 늦은 밤 한적한 곳에
홀로 하늘을 우러러
상한 마음 갈갈이 찢으며 기도하시는
피눈물 가득한

주님의 눈동자입니다

하나 있는 아들 죽여서라도
외면당하고 소외되어 버려진 영혼을
신부로 삼고 싶어서
상사병으로 실성하신
주님의 심장입니다.

빅토리아호수(Victoria Lake)

세계에서 두 번째로 큰 호수로 탄자니아, 우간다, 케냐 등 세 나라가 국경을 맞대는 호
수이다. 호수 서쪽에는 카게라강, 동쪽에는 마라강 등 많은 하천이 흘러들고, 백나일
강이 발원한다 (https://k.o.Wikipedia.org).

안개꽃 이야기

6장

재
대
신
화
관
을

이 장은 선교지에서 목회를 하면서 일어나는
희로애락의 이야기다.
우리의 모든 삶 역시 하나님께서 허락하신 것이다.
주님께서 사랑하시는 이 땅의 영혼들이
꽃으로 돋보일 수 있도록 쓰이길 원하는
우리 부부의 안개꽃 이야기는 계속된다.

재 대신 화관을

시멘트 바닥 갈라진 사이로 솟아오르는 풀들에 시선이 머문다. 입구에 깔아놓은 박석들 사이를 구멍 뚫는 개미에 눈길이 간다. 무거운 바위에 눌리면서도 자라나는 잡초들을 본다. 길가에서 짓밟히면서도 살아가는 풀들이 있다. 애초부터 돌봄이 없이, 이름도 없이 주목받지 못했다. 더욱 강인할 수밖에 없는 환경, 천년의 식민지 역사를 가지고 있는 이곳 현지인들의 모습과 닮아있다.

이곳 선교지는 인도, 아랍, 독일, 영국 등으로 식민국가가 교체되면서, 언어, 경제, 사회, 정치, 종교의 전환과 혼란 속에서 생존해야 했다. 부모가, 자식이, 형제가 노예로 잡혀가는 상황 속에서 소리 없는 함성과 울분만 있었다. 이제 해방을 맞은 지 59년 반이 되었다.

하지만 이들은 지금도 궁핍한 삶을 살아가고 있다. 있으면 먹고, 없으면 굶는다. 가장 최저의 생존이기에 오히려 자유롭다.

이들에게 도움을 주었다고 해서 감사를 기대할 수는 없다. 그리고 선교의 현장에 있는 우리의 움직임, 눈길, 마음 씀씀이 하나하나 조신하지 않을 수 없다. 일시적인 방법으로 사탕이나 탄산음료수로 갈증을 일으키며, 복음전파라는 명목으로 이들을 지배하려 하거나 말씀을 잣대로 비판하면서 아픔을 긁어대지 말아야 한다. 복음전파라는 옷으로 또 다른 모습의 지배일 수 있다. 이들 내면 깊은 곳에 하나님께서 간직해두고 계신 것을 찾아야 한다. 그중에 하나가 이들에게 특별히 주신 '언권'이다.

그 은사를 깊이 묻어둘 수밖에 없는 역사를 살았던 사람들이다. 하지만 때가 됨에, 하나님께서 이제는 이 은사를 펼치고 드러낼 수 있게 하셨다. 우리 교회는 매주 수요일 기도회 전, 평신도가 설교를 하도록 한다. 하나님께서는 이들이 메시지를 받기만 하는 것이 아니라, 자기 자신에게 직접 줄 수 있다는 것을 모험케 하셨다. 성경 지식이 별로 없어도, 주제 하나를 가지고 메시지를 전달하는 능력에 놀라지 않을 수 없다. 강력하다! 모두가 부흥사다!

길고 긴 식민지 역사로만 끝을 내실 하나님이 아니시다. 세계역사를 경영하시는 공평하신 하나님께서 앞으로 이들을 어떻게 사용하실지 기대가 크다. 하나님께서 창조하신 생명을 지켜주시는 데는 이유와 의미가 있다고 믿는다. 이름 없는 나에게까지 재 대신 화관을 씌워주시는 분이시기에!

나무 이야기

밤새 천둥, 번개, 비바람이 심하게 쳤다. 지독히도 가난하게 사는 이들은 제대로 덮을 이불도 옷도 없다. 연일 내리는 폭우로 나무에도 사람에게도 곰팡이가 핀다. 엉성하게 지은 흙집이 폭우로 주저앉아서 온 가족이 매장되었다는 슬픈 이야기도 있다. 이런 날씨에 센터로 향하는 산길은 미끄러질 위험이 있다. 돌도 많은 데다가 황토길이다. 바자즈(인력거의 일종)를 불렀지만, 비가 그치지 않는 산길을 갈 수 없다고 했다.

어쩔 수 없이 택시를 불렀다. 흙길은 여기저기 구덩이가 많이 생겨 있었고, 빗물이 가득 고여 있었다. 출렁출렁 파도를 타는 것 같았다. 길에는 한 사람도 보이지 않았다. 한 계절로 1년을 살아가는 이곳은, 주변이 짙푸른 녹색이다. 한적한 주위를 찬찬히 바라본다.

비를 가리는 우산으로 쓸 만큼 널따란 바나나 나무의 잎이 공작새처럼 날갯짓을 하고 있다. 소나무, 포플러나무, 아바카도, 파파야, 행운목과 이름을 알 수 없는 나무들이 경호원처럼 서 있다. 몇 달 전, 메뚜기가 한창 뛰놀던 들풀들이 바람에 흔들리기는 했지만, 꼿꼿하게 자리를 지키고 있다. 타호호수(Lake Tahoe)처럼 푸르던 빅토리아호수가 오늘은 잿빛이다. 제 색깔은 아니지만, 물이 귀한 이들을 위해 엄마의 젖줄처럼 가슴을 열고 있다.

센터에 도착해 다음 주일 설교 준비를 했다. 어떤 영의 양식을 요리해야 할까? 나의 유일한 요리방법은 말씀의 재료를, 묵상이란 가마솥에 넣고, 기도의 군불을 지펴 뜸 들이는 것이다. 그러면 주님은, 단 한 번도 나를 실망시키지 않으시고 하늘 양식을 주신다. 나무에 달리셔야만 했던 예수님에 대해 생각이 머물렀다. 인간은 따 먹지 말라고 한 나무의 열매를 따 먹고 말았다. 그래서 하나님의 완전하신 퍼즐 작품에 하나님과의 관계의 상징인 조각 하나가 없어져 버리게 된 것이다.

어느 것으로도 대체 불가능한 그 자리를 채우기 위해, 나무에 달리셔야 했던 예수 그리스도이시다! 마치 완성된 퍼즐 작품 같다. 그런 관점으로 보니, 오늘 바라본 나무들은 빈자리가 없어 보인다. 온전하다. 풀들도 호수도 제자리이다. 나 역시도 지정석에 있다.

묵상한 퍼즐 작품대로, 나의 마음 한 조각도 잃어버리지 않는 부활의 삶으로 나무 이야기를 뜸 들여야겠다.

변화

주일 설교와 예배를 마치고 나면 목회자들은 어떤 느낌일까? 나는 매 주일 다른 느낌이 든다. 오늘은, 중간고사를 마치고 하교하는 학생처럼 홀가분한 기분이었다. 집으로 걸어서 돌아오는 발걸음도 가벼웠다. 교회의 부장들로 질서가 세워지고 있는 조짐이 보여서인지도 모르겠다.

"부장님들은 예배 시간 20분 전에 오셔서 함께 모여 기도로 준비해 주세요."

나의 방침이었다. 6명 중의 2명이 빠졌지만, 지금까지 볼 수 없었던 놀라운 변화였다. 우리가 가지고 있는 예배 시간을 훨씬 지나서 교회에 오는 것이 자신들의 문화라고 주장하는 이들이었으니까 말이다. 그런데 오늘 아침에는 갑자기 폭우가 쏟아지는데도 교인들이 거의 빠짐없이 온 것이다.

하늘 문이 열리고 은혜의 빛이 모든 성도를 조명했다. 성령의 강력하심으로 나의 언어를, 음성을, 제스처를 전적으로 통치하셨다. 어둠에 짓눌려 종노릇하는 이들에게 예수님은 사탄을 어떻게 대적하셨는가를 천명했다. 그 어떤 초자연적인 힘이나 능력을 가진 자에 의해서가 아니라, 오직 기록된 말씀으로 사탄을 제압하셨다! 말씀을 마친 후, 온 성도가 성령의 기름으로 하나 되어, 뜨거운 불길로 소제를 드리듯이 태워드리는 기도를 했다. 마치 대자연의 친교실과 같은 잔디가 젖었다. 그래서 예배 후 목장별로 나누지 않고, 합동목장으로 모여 말씀과 삶을 나누도록 했다. 아직도 말씀 중심의 모임에 익숙하지 않지만 영적으로 재촉해 가고 있다.

성인 예배가 끝나고 드리는 어린이 예배는 주로 영어로 말씀을 전한다. 이들을 세계 복음화를 위해 사용하실 아버지의 계획을 엿보았기 때문이다. 세계공용어인 영어로 영적인 갑옷을 입고, 5대양

6대주에 영적 지각변동을 일으킬 주역들이다. 마지막 시대를 위해 의의 병기로 남겨진 아이들이다. 비록 지구촌 한 모퉁이에 있지만, 입을 크게 연다! 예수 그리스도, 그 이름으로!

기다림으로 함께하다

이곳은 대림절(Advent)이란 단어 자체가 없다. '예수님의 오심을 기다리는 4주간'이라고 설명을 했다. 꼭 알아야 하는 것은 아니지만, 은혜의 방편으로 생각한다. 그리고 율법의 요구가 이루어지게 하기 위해, 인간 예수로 오심을 명확하게 확인하는 기회이기도 하다.

대림절 첫 주로 예수님의 탄생을 선포했다. 요셉과 마리아는 가족, 친지, 이웃으로부터 얼마나 많은 조롱과 수치를 감수해야 했을까? 유전과 전통에 목숨을 걸었던 민족 아닌가! 그럼에도 그들의 순종을 통해 구세주의 탄생이 성취된 것이다. 이들에게서 순종을 배워 두 번째 오실 예수님을 기다린다.

주일예배를 마치고 아버지가 돌아가신 성도의 집을 방문하여 추모예배를 드렸다. 추모예배를 마치고, 또 호숫가에서 나오는 새 신자를 방문했다. 그녀가 남편과의 불화로 쫓겨나서 거주할 데가 없는 지 한 달이 되어간다고 했다.

계속 비가 와서 미끄러운 길을 조심스레 내려가고 있는데 전화가 왔다. 3년 전, 아내가 소천하고 홀로 지병을 앓고 있던 성도가 응급실에 가야 한다고 했다. 함께 가던 전도사를 돌려보내어 일단 입원비용만 주고 병원으로 안내하게 하였다. 그리고 남편과 불화했던 여성도를 만났는데 남편과 화해가 되었다고, 남편도 교회를 나올 것이라고 했다. 불편한 환경을 뒤로하고 잠깐 순종했던 것뿐인데, 앞서가신 주님께서 마음을 만져 주신 것이다.

돌아오는 길에, 할머니가 혼자 살고 계신 집을 방문했다. 고령의 나이로 가파른 산길을 올라올 수 없다고 하셨다. 할머니의 건강과 영혼을 위해 기도해 드렸다. 좁은 능선을 타고 올라갔다. 땀을 비 오듯 흘리며 함께 수고한 리더들을 그냥 보낼 수 없었다. 간단한 저녁식사를 하고 헤어지려는데, 성도들이 다시 교회로 모여 있었다.

그렇지 않아도 주일찬양을 위해 목요일과 토요일에 노래와 율동을 맞추면서 마음이 하나 되어가고 있는데, 함께 하는 모습이 예쁘기만 하다. 입원한 성도의 병원비를 감당해주는 일과 아기를 출산한 가정심방은 내일로 미루고 오늘을 마감한다. 분주했지만 주 안에서 형제 된 이들을 돌보는 특혜, 은혜이다.

주님의 마음을 엿보다

 푸르른 호수에 떠 있는 청청한 하늘과 흰 뭉게구름 그리고 짙푸른 초목이 예수님 다시 오심을 기다리고 있는 듯했다. 우리는 성탄이브 예배를 드렸다. 내일은 성탄일 예배를 드린다. 오직 예배이다! 특별히 오늘은 성도들이 한 해 동안 베풀어주신 하나님의 은혜에 감사하며, 자신들의 손길로 음식을 장만했다. 전혀 도움을 청하지 않고, 여선교회 회비로 준비한 것이다. 정말 자랑스럽다!

 늘 도움을 구하기만 하던 성도들이었다. 그런데 이제는 성령님께서 이들의 마음을 채워주고 계신다. 나는 이 사실을 목격하는 증인으로 살아가고 있다. 믿음의 자녀들이 사랑스러우신 아버지 하나님께서는 내일 성자탄일을 위해 푸짐한 선물을 준비케 하셨다. 성도들이 각기 받은 재능으로 축하향연을 하고 나면 선물을 전달할 것이다.

 주께서 사랑하는 자들을 위해 준비케 하신 선물은 품질이 좋은 솔라라이트 75개, 여성 핸드백, 액세서리, 넥타이, 여러 종류의 사탕, 과자와 장난감 등이다. 믿음의 형제요 자매들에게 나누어줄 선물들을 생각하니 구름 위를 걷는 듯하다. 심부름하는 자가 누릴 수 있는 은혜인 것이다! 전달하는 자의 마음이 이러한데, 공급자이신 주님은 얼마나 설레실까!

 선물을 구입하고 준비하는 내내 주님의 마음과 함께, '주는 자가 복이 있다'라고 말씀하신 의미를 체험할 수 있었다. 성탄 전야인 오늘부터 감동이다! 따뜻하고 행복한 성탄이다!

성탄을 축하하다

이곳에서는 모든 찬송을 대중 곡조로 편집해서 부르고 있다. 그래서 이곳엔 성탄곡이 전혀 없다. 아마 도시에는 있겠지만, 미디어 문화와 동떨어진 곳이라서 여기엔 단 한 곡도 없다. 성탄 축하를 위해 장식할 재료도 마땅치 않다. 성도들이 자발적으로 나와서 교회 청소와 정원을 정리하는 것으로 장식을 대신했다. 이런저런 아쉬움이 있지만. 오늘 예배 가운데에서 천사들이 베들레헴 벌판에서 열었던 지상최대의 콘서트를 상상해보자고 했다. 천사와 목자들같이 기쁜 소식을 전하기 위해 즉각 행동할 성도들을 일어나게 했다. 모두가 일어났다.

천사가 전해준 기쁜 소식을 목자가 전했고, 이제는 우리 모두의 차례라고 했다. 그런 삶을 살겠다는 결단과 함께 뜨거운 성탄이 될 수 있도록 열린 음악회를 열었다.

성탄기념 드라마

기묘자요, 모사요, 전능하신 하나님, 영원한 아버지, 평강의 왕으로 오신 주 예수 그리스도를 축하하기 위한 달란트 쇼였다. 솔로나 중창, 합창을 이들의 천부적인 춤 솜씨와 함께 볼 수 있었다.

　얼마나 역동적이던지, 바라보는 내가 깊은 호흡을 해야 했다. 우리가 알고 있는 성탄 캐럴은 아니었지만, 아기예수의 탄생을 기뻐한다는 것이 주제였다. 또한 찬양단 어린이들의 드라마가 감동적이었다. 어른들에게 지도받은 게 아니라, 자신들이 각본을 짜고 연기 연습을 한 것이었다. 예수 탄생의 의미를 전적으로 거부하는 불신자 어머니를 전도하는 스토리였다. 바로 오늘, 이 아이들을 통해 하나님께서 보여주신 것이 있다.

성탄축하 찬양팀

　　　　　　　　　　　　　　　안개꽃 이야기

선교 오기 전, 오랫동안 섬겼던 청소년사역(God's ImageMinistry)을 이곳에서도 할 수 있겠다는 가능성을 확인케 된 것이다. 성탄 축하가 끝나고 참가자들에 대한 간단한 감사와 격려의 심사평을 했다. 그리고 준비한 상품을 나누어 주는 잔치를 열었다.

넉넉하게 준비한 선물을 모두에게 안겨 주었다. 문화, 모습, 배경, 경험이 다른 이들과 함께하면서도 누리게 되는 기쁨과 행복은 풋풋한 사랑 이야기이다.

첫날의 노래를 부르다

하나님께서는 아무 자격 없는 우리에게 놀라운 새해를 허락하셨다. 죽으나 사나, 예배드리길 원하는 성도들이 예배로 새해를 시작했다. 2020년 교회의 표어는 '여호와를 힘써 알자'이다. 이를 실행하기 위해 말씀 선포 후 암송대회를 했다. 어린이들은 작년에 했던 신약 목차 암송 후, 이어서 구약 목차를 암송했다. 그리고 성인들은 고린도전서 13장 4절에서 8절까지 암송했다. 말씀 암송대회의 목적은, 말씀을 암송하는 동안 성도들이 주님과 소통, 교제하게 하는 데 있다. 이들 삶의 중심에 주님의 말씀이 좌정하기를 바라는 마음이다. 푸짐한 상품도 준비하여 전달했다. 그리고 음식으로 예찬을 나누었다. 처음 교회를 방문한 어른과 아이들에게도 최고의 음식인

고기와 쌀밥을 배불리 먹도록 했다. 야채와 수박, 파인애플까지 곁들인 만찬이었다.

푸른 풀밭에 동그랗게 옹기종기 모여, 음식을 맛있게 먹는 아이들의 모습이 사랑스럽다. 다음 주부터는 어린이 예배를 1시간 반 앞당겨 드린다. 금년의 중심사역이 전도이기에, 예배 공간을 여유롭게 마련하기 위해서이다. 이제는 어린이 예배도 부흥토록 주님께서 개입하실 것이다.

오늘 설거지는 남성들이 했다. 이곳의 생활문화를 넘어선 주님의 하늘문화로, 생각이 개혁되게 하시고 서로가 하나 되게 해 주신다.

벅찬 새해, 찬송을 부른다. 주님께 감사드리며 주님의 이름을 일 년 내내 송축할 것이다.

시선을 드린다

창밖에는 이른 새벽부터 연일 멈추지 않고 비가 내린다. 비를 맞고 자연처럼 살아가는 이들이 모였다. 교회 리더들이다. 새해, 교회의 체계를 강화하면서 서로가 하나 되는 시간을 갖기 위해서이다. 조직 생활을 해 보지 않은 신임 리더도 있었다. 이들이 금년 교회 목표인 '조직의 활성화'에 발맞추어 가며, 그리스도의 몸이 되는 과정을 경험해 보기를 바라는 마음도 있다.

안개꽃 이야기

"여러분은 여러분 스스로 리더가 된 것이 아닙니다. 주님께서 선별하여 직분을 주신 거예요. 서로 사랑함으로 하나 되는 것이 주님께서 가장 기뻐하시는 모습입니다."

말씀으로 이들을 격려한 후, 새해의 큰 그림을 공유했다. 미디어부장은 음향기기 관리, 찬양부장은 찬양곡과 찬양단원 관리, 전도부장은 전도팀을 구성하여 한 달에 한 번씩 가가호호 전도, 주일학교부장은 초등 어린이 사역 관리, 재정부장은 교회의 재정과 지출관리 등 각자 맡겨진 일들의 세부사항을 안내하였다. 각 목장 리더와 남녀선교회의 역할을 통해 함께 사역의 방향을 조율하자고 하였다. 또한 어제는 유치원 교사와 도우미들과 함께했다. 유치원 어린이들을 가르치고 돌봄이 결코 생존의 방편이 아니라고 했다. 소망의 씨앗을 뿌리며 내일을 가꾸며 투자하는 것이라고 했다.

교회든 유치원이든, 수직서열이 아님을 강조했다. 역할이 다를 뿐, 우리 모두가 없어서는 안 될 지체인 것이다. 그 누구도 모든 것을 다 할 수 없다. 그렇다고 아무것도 할 수 없는 사람도 없다. 이들 하나하나 안에 그리스도의 신성이 배어 있다. 한 영혼 한 영혼마다 그 신성이 드러나도록 하는 일이 우리에게 맡겨주신 역할이다. 하늘 문을 여시고 내려다보시는 아버지 하나님께 시선을 드린다. 하나님 아버지의 자녀로서 좀 더 자발적이고 자원적으로 섬기려는 마음을 주시도록 기도드린다!

도로공사

교회 가는 길목에서는 도로공사를 하느라 한창 분주하다. 그래서 샛길로 왕래해야 한다. 비가 오지 않으면 바나나 잎으로 우거진 샛길이 도로보다 운치가 있다. 먼지도 덜하고, 가끔 마주치는 몇 사람 말고는 한적한 길에서 느낄 수 있는 감정이 제법 멋지다. 그런데 연일 내리는 비로 샛길이 늪이 되었다. 게다가 오토바이와 차들이 몇 번 지나면서 흙 반죽이 되어 버렸다. 이제는 차가 갈 수 있는 곳까지만 가고, 그 다음부턴 차에서 내려 걸어간다.

내리는 비를 바라보며 사무실에 앉아있는 목회자들에게 제안했다.

"각자 편안한 시간에 같은 날, 같은 장의 잠언을 읽으면 어떨까요? 그리고 각자에게 주신 말씀을 함께 나누면 좋겠습니다."

자신의 손을 볼 때마다 기억하도록 손을 펼쳐 손가락 하나하나를 가리키며 듣기, 읽기, 공부하기, 암송하기, 묵상하기와 손바닥은 적용하기라는 비유를 수도 없이 강조했다. 하지만 새로운 전통을 익혀야 하는 어색함과 불편함 때문인지, 실천으로 옮기지 못했다. 심한 폭우로 아무것도 할 수 없는 요즘 같은 날씨에 미루었던 말씀 훈련을 공사하도록 했다. 환경으로 역사하시는 주님의 뜻이 아닐까라는 생각이 들었다.

송충이는 솔잎을 먹어야 산다. 하늘 백성은 하늘의 양식을 먹어

안개꽃 이야기

야 산다. 하늘 양식은 말씀이다. 그러나 처음엔 많이 먹는 것이 거부감이 들 수도 있다. 단단한 양식으로 인해 체할 수도 있다. 이것은 마치 도로공사 때 불편한 것과 같다. 그러나 모든 것이 마무리되고 나면, 그 전보다 훨씬 편안하게 도로를 이용할 수 있다. 이들이 힘들어도 하나님의 말씀을 읽고, 듣고, 순종하는 과정들을 거치게 되면 신앙생활의 도로가 형통해짐을 믿는다. 영적 성장을 위해 계속 말씀으로 연마해서 천국으로 가는 도로를 튼튼하고 고르게 갈고닦아 나가자고 해야겠다. 하나님과의 영적인 통로가 수월해지는 도로를 함께 공사하자고 부탁해야겠다. 2년이 지난 2021년, 지금은 하루에 성경 20장을 읽고 있다. 그리고 금요일에는 한 주간 통독한 말씀을 함께 나누며 은혜를 나누고 있다. 시작은 미약하지만 나중은 심히 창대케 하시는 주님이심을 경험하고 있다. 그래서 주님께로 가는 영적 고가도로를 건설해가고 있다.

하실 수 있다, 주님은!

오늘 수요예배는 특별히 성령님의 임재가 뜨거웠다. 평소보다 많은 성도가 참여하여 우렁차게 기도했다. 누구나 부르짖을 수밖에 없는 개개인의 기도목록들이 실타래처럼 풀어졌다. "하실 수 있다! 주님은(Mungu Anaweza)!"을 반복적으로 부르며, 이들의 간절함을 주님께 올려드렸다.

나 역시 오늘 내내 무거웠던 마음을 올려드렸다. 현지에서 리더를 세우는 일을 위해 기도했다. 사람들의 정직하지 못한 면을 볼 때 마음이 아프다. 사람이 변화되는 과정을 지켜보는 것이 가장 힘든 과제이다. 성경말씀을 꿰뚫고 있으면서 삶이 따라주지 않는 이들을 보면서 나 자신을 본다. 며칠 전에 떠난 단기팀 멤버 중, 한 분으로부터 문자를 받았다. 일회용으로 재활용하는 것이 마음에 걸렸다고 한다. 재정이 없어서 일회용으로 재활용하라고 한 것이 아니다.

나야말로 일회용으로 사용하고 폐기해야 하는데, 우리 주님이 재활용하고 또 하고 계시기 때문이다. 그런 나의 모습을 재조명하며, 현지인의 부정직함을 어느 정도 포용해야 할지 생각하며 기도했다. 오! 주님! 정직한 리더들이 되게 하소서. 능력이나 재능, 지식이 좀 부족해도 정직하게 하소서! 하실 수 있습니다! 주님은!

'니시타(Nisita)', 천국 영양제

하늘만 쳐다보고 살아가는 듯한 탄자니아의 변두리인 키부에 마을은 아직도 문명으로부터 구별된 곳이다. 이곳의 한 가정은 딸만 6명인데, 엄마는 또 산달이 되어간다. 그중에 막내가 3살인 니시타

(Nisita)이다. 부모는 교회 나오지 않는데, 아이들은 찬양 소리만 들리면 교회로 온다. 모든 아이가 사랑스럽지만 니시타는 특별하다.

누구에게 받았는지 자기 손보다 두 배 정도 큰 신약복음서를 들고 온다. 얼마나 너덜너덜해졌는지 모른다. 그것을 들고 와서는 내 옆이나 바로 앞에 앉는다. 신약복음서를 펼쳐 들고 공부하는 척한다. 찬양을 할 때도 펼쳐 들고 노래한다. 모두가 일어나서 기도하면, 자기도 두 손을 들고 중얼중얼한다. 이 아이를 보면, 마음이 간지러워서 카메라를 열지 않을 수가 없다.

니시타

내려앉으려는 나의 마음이 조율되어진다. 요 어린 것도 영적으로 통하는지, 교회 오면 꼭 나를 의식한다. 너무너무 사랑스럽다! 집에 와서도 이 아이의 사진을 보면 마음이 들뜬다. 이보다도 더 설렐 수는 없을 것 같다. 남편에게도 계속 이야기한다. 어쩜 이렇게 사랑스러울 수가 있느냐고. 하나님도 우릴 보면 이런 마음이시겠지? 외아들과 맞바꾸실 만큼, 우리를 사랑하고 계심을 생각하니 가슴이 벅차오른다.

내가 니시타를 보는 그런 기쁨! 보고 또 보고, 안 보는 척하며 몰래 사진 찍고, 사탕 못 주면 마음 아프고… 정말 창살 틈으로 보시며(아2:9) 설레실까. 니시타는 우리를 향한 하나님의 사랑을 바로 그런 하나님을 느끼고 깨닫게 해주시려고 허락해 주신 천국 영양제이다. 니시타를 통해 하나님의 사랑의 양질(Quality)을 느끼게 하신다.

'아버지이십니다.' 찬양

잔디 위에 누워있는 꽃이 눈길을 끌었다. 목련 같으면서도 잎이 도톰하다. 그냥 지나치려다 꽃을 주워 머리에 꽂았다. 꽃과 같은 인생, 나에게도 부모님을 사용하셨다. 그런데 나에겐 아버지의 자리가 없다. '아버지상의 부재.' 그것으로 끝난다면 차라리 좋을 텐데, 나에게 아버지는 그보다 훨씬! 못한 존재다. 나를 위해 하나님께서

아버지를 통로로 사용하셨다 해도, 하나님을 아버지라 부르기까지
는 길고 긴 터널을 통과해야 했다.

그렇게 힘겹게 부르게 된 하나님 아버지의 이름은 눈물겹다! 가
슴 시리다! 나 하나쯤이야 그냥 지나치셔도 무관하실 터인데도 나
를 통해서도 '아버지'라고 불리고 싶으신 내 하나님 아버지이시다!
오늘 수요예배에서 새로 온 찬양 인도자가 처음 부르는 찬양곡인
NiweweBaba, '아버지이십니다'를 불렀다. 한 소절을 20번 이상 반
복하였는데, 나를 흔들어 깨우는 것 같기도 했고, 심장이 멈추는 것
같기도 했다.

그렇다! 나 비록 약하고, 보잘것없이 가난하고 무지해도, 수도 없
이 넘어져 주저앉아도 주님은 나의 아버지이다.

"주님이 나의 아버지이십니다!"

이 하나면 충분하다! 넉넉하고도 넘친다! 목말랐던 예배, 젖 뗀
아이가 어미 품을 다시 그리워하는 것 같은 여린 존재의 손길, 이물
질이 끼어 있는 동역자의 파이프, 안개가 끼어 있는 내일, 밤을 지
새운 가슴앓이도 아버지 한 분이시면 괜찮아진다.

잔이 넘칩니다

이곳 우기의 날씨는 좀 색다르다. 주로 새벽부터 오전까지만 비가 내린다. 오후에는 거의 비가 내리지 않는다. 그래서 빨래도 해서 말리며 생활할 수 있다. 홍수나 범람의 사태도 없다. 어쩌면 감당할 만큼 일기를 허락하신다 해도 과언이 아니다. 그런데 호숫가에 사는 홀로 사는 여자의 집이 폭우로 내려앉았다는 소식을 들었다. 동역자들과 함께 내려가 보았다. 소나무로 기둥을 세우고, 바나나 줄기를 엮어서 사이사이 흙을 이겨서 지은 집이었다. 대부분의 호숫가 집을 다 이렇게 짓는다. 그래도 상당히 오래가는데, 이 성도의 집은 정말 낡은 집이었다. 대부분의 남편이 그렇듯, 이 성도의 남편도 타지에서 생활비를 벌어서 보낸다 했다. 역시 딴살림을 차린 것이다. 이 성도는 밤에 낚시해 오는 어선을 도와서 받는 돈으로 살아간다. 쓰러진 집에서 사용할 수 있는 자재들을 사용하고, 방 두 개만 짓는데 20만 실링(약 11만원)이 든다고 한다. 목회자 회의를 통해서 도울 길을 알려준다고 했다. 감정이 이끌리는 대로 어려운 형편에 처한 사람들을 모두 돕고 나면, 경제적으로, 마음으로 후유증이 많음을 알기에 절차를 세웠다.

이 가정을 우리 교회가 세워둔 기준을 토대로 살펴보니, 도울 만한 충분한 자격조건을 갖추었다. 교회에 등록한 지 1년이 넘은 성도로, 홀로 아이들을 양육하고 있었다. 돕기로 결정하는데 한꺼번에 비용을 주는 것이 아니라, 과정에 맞추어 지급할 것이다. 그리고 성도에게 직접 재정을 전하지 않고, 일을 하는 사람에게 재료비를 주고, 공사를 다 마치고 나면 인건비를 전달하는 방법으로 하려고 한다.

성도에게 직접 재정을 주었더니 응급상황에 먼저 사용해서 또 재정이 떨어지는 경험을 했기 때문이다. 그 성도 바로 앞집에 사는 사람이 아프다고 해서 가 보았다. 시립병원에서 받은 진단서에 보니, 위염, 장티푸스, 요로감염, 기생충 감염 등 여러 합병증으로 앓은 지 한 달이 되었다.

예수님의 이름으로 기도해 주고 항생제와 비타민을 보내주기로 했다. 그리고 나오는데 우리 교회성도들과 아이들이 몰려왔다. 땟국물이 낀 얼굴에 음료수까지 사들고 말이다. 마음이 짠하다. 어떤 대접보다 과분하다! 선교는 주님이 하시고 우리는 심부름만 하는데, 우리가 대접을 받는 은혜가 넘친다! 주님, 오늘도 성도들을 통해 보여주시는 주님의 사랑이 넘칩니다! 잔이 넘칩니다!

소풍 와서 보석 캐기

공식적으로 한 달에 한 번, 식사와 함께하는 어머니 기도회가 오늘 있었다. 기도회를 통한 은혜의 불길이, 매주 토요일 아침 두 시간 기도로 번졌다. 코로나로부터 전적으로 자유로우며, 코로나와 자연재해로 신음하는 열방을 위해 기도를 수출하고 있다. 오랫동안 받은 섬김과 은혜에 대한 빚을 기도로 갚고 있다.

어머니들이 기도와 말씀에 집중하고 계시지만, 늘 힘들게 사는 이들이기에 지난달에는 수고를 덜어주기 위해 음식을 주문했었다. 그런데 며칠 전, 어머니 한 분이 나에게 말씀하시기로, 같은 비용으로 자신들이 직접 요리하면 더 풍성해질 것이라고 했다. 무엇보다 함께 준비하면서 친밀한 교제가 이루어짐을 알기에 좋다고 했다. 마치 소풍을 오는 표정으로, 오전 9시부터 아이를 업고 땔감을 이고 왔다.

옹기종기 모여 앉아 삶의 애환을 주고받는데, 때로는 폭소가 터지기도 했다. 저녁 식사는 5시인데, 이들이 준비하는 동안 얼마나 배가 고플까 염려가 되어 이곳의 도넛 종류인 만다지를 사서 주었다. 2시 반에 모든 것을 다 준비하고 찬양에 들어갔다. 소음이 전혀 없는 마을에 찬양이 울려 퍼진다. 천국 잔치이다. 찬양과 기도, 인도를 자연스레 하고 있다.

이어서 간증이 있었다. 집안의 신줏단지를 몽땅 불태운 '파리다'라는 성도가 간증을 시작했다.

"저는 이슬람과 온갖 잡신들을 의미하는 물건들을 집 안에 두고 있었어요. 하지만 이젠 예수님만 믿어요. 여러분도 집에 있는 모든 신줏단지들을 불태우세요!"

안개꽃 이야기

또한 자신은 술중독자로 간통까지 했는데, 예수님께서 새 피조물이 되게 하셨다고 했다. 또 다른 성도는 예수 믿고 글을 읽고 쓸 줄알게 되었다고 했다. 거기에다 온갖 악령과 무당과 점쟁이들에게계속 농락당했던 간증들이 이어졌다. 그리고 결론적으로, 예수님외에는 결코 타협하지 않겠다는 귀한 고백을 하는 것이었다. 별거했던 남편과 재합한 에스더가 설교를 했다. '혀의 능력'이라는 제목으로 눈을 반짝이며 어머니들의 심령을 예리하게 찔렀다. 어떤 상황에서도 생산적이고 창조적인 언어를 사용하고 범사에 감사하라했다. 이제껏 평범하다고 여겼던 그녀였는데, 던지는 메시지가 그누구보다 충격이었다. 에스더는 지난 어머니 기도회에서 중보기도담당을 통해 캐어낸 보석이다.

하나님은 온 세상을 보물섬으로 만드시고, 영혼이라는 보석을 곳곳에 묻어놓으셨다. 많은 기다림과 기도의 노동을 요하지만 반드시 찾아내게 하신다. 더욱 놀라운 것은 SNS까지 동원한 합심 기도의 힘을 받고 있는 애나 조이스가 참석했다. 면역결핍증으로 병원에 10일간 입원해 있던 그녀였다. 우린 치료비만 지원했고, 성도들이 돌아가면서 병원에서의 돌봄이가 되어 주었었다. 그녀가 온 힘을 다해 기도회에 나온 것이다. 보답할 수 없는 은혜를 입었다면서고맙다는 편지를 그녀의 남편이 써서 보냈다. 이 지역에서 정말 보기 드물게 훌륭한 남편이다. 아직도 몸이 온전하지 못하지만 받은은혜에 감사하여 나온 것이다.

아프리카 여성들 대부분 가부장적인 제도, 일부다처제 문화권에서 살고 있고, 무책임한 남편들로부터 버림받았다. 그래서 삶의 고난으로 마음이 굳어졌다. 하나님께서는 이런 이들의 얼굴에 하얀 이를 드러내게 하신다. 아버지의 눈에 예쁘지 않은 딸이 어디 있으랴. 우리 부부는 '세상'이라는 보물섬에 잠시 소풍을 왔다. 하나님께로부터 보냄을 받은 것이다. 이곳에 머무는 동안, 주님의 사랑과 성실을 먹거리로 삼으며, 곳곳에 숨겨진 보물을 더 많이 찾아서 주님께 드리련다!

찢어진 삶의 조각을

나는 퍼즐을 별로 좋아하지 않는다. 난이도가 높은 천 피스, 이천 피스짜리 퍼즐 조각을 맞추는 사람을 보면 경탄한다. 엄청난 인내와 집중력이 필요하기 때문이다. 우리 교회에는 나를 포함해서 퍼즐처럼, 삶이 조각 나버린 성도들이 많다. 그 삶의 조각이 이 집 저 집 물건처럼 옮겨 다니다가 닳아지고 할퀴어졌다. 일부다처제의 부작용으로 우리 교회 남자 성도의 나이 많은 아버지는 젊은 여자를 만나 아이들만 낳고 죽었다. 우리 집을 봐주는 집지킴이 할아버지는 68세인데, 30세 어린 아내와의 사이에서 낳은 셋째가 1살이다.

남편이 죽고 나면 엄마가 있어도 생활능력이 전혀 없기 때문에 고아나 마찬가지라고 한다. 엄마가 다른 남자를 만나기도 한다. 또는 친척 집으로 전전하며 천대와 학대로 상처를 받는다. 그래도 남자아이는 여자아이보다 상황이 낫다. 여성들은 강간, 천대로 인한 분노와 쓴 뿌리가 자라게 된다. 그럼에도 소리 낼 수 없다. 그동안 너무 당연한 삶이었기 때문이다. 그리고 성이 다른 형제자매들이 여럿이다. 한 여성도의 기도 제목을 받았다.

한 여성도가 먼저 남편과의 사이에서 출생한 아이를 빼앗아서, 지금 같이 살고 있는 여자에게 주려 한다는 것이다. 그 아이를 데려다가 온갖 궂은일을 시키려 한다는 것이었다. 삶은 이미 하나님 안에서 완성되어 있는 아름다운 퍼즐 조각이다. 그러나 죄인인 우리 사람들이 퍼즐 조각을 다 찢어진 삶의 조각을 흩뜨려 놓았다.

그럼에도 나는 소망의 노랠 부른다. 퍼즐 맞추기의 대가이신 주님은 잃어버렸던 내 삶의 조각을 찾아 맞춰주셨다. 인내로 함께 울어주시고, 아파하시고, 감싸주시면서 말이다. 나와 함께해 주시는 주님께서 이들 한 사람 한 사람의 삶도 온전하게 하실 것이다.

내 삶의 모양들이 왜 그러했는지, 왜 아플 수밖에 없었는지, 퍼즐 조각이 하나하나 맞추어져 가는 기분이다. 더하지도 덜하지도 않는 곳에서 이들과 함께 울어주며 아파해주라고, 모든 것을 경험하게 하셨다. 주님 손이 되어 위로하고 다독여주라고, 퍼즐 조각 같은 삶을 허락하신 것이다. 조각나버린 이들의 삶도 아름다운 작품으로 만들어주실 주님을 믿고 의지합니다!

수평적 도전

선교만 생각하고 이곳에 왔다. 그런데 하나님은 목사안수를 받게 하시고, 목회도 하게 하셨다. 기도하는 중에 금년엔 몇 가지의 도전을 해보게 하셨다. 그중에 하나가 평신도에게 수요설교를 맡기게 하는 것이었다. 본인이 설교해야 하는 날짜를 미리 알 책임감을 가지고 준비시키기 위해 두 달마다 한 번씩, 수요 설교자를 정하여 게시해 놓는다.

얼마나 열심히 말씀을 연구하고 준비하는지 모른다. 자신이 설교자가 아닌 예배 시간에도 집중하여 말씀을 듣는다. 주입식으로 말씀을 그냥 듣기만 하던 이들이 완전히 달라진 것이다. 더욱 놀라운 것은, 수요 설교자 담당인 성도들 전원이 수요예배에 참석한다는 사실이다. 같은 입장에 있는 사람들끼리 서로의 말씀을 들어보기 위함인 것이다.

마을에 전기가 없어서 예배를 오후 4시에 드리기 때문이기도 하였지만, 그동안은 수요 예배의 출석이 저조했었다. 밭일이나 다른 일을 하는 중간에 교회에 온다는 것이 쉬운 일이 아니기도 하다. 그런데 수평적 입장에서 서로의 말씀을 놓치지 않고 들으면서, 도전을 주고 또 받기 위해 열심히 참석하는 것 같았다. 진리의 말씀을 목회자와 성도의 입장에서 받기도 하지만, 같은 평신도의 입장이기에 더욱 도전적으로 받아들이는 것 같다.

또한 전도사들도 더 열심을 내야 할 것으로 도전받는 것 같다. 그런데 가장 도전을 받는 사람은 담임인 나 자신이다. 성경적 지식이 많지 않은데도 말씀 본문에 맞은 신구약 말씀을 인용하여 숨 쉬는 것도 아껴가며 열변을 토한다. 그런 영적인 에너지와 능력을 공급하시는 성령님의 일하심에 놀라며 정말 은혜를 받고 있다. 말씀을 준비하기 위해 얼마나 시름했을까! 짧은 시간 전한 말씀보다 비교할 수 없는 주님과의 대화가 이루어졌으리라! 수요 설교 말씀이 끝나면, 이어서 1시간 남짓 기도한다. 이들은 앉아서 기도하지 않는다. 서서 자유롭게 두 손을 들었다 내렸다 하며 결사적인 기도를 한다. 마치 얍복 나루에 있던 야곱을 연상케 한다. 온 성도가 열방과 공동체와 개인을 위해 얼마나 큰소리로 기도하는지, 뜨거운 열기가 하늘 보좌로 올라갔다. 그렇다! 우리는 주님이 들으시고, 응답하시고, 친히 가르치시는 현장의 중심에 있다. 주님의 임재로 충만하다!

실제 교과서다

이른 새벽, 천둥소리에 깼다. 그리고 노아의 홍수를 방불케 하는 폭우가 쏟아졌다. 우리 눈에 보이지 않아 잘 알지 못하는 공중권세 잡은 자들과 치열한 전쟁이 일어나고 있는지도 모른다. 밤과 낮이 단 한 번도 바뀌지 않도록, 주무시지도 졸지도 않고 일하시는 분이 우리 주님이시다. 그 주님은 오늘 주일의 유일한 예배대상이시다!

그 사실을 증명이라도 하듯, 한 시간 반 앞당겨 8시 반에 드리는 어린이 예배에 비에 옷이 몽땅 젖으면서도 아이들이 교회에 왔다. 그중에 언니 등에 업혀 온 어린아이 한 명이 오한이 났다. 젖은 옷을 벗기고 가지고 있던 스카프로 돌돌 말아서 꼬옥 안아주었다. 체온으로 한기를 없애주는 수밖에 없었다. 언니는 가지고 있던 윈드브레이커로 젖은 드레스 위에 입혔다. 오늘같이 비바람 불고 길이 미끄러운 날은 가정예배를 드려도 되는데, 산 아래 호숫가에서도 몇몇 성도가 교회에 왔다. 비바람만이 아니라, 교회로 올라오는 언덕길이 가파르고 미끄럽기에 위험한데도 불구하고.

머리에서 발끝까지 다 젖은 채로 예배드리는 성도들이었다. 다른 방법이 없어서 마음의 담요로 감싸준다. 눈길로 물기를 닦아준다. 나는 젖은 아이를 안고 있다가 약간 축축해지기만 했는데도 서늘한 기운이 들었다. 이런 날씨에 전기는 당연히 나간다. 음악이 없어도 어른이고 아이고 북 하나면 족하다. 이들은 예배를 드리는 데에 관한 환경적응 전문가들이다. 어떤 상황과 여건이든 예배에 걸림이 되지 못한다. 예배의 환희로 노래하며 춤춘다. 엄청난 폭우 가운데서도 하나님께서 큰 울림을 들려주신다. 바로 이 영혼들이 우리 부부가 배워야 할 교과서라는 음성이었다. 우리가 이들에게 은혜를 끼치는 것이 결코 아니다. 오히려 은혜를 입고 있다. 신령과 진정이란 예배의 참모습을 배우고 있는 것이다.

안개꽃 이야기

오늘 성도들을 통해 공중권세 잡은 자들을 제압하고, 하나님 아버지가 찾으시는 예배자를 보게 하셨다. 이 성도들은 '상황에 따라 변명으로 타협하고 안주해도 되는데.'라는 나의 예배관을 새롭게 흔들어 일깨워주는 실제 교과서이다!

부끄럼 없는 포옹을 위해

지금 내가 살아있다는 것이 꿈이요, 은혜이다. SNS 친구였던 분들의 소천 소식을 들으면서 더욱 그러한 생각이 든다. 소천한 사람보다 땅에 남아있는 사람이 느끼는 공백이 크다. 사는 동안 아무리 연습을 수없이 해도 결코 이력이 되지 않는 것이 이별이요, 사별이다. 그 무엇으로도 위로되지 않는 슬픔과 아픔이다. 그래도 믿는 자들에게는 다시 만날 소망이 있어 환송 예배를 드린다.

한편 저 하늘에서는 대환영의 팡파레가 울리며 퍼레이드가 펼쳐지고 있다. 이런 두 영상이 겹쳐지면서, 한 주 미루기로 했던 '우리의 장례절차' 양식을 만들었다. 이제 이것을 작성하여 아이들에게 보낼 것이다. 그리고 오후에는 빅토리아호숫가로 내려갔다. 지난번 비에 무너진 집을 100달러에 지을 수 있다 해서 지원했다. 다른 밀린 일들이 있지만, 이 일은 하루라도 미룰 수 없었다. 오늘 내려가서 보니, 호숫가 사람들이 사는 수준으로 지어졌다. 자세히 살펴보니 슬레이트 3장이 더 필요했다.

한 개 반은 모자라는 천장에, 나머지는 호수 쪽으로 벽을 밖에서 대주면 비바람이 쳐도 흙벽이 안전할 것 같았다. 마음속으로 그리 생각하며 돌아오는 길에 환하게 웃는 엄마와 딸을 보았다. 형편이 되면 매트리스를 구입해서 이 마을에 나누어주자며 남편과 이야기 했다. 비가 많이 와서 미끄러워진 비탈길을 숨차게 오르락내리락하면서도 기쁘다. 아직도 누군가의 쉴 자리를 마련해주는 심부름꾼으로 사용되고 있어서이다.

우리가 살면 얼마나 살겠는가! 단지 기도나 동정하는 마음으로만 안주하지 말자. 주님께서 마음을 주실 때 정직한 청지기로 열심히 심부름하는 것이다. 이 땅을 떠날 때 아무것도 가져갈 수 없다. 그러나 필요한 이웃들을 보살펴줌이 천국으로 송금하는 것과 같다고나 할까…. 언젠가 우리가 이 땅을 떠나 천국에 입성할 것이다. 그때 버선발로 나오셔서 우리를 맞아주실 주님을 뵙게 되면, 부끄럼 없이 포옹할 수 있도록 살고 싶다.

성경! 천국제 전화기!

이곳 현지인들은 다른 나라 사람들과 마찬가지로 종교성이 대단하다. 하나님께서 인간의 내면에 종교로만 채워질 수 있는 부분을

안개꽃 이야기

만드셨기 때문일 것이다(전3:11). 기독교는 종교가 아닌 삶이 되어야 하는데, 여러 가지 토속종교들 틈에 예수라는 이름만 걸쳐놓았다. 어떤 회개도 없이 복만 달라고 한다. 사람들은 종교에 대한 분별력이 없이 여기저기 머리를 내밀며 복 받고 싶어 한다. 목회자들 자체가 자신의 생활 방편과 권위의식 때문에 말씀을 바로 가르치지 않는다. 목회자에게만 특별한 신유나 신비의 은사가 있는 것처럼 착각하게 한다.

그래서 성도들은 예배 시간에 안수받는 것을 선호한다. 그때 몸을 비틀고 뒹굴며 괴성을 지른다. 회심과 치유가 일어나는 것처럼 보인다. 그런데 삶에는 아무런 변화가 없다. 우리 교회에도 그런 현지 목회자들이 잠시 있었다. 이들이 가지고 있는 기복주의 신앙을 이용하여, 예수님의 제자가 아닌 자신의 제자로 만들었다. 그리고 그 목회자가 떠나면서 온 성도를 다 데리고 나갔다고 한다.

내가 담임을 하고 나서도 신비나 신유를 기대하는 성도들이 있었다. 그리고 안수를 받고 나서는 자신에게 변화가 일어났다고 간증했다. 나도 처음에는 놀랍고 신비로웠다. 그러나 이들의 종교형태를 알고 나서는 쉽지는 않지만 개혁에 도전하고 있다. 예수님 당시에도 수많은 사람이 예수님의 기적과 표적을 경험했고, 그것들을 말씀보다 더 귀하게 여겼다. 진짜 제자가 된 사람은 극소수였다. 그 몇 명에게 예수님은, 기적이나 표적이 아닌 말씀을 가르치셨다. 그리고 마지막 부탁의 말씀도 "말씀을 가르쳐 지키게 하라."였다.

나 역시 말씀으로 영혼들을 예수님께 중매하는 일을 한다. 예수님께 기도로 할 말을 하고, 성경말씀으로 예수님의 음성을 듣도록 하고 있다. 주님과 친밀해지도록 한다. 마치 SNS를 통해 비대면으로 소통할 수 있듯이, 주님을 볼 수 없지만 성경으로 소통할 수 있다고 가르친다. 시간이나 비용에 무관하고, 무한정 통화 할 수 있다. 그렇다! 성경은 천국제 전화기이다!

하루를 입맞춤하다

우리가 섬기는 교회는 2008년에 세워졌다고 한다. 이제껏 아무 기록이 없던 교회 역사를 정리해 가면서, 금년부터 창립주일을 8월 마지막 주로 정했다. 그날이 바로 오늘이다. 현지인들은 결코 교회를 삶의 우선순위에 두지 않는다. 성도들의 기도 제목을 들으면, 어른, 아이 할 것 없이, 모두가 악몽에서 벗어나게 해 달라고 한다. 점이나 운수에 집착하고, '저주'에 아주 민감하다. 교회창립기념일 만찬 광고를 듣고 온 방문자가 많았다. 이 기회에, 교회에 부여하신 영권를 선포했다. 바로 천국열쇠이다.

교회는 결코 건물이 아니며, 주 예수를 믿는 사람들의 모임이다. 그리고 구약교회와 신약교회 두 종류로 나누어, 개인교회와 공동체 교회로 볼 수 있다. 구약에서 세운 개인교회(아담과 이브가 한몸이

기에)는 가정인데, 사탄에게 넘어졌다. 신약교회는 예수님께서 이미 그 사탄의 권세를 이겨 놓으시고 세운 공동체 교회이다. 이 공동체 교회에 천국의 열쇠를 주신 것이다(마18:18). 그래서 온 힘을 다해 교회에 모이기를 힘써야 한다(히10:25). 혼자서는 해결하기 힘든 일이 교회에 함께 모여 기도할 때 이루어진다(마18:20). 교회에는 이미 승리와 응답의 영권을 주셨다. 그리고 무엇보다 천국의 모형을 체험할 수 있는 곳이다.

이 말씀으로 예배 후 음식을 나누었다. 평소에 먹기 어려운 쌀밥과 고기를 원 없이 대접했다. 그리고 밖으로 나가서 게임을 했다. 여섯 목장을 두 팀으로 나누어, 림보, 뮤지컬 체어, 볼 패스, 밀가루 사탕 찾기, 아이 가마 태우기, 자루 뛰기, 축구 등을 했다.

빈부격차, 남녀노소를 막론하고, 예수님의 이름으로 하나 되게 했다. 끝나고도 여기저기 모여서 뒷이야기를 하느라 쉽게 떠나지 않았다. 온 성도가 작은 천국을 누리는 날이었다. 여선교회가 음식을 했고, 설거지는 남선교회가 했다. 가부장적 문화를 뛰어넘어, 이제는 서로의 섬김이 천국의 문화로 받아들여지고 있는 것이다.

비가 내렸다. 성도들이 처음 경험할 모든 프로그램을 밖에서 해야 하는데, 왠지 울컥했다. 이 성도들에게 나의 마음이 향하도록 하신 분이 누구신가! 마침내 하나님께서 중심을 보셨다. 해를 구름으로 가려주셔서 천막을 치지 않아도 될 가장 온전한 날씨를 주신 것이다. 주님의 면전에 오늘 하루를 입맞춤하여 올려드린다! 성도들끼리 더욱 하나 되는 문화를 누렸다. 하나님의 돌보심을 느끼고 감사하며, 삶의 모든 시간들을 하나님께 입맞춤하여 올려드리고 있다.

역사의 흔적을 남겨간다

지금 교회의 담임으로 기름부음 받은 지 만 3년이 넘어간다. 조금씩 교회의 체계를 세워가고 있다. 교회 건물은 2006년도에 건립되었다. 그러나 지금까지 창립일도, 교회의 역사를 알 수 있는 제대로 된 기록도 없다. 그동안 누가 오갔는지, 아무런 흔적이 남아 있지 않아 아쉬웠다. 물론 수고하신 분들은 하늘 명예의 전당에는 다 기록되어 있을 것이다. 그러나 이제 우리는 교회의 역사를 문서로 남기려 한다.

먼저 우리 교인들의 등록카드를 받고 있다. 이미 교회에 나오는데 왜 이런 작업을 하는가라고 생각할 수도 있다. 자신의 영혼을 위해 교회를 나오는 성도들도 있지만, 때로는 물질적인 부분을 채우기 위해 신앙생활을 시작할 수도 있다. 그러다 교회를 안 나오거나 교회를 바꾸기도 한다. 워낙 들어 왔다 나갔다 반복하는 교인들이 많아서, 시간을 가지고 신앙을 점검하며 리더를 세우는 일은 쉽지 않다. 그런데 부모와 아이들의 이름과 생일을 다 기억하는 성도가 한 명도 없다. 이런 이들에게 생각하는 근육을 키울 수 있도록 도와드리

안개꽃 이야기

자는 거룩한 사명이 또 하나 생겼다. 그리고 교회에 새로운 성도가 오면, 새 신자 카드를 기록하고 있다. 3주간의 교육을 받게 하고, 목장으로 보낸다. 6명의 부장에게 각자 맡겨진 일들을 교육했다.

그리스도의 몸 되신 교회가 유기적으로 움직이기 위해 역할담당을 나누었다. 이어서 매달 모임을 갖고 목자들과의 시간을 가졌다.

목원 관리를 어떻게 해야 하는지 지침을 전달하고, 정기적인 목장모임을 가지라고 강조했다. 목원들의 기도 제목을 기록하고, 구체적으로 기도하라고 작은 메모지와 펜을 전달했다. "이런 것 없어도 이미 우린 너무 잘 알아요."라고 했다. 그래서 "기도 제목을 기록해 두고 이루어진 날을 기록해 두면 더 은혜가 되지요. 기록하지 않으면 은혜를 쉽게 잊어버리게 되지요."라고 설득했다. 평소에 안 해 보던 일이라서 의아해했다. 그러나 이런 과정을 반복시키면서 훈련되어 가고 있다.

바로 이어서 다음 주 세례 대상자들을 교육했다. 남녀가 결혼식을 갖지 않아도 법적인 부부가 될 수 있다. 마찬가지로 세례식은 공식적 선포의 예식이고, 구원의 조건은 아니다. 그러나 이교 육을 통해 성숙한 크리스천의 삶을 살도록 도전과 충전을 하도록 했다. 이런 과정을 통해 세례를 받은 사람도 기록으로 남긴다. 몇 년이 지난 지금은 교회의 역사가 계속 기록되고 있다.

물질과 재능을 하나님께서 주셨지만, 더욱 시간도 나의 것이 아니다. 주신 시간과 상황을 최선을 다해 주님께 드리고 싶다. 비록

한 번도 세워보지 않은 조직이나, 기록해 보지 않은 일을 앞으로도 계속 남겨 가야한다. 그리스도의 몸인 교회의 역사가 되기 때문이다. 이 일을 통해 성도들이 역사의식을 갖기를 기대한다. 그리고 우리 후에 이 자리에 있을 선교사에게 귀한 자료가 될 것이다. 이 일을 누군가가 시작해야 한다. 그 누군가가 나이기 때문에 주님께 감사와 찬양을 올려드린다.

언어를 찾습니다

요즈음 우기도 아닌데, 날씨가 흐리고 폭우가 내린다. 하늘이 찢어지는 듯이 천둥번개가 치며, 비바람이 호수를 심하게 흔들어댄다. 일 년에 한 번 하던 세례식을, 성도의 요청으로 두 번 하기로 했었다. 그 날이 바로 오늘이다. 세례식 날, 좋은 환경을 허락해 달라고 기도해 왔다. 물을 무서워하는 나는 물 뿌림의 세례를 권했다. 그러나 성도들은 침례를 원했다.

세례가 천국행 조건도, 티켓도 아님을 교육했다. 성경, 하나님, 예수님, 성령님, 구원, 교회, 성도의 삶이란 주제로 말씀 공부를 했는데, 필기하는 사람은 한 명뿐이었다. 그래도 학습 받지 않고 세례만 받는 것보다는 낫다. 내가 안달할 일이 아니다. 나는 씨를 뿌릴 뿐, 나머진 모두 맡겨도 되는 주님이 계셔서 참 고마우시다. 심하게 다친 발목이 아직도 온전하지 않다. 좀 더 완만한 길을 택해 호숫가로 내려가 한 가정을 심방했다. 아이를 못 낳는다고 소박을 당하게 된 여성이 하소연해왔기 때문이다. 모든 것이 아내의 잘못이라고 생각하는 무지가 충만한 남편이었다.

성령님께서 이 남편의 마음을 만져주시기를 소망했다. 우리는 단지 예수님의 이름을 담아가는 질그릇일 뿐이다. 심방을 마치고 세례 장소로 이동했다. 세례 대상자와 함께 축하를 나누기 위해 증인으로 함께 온 성도들이 북을 치며 찬양하고 있었다. 찬양 가운데 계신 주님께서 천둥도, 먹구름도 다 물러가게 하셨고, 푸른 날씨의 오후를 주셨다. 맑은 빅토리아호수에 9명의 옛사람을 장사지냈다. 그리스도와 함께 새 사람으로 태어난 것이다.

세례식

세례식과 증인들

세례를 받은 한 성도가 식사를 준비했다기에 일행이 함께 갔다. 어떤 형편인지 말하지 않아도 아는데, 이 많은 성도를 대접하는 것이다. 어디서든 삶의 희로애락을 노래로 풀어내는 우리 성도들은 오늘 식사 대접에도 새들처럼 찬양한다. 사랑스럽다! 이렇게 단순하게 기뻐하고 즐거워하는 영혼들과 함께하게 하시고, 이렇게 복된 날을 허락하신 주님께 무어라고 감사해야 하나! 감사한 마음을 마음껏 표현해 드리고 싶은데, 마땅한 언어가 생각나지 않는다. 진짜 감사하고 진짜 좋으면 무슨 말을 어떻게 해야 하는지 모르는 것처럼 말이다. 무엇보다 세례 받은 성도들이 예수 그리스도의 순결한 신부로 주님을 사랑하고, 또한 주님의 사랑을 받는 성도로 평생 감사하는 삶을 사는 복된 영혼들이 되길 소망한다!

세례증서

안개꽃 이야기

웃음을 모르는 이들을
품는다

지난주에 세례 받은 이들과 성도들이 오늘 성찬식을 가졌다. 세례가 누구에게나 특별한 의미가 있듯이, 이들에게는 생명의 문을 열고 새로 태어나는 영적인 생일날이다. 많은 이들이 자신의 출생일을 잘 모른다. 부모의 나이도 모른다. 날이 밝으면 아침이고, 어두워지면 저녁인 것으로 안다.

계절이 여름 하나밖에 없기에, 달이 바뀌는 것에 대해 특별한 관심이 없다. 그래서 세례 받은 날이라도 문서로 남겼다. 세례증서를 받은 9명이 새 삶을 살겠다는 결단의 특송을 주님께 올려드렸다. 한 영혼, 한 영혼이 사랑스럽다! 마치 입덧과 산통의 과정을 통하여 출산한 자식들을 바라보는 것처럼 말이다! 오늘, 주님의 살과 피를 받는 저들을 위해 기도한다. 오직 말씀 위에 굳게 서서 신앙의 뿌리를 견고하게 내리기를 바란다. 시간이 지나 세례의 감격이 사라지면서 다시 예전 생활로 돌아가지 않기를!

이들 대부분은 평생 외진 산골을 벗어나지 못했다. 전화는 물론 시계도 없다. 그리고 이들은 웃음을 모른다. 얼굴 근육이 잘 움직이지 않는다. 웃는 사진을 찍으려면 "할렐루야!" 하고 가만히 있으라고 해야 한다. 감사나 감정을 잘 표현할 줄 모른다. 이야기할 때 눈을 마주 보지 못한다. 할 말도, 하고 싶은 말도 하지 않는다. 그것이

문화요, 전통이라며 살아왔다. 이들은 아무렇지도 않은데, 왜 나는 성도들이 가엾게 느껴지는 것일까! 이 영혼들을 기도로 품는다. 비록 지금은 잘 웃지 않지만, 주 예수 그리스도를 친밀하게 알게 되어 구원의 기쁨만으로 가득한 폭소가 터지길 소원한다. 웃음으로 변화한 그들을 통해 예수 그리스도가 알려지고 소문나길! 한 식탁에서 한 가족으로 영원히 함께할 천국 공동체이기에 간절하다!

성찬식

안개꽃 이야기

당신들이여

삶의 뒤안길에

삼백 예순 날 홀로 허덕이며

소나기처럼 쏟아지는 눈물과

모질게 불어대는 흙먼지들을

닦아내며 살아온 당신을

잠시라도 감싸주는

무명이불이 되고 싶소

살아온 날보다

아무 기약 없이

살아갈 날들에 대한 두려움으로

눈조리개마저 풀어져

핏줄이 선 충혈된 당신의 눈에

잠시라도 안식을 주는

종려나무 그늘이 되고 싶소

삶이란 지뢰밭에서

노래도 멈추며

살기 위한 몸부림의 춤을 추지만

구멍 난 당신의 가슴을

잠시라도 막아주는
커다란 바위가 되고 싶소

사계절 밤과 낮
여름날의 장대비처럼
눈물로 물을 주고
골 깊은 한숨으로 쟁기삼아
일구고 가꾼 당신의 마음밭에
떨어져서 열매 맺는
한 알의 밀알이 되고 싶소

오히려 풍족함이란 홍수에
이리저리 떠밀려 다니며
난파된 나를
구조하여 치유한 주치의가
바로
당신들입니다
고맙습니다

7장

타
작
마
당

꽃들은 잘 가꾸어주어야 생명력을 유지한다.
그러기 위해서는 정원지기가 필요하고,
정원지기에게 꽃을 잘 돌보도록 해야 한다.
우리의 선교 사역 중에 재정적으로 가장 큰 비중인
신학생들을 양육하는 이야기이다.
이 땅의 영혼의 꽃을 돌보는 신학생들과
함께하는 이야기를 나누려고 한다.

착각

청소년기에 방황으로 공부를 제대로 하지 못했다. 남편을 만나 신앙생활을 하면서 성경에 대한 관심이 커졌다. 교회에서 하는 성경 퀴즈대회나 암송대회가 있으면 늘 우승하고 싶었다. 열등감을 채우려는 특심이었을까. 학문에 관한 것은 앞을 다투어야 했다. 신학 과정을 밟으면서도 가장 좋은 성적을 얻고 싶었다. 무엇보다, 가르치고 배우는 학교 문화를 좋아했다. 졸업하지 않고 계속 신학교에 머물고 싶었다. 그러나 때가 됨에 하나님께서 배우는 자리에서 가르치는 위치로 옮기게 하셨다.

장기 선교를 결정하기 전에 르완다, 우간다, 탄자니아의 신학교를 돌아보며 강의를 했다. 이 신학교들은 우리가 소속된 선교회 대표 선교사님이 시작하신 사역 중의 하나이다. 특별히 1994년 르완다 내전 때, 취재차 오셨다가 거리로 내몰리는 고아와 과부들을 보면서, 선교사로 발목이 잡히시고 말았다고 하셨다. 그들을 위해 구제 사역을 하셨다. 구제만으로는 그들의 영혼을 구원할 수가 없어서, 복음 증거의 삶을 선택하시게 된 것이다. 그를 통해 복음을 접한 영혼들은 많았지만, 지속해서 양육할 목회자가 없었다. 그래서 시작하신 것이 신학교 사역이었다.

광활한 탄자니아에는 5개 도시에 신학교가 있다. 건물이 갖추어져 있는 것이 아니고, 보잘것없는 교회를 빌려서 20여 명의 목회자들이 신학을 배우고 있다. 이들의 학력은 형편없다. 대부분 교육 혜택을 입지 못하던 세대로, 초등학교 중퇴나 졸업이 최종 학력이다. 연령도 천차만별, 성경 목차도 잘 모르고, 성경도 잘 읽지 못한다. 하지만 하나님의 부르심을 받았다고 했다. 우리나라의 선교 초기나 미국 신대륙 개발단계에 있던 기독교 초기에도 이런 역사가 있었다. 선교사들이 일반 평신도들을 목회자로 먼저 안수하고 난 후에 가르쳤던 기록을 통해서 알 수 있다.

부름 받은 신학생들에게, 좀 더 열린 환경에서 공부한 내가 많은 영향을 줄 줄 알았다. 무엇보다 학문적으로 발전된 문명국에서 공부하고 왔기에, 이들을 가르친다는 우월감이 있었다. 마음이 가난하지 못했다. 이런 자세로 이들과 하루에 8시간을 월요일부터 금요일까지 함께했다. 목회자들은 좁은 나무를 잘라서 만든 의자에 앉았다. 등받이도 책상도 없다. 그런 상태로 온종일 앉아서 공부를 하면서도 자세가 흐트러지거나 졸거나 불평하지 않는다. 교통비를 줄이기 위해 하루 왕복 6시간을 걷는 학생도 있다. 버스로 6시간 떨어진 곳에서 오는 신학생은 집에 가지 않고 일주일 내내 그 좁은 의자에서 잠을 잤다.

그러면서도 최선을 다해 배우려고 노트에 말씀을 빼곡하게 정리한다. 어쩌다 발표를 시키면 어디서 그런 용솟음치는 영성을 받았는지, 열변을 토하는 모습이 놀랍기만 하다. 그렇게 1, 2년을 공부하고 나면, 성경을 대하는 이들의 눈빛이 현저하게 달라진다. 이런 목회자들을 보면서 누가 가르치는 자인지, 누가 학생인지 모를 때가 있다. 이런 이들과 함께할 수 있다는 것이 가장 거룩하게 구별된 자리임을 주님께 고백하지 않을 수 없다. 나를 겸허하게 하시는 한 영혼, 한 영혼 모두가 그 어디에서도 만날 수 없는 나의 교수들이다.

다섯 개 도시의 신학교를 대표 선교사님께서 운영하시다가, 우리가 탄자니아에 정착하면서 우리에게 담당하라고 하셨다. 나는 일년에 한 번만 순회하고, 매달 강사료와 강사의 교통비, 숙식비 등을 지원해야 해서 처음엔 자신이 없었다. 그래서 반년 정도만 해보고 결정하겠다고 말씀드렸다. 앞에서 이야기한 것처럼, 이미 '주의 백성'으로 삼으신 하나님은 이 사역을 위해 넘치도록 공급해 주셨다. 단 한 번도 재정이 부족해서 멈춘 적이 없게 하셨다. 내가 모든 것을 다 해야 하는 줄 착각하고, 주님의 능력을 제한하려 했었다. 주님은 태평양 같으신데, 나는 언제나 컵 하나에 주님을 담으려 한다. 2019년 코로나 역병 가운데서도 탄자니아는 이 사역이 진행되었다. 주여! 주님을 신뢰하는 믿음의 평수를 넓혀주소서! 할렐루야!

이번 주, 우리가 있는 부코바에서 시작하여. 한 달간 신학교 순회 강의를 한다. '복음전도와 세계선교'라는 올해 커리큘럼을 실천으로 옮기기 위해서다. 지금 이슬람이 급성장하고 있다. 기독교 전체의 각성, 목회자들의 애통의 눈물이 없고서는, 지구상의 모든 교회가 악한 세력들에게 넘어갈 기세이다. 1마일마다 있던 모스크가 이제는 2~3개씩 늘어나고 있는 현실이다. 모든 일을 예비하고 계신 하나님께서는 적재 적시에 기가 막힌 교재를 만나게 해주셨다. 이 교재의 저자는 애틀랜타 '새한장로교회'의 담임이신 송상철 목사님이시다. 모든 교회의 목회자들을 흔들어 깨워서 파수꾼의 역할을 제대로 하도록 체계적으로 엮어진 교재였다. 어제와 오늘, 이틀에 걸쳐 강의하는 나와 모든 수강자가 불이 붙었다. 이 교재를 도구로 사용하여 어떻게 교회에 전도 폭발을 일으킬 것인가가 관건이었다.

다른 커리큘럼은 목회자 자신의 목회를 위해 배움을 패키지 해가는 것이었다. 그런데 이 실천신학은 어떻게든 성도들을 훈련하여 전도를 하지 않고는 견딜 수 없도록 도전을 주는 것이다. 참가한 목회자들이 배운 것을 바로 적용하도록 어제와 오늘 30분씩 마을 전도하도록 했다. 돌아와서 나누는 반응이 뜨거웠다.

"죄로 하나님과 단절된 인간이 어떻게 하나님께로 갈 수 있을까요?"라고 물으면, "착하게 살면 되지 않나요?" 했다고 한다. 그런 이들에게 복음을 전하자 바로 예수님을 영접하는 사람이 있는가 하면, 가톨릭이나 이슬람 등 다른 종교가 있는 사람, 이런저런 질문하는 사람 등등을 접하는 현장실습을 했던 것이다. 목회자들이 이 현장실습을 통해 복음전도가 얼마 시급한지를 깨닫게 되었다.

앞으로 3일 더 허락해 주신 교재를 통해, 하나님께서 어떻게 인도해 가실지를 기대한다. 나는 단지 복음의 도구요 통로일 뿐이다. 주님이 복음을 통해 역동적으로 일하시는 현장에 있다는 것만으로도 벅차다. 하나님의 때를 위해 신앙의 순정과 정절을 지키고 있는 아프리카 목회자들을 어떻게 쓰실지가 기대된다. 유럽의 텅텅 비어버린 교회를 향하여 복음의 물결이 스며들어 갈 큰 꿈을 꾼다. 예수 그리스도의 보혈로 물든 복음의 깃발을 높이 들고 열방을 향해 노래하며 행진해 가는 비전이다.

타작마당

가을하늘처럼 청청한 빅토리아호수에
마음갈피에서 꺼낸 단풍잎 몇 잎 띄우며
영혼의 타작마당을 둘러본다
월요일부터 시작한 신학강의를 통해
과연 얼마만큼의 알곡을 기대할 수 있을까
난 단지 씨앗을 심었다

하나님 앞에 나 사람 앞에 최선을 다하려 했다

이제는 수강목회자들이

얼마나 활용해서 거두느냐에 달렸다

해마다 성숙해지고 진지해진

이들을 보면서 기대하며 기도한다

이리떼가 우글거리는 세상이기에

주님의 양들을 지킬 뿐 아니라

그들이 이리와 싸워 이기도록

훈련해야 하는 일이 얼마나 땀 흘리는 일인가!

늘 그렇듯이 오늘도 강의의 마무리로

시험을 보게 했다

점수만을 위한 시험이 결코 아니다

배운 것을 점검하고 비전을 위한 플랜을 세우도록

아웃라인(out line)을 주었다

나는 역부족하여도

전능자이신 주님이 추수하실 것이다

선교나 사역을 지휘하여 취하시고

누리셔야 할 영광을

결코 놓치지 않으실 주님을 신뢰한다(사48:11)

그 주님의 곳간에 들이어질 알곡들을 꿈꾸며

주님의 타작마당에서 흥얼거린다!

주일인 오늘, 새벽 4시에 일어나 우리가 있는 곳에서 버스로 7시간 떨어진 곳으로 이동했다. 버스가 아닌 택시로 이동하면, 도착 시간을 절반으로 줄일 수 있다. 하지만 택시비는 버스비의 8배가 넘는다. 선교사에겐 당연히 버스이다. 하루 한 번 있는 버스이기 때문에, 내일부터 있을 강의를 위해서 교회에서 예배드리지 못하고 떠났다. 버스 안에 무색인은 우리 부부뿐이다. 그래도 전혀 어색하지 않았다. 샤워도 못 하는 이들 그리고 특유의 몸 냄새도 많이 익숙해져 있다.

출타했다가 돌아와서 3주간 부코바에 있었다. 그 와중에 지난 한 주간 내내 강의하고, 또 다른 곳에서 강의하기 위해 3주를 떠나는 것이다. 어제 온종일 유치원 직원들, 교회 교역자들과 이것저것 챙기고 정리하느라 숨 쉴 틈 없이 분주했다. 어제저녁에 떠날 짐을 챙기는데 왜 이리 짐이 많은지, 마치 이민가방 같다. 3도시 강의교재가 가방 하나에 가득 찼다. 또 우리 부부의 필수품들과 비상식품, 응급약 등 각각 가방 한 개씩이다.

고르지 않은 도로 상태 때문에 버스 안에서 용수철처럼 솟아오르기를 반복했다. 마치 놀이동산에서 놀이기구를 타는 것 같았다. 그런데 가장 힘든 것은 강의 때와 마찬가지로 화장실 사용이었다. 그래서 물을 거의 마시지 않는다. 그 후유증이 있음을 감지한다. 정말 주님의 은혜로만 가능하다. 그런데도 탄자니아의 도로는 몇 년 전만 해도 군데군데 공사를 했었다. 그래서 버스가 도로에서 벗어났다 돌아갔다 갈팡질팡하기를 반복했다. 공사 중 흙먼지는 시야를 가렸고, 목적지에 도착하면 머리가 온통 흙 투성이었다. 목도 칼칼해 마스크를 써야 했다. 느리기는 해도 탄자니아가 조금씩 변해가고 있다. 버스 창밖엔 어른과 아이들이 주일인데 그냥 길바닥에 앉아있다. 우리나라 남한의 9배가 넘는 광활한 나라이다. 아직도 복음을 듣지 못한 저들이 예배자가 되도록 교회와 목회자가 절실히 필요하다.

하나님께서 구원코자 하시는 저 영혼들을 위해 내일부터 금요일까지 Geita에서 신학교 강의를 하게 하셨다. 목회자 수강생이 몇 명이 더 늘었는지, 줄었는지 모른다. 우리보다 앞서가시는 성령님만이 아신다. 그 주님께 비록 소리 내지는 않지만, 영혼을 집중하여 찬양을 드린다. "주님! 우리가 여기 있사오니 우리를 써 주소서."라고 고백하며, 우리의 삶을 예물로 올린다. 성령님의 호위를 받으며 가는 버스 안이 성령 충만한 예배당이다!

안개꽃 이야기

그 집에 도착하는 날까지
간다

털털거리는 버스 안에서 이런저런 생각이 지나간다. 어떻게 해서 지금 이곳까지 우리의 삶을 주님께서 인도하셨는지 설명할 수 없는 신비이다. 장기선교로 떠나기 전, 아이들과 살던 집을 정리하는 일이 선교를 결정하는 데에 가장 어려운 부분이었다. 가족과 함께했던 소중한 추억들이 자꾸 떠올라 괴로웠다. 대학을 졸업했건만, 여전히 아이들은 명절이 되면 우리는 어디로 가야 하느냐고 물었다.

버스로 이동

몇십 년을 살면서 축적해 놓은 살림살이를 정리하는 것 또한 노동 중에 노동이었다. 전신에 땀이 나고 지쳤다. 멈추고 또 멈추다가 몸살을 앓아야 했다. 그런데 지금은 만나고 헤어지는 일도, 짐을 정리하는 일도, 조금씩 전문인이 되어간다. Gaita에서 한 주간 강의를 마치고 므완자(Mwanza)로 이동했다.

강의실에 책상도 없고, 의자도 모자랐다. 사람들은 금이 간 플라스틱 의자를 두 개 겹쳐 놓고 앉아서 공부했다. 오늘 종강을 하고 아쉬워하는 이들을 축복해 주고, 우리의 모든 경비를 절약해서 약간의 재정을 후원했다. 이제는 자신들에게 주어진 목회의 현장에서 훈련받은 도구를 어떻게 활용할지 성령님께 부탁드린다. 단지 하나의 과정으로 머물지 않기를 소원한다.

이들이 지난 화요일 실습 현장에서 경험했듯이, 구원받아야 할 영혼들이 주위에 가득하였다. 온전한 구원의 복음이 아닌, 엉뚱한 종교 논리로 얼마나 많은 영혼을 유리하고 방황하게 하는지 경험했던 것이다. 지금은 우리의 자녀들보다 이곳 현지인들이 우리의 마음을 다 차지하고 있다. 이들을 가슴 가득 품고 순례의 길을 떠나고 있다. 우리 주님이 마련하시고 맞아주실 그 집에 도착하는 날까지 우리는 함께 가고 있다. 마음의 손을 포개고 간다.

안개꽃 이야기

이보다 더 좋은 일은 없다

매일이 주님의 날이다. 기뻐하고 즐거워할 날이다. 그 마음으로 강의할 교회로 향했다. 교통비를 절약하려고 가능한 한 택시를 타지 않는다. 바자즈(오토바이 종류로 바퀴가 세 개인 교통수단)가 가까이 가서 내려준 곳은, 엉성한 나무기둥 몇 개에 천 조각을 걸친 천막 교회였다. 탄자니아에서 두 번째로 큰 도시지만, 다른 지역에 비해 환경이 나을 거란 기대는 물론 없었다.

지난번에는 바람이 통하지 않는 창고 같은 곳에서 강의를 했다. 오늘 이곳은 비가 오면 빗물이 들이칠 정도이기는 했지만, 천이 펄럭이면서 환풍이 잘되어 좋았다.

바자스

'주님, 시원한 강의 장소를 허락해 주셔서 감사합니다.' 기도가 절로 나왔다.

이 도시에 거주하고 있는 13명의 목회자와 함께, 하나님께서 제공해 주신 교재로 진지한 시간을 공유했다. 이들이 목회하면서 현장에서 부딪히는 어려움들이 내가 경험한 것과는 달랐다. 첫째는, 배고픔이다. 사례비가 없고 또한 고정적인 수입도 없기 때문이다. 사무실이나 연구실이 없다. 그리고 멘토가 없다. 또한 신앙 서적이나 신앙 자료가 전혀 없다. 주일학교나 청년 프로그램이 없다. 예배 찬양을 위한 기기도 없다. 전기도 없다. 성도들의 상담 전문가도 없다. 비록 없는 것이 많지만, 공통적인 것이 있다. 성경말씀이 있다. 그 하나면 넉넉하다! 충분하다! 특히 오늘은 주신 성경말씀으로 현장 전도를 실습했다. 두세 사람이 한 팀이 되어, 사십 분 동안 두세 명을 전도한 것이다. 교회 나올 것을 약속받고 이름과 전화번호까지 받았다. 교회에 앉아서 성도가 찾아오기만을 기다렸던 목회자들이 추수를 했던 것이다.

이곳은 황금어장이다. 이렇게 낚아온 영혼을 말씀으로 양육하고 훈련시켜야 한다. 창세 전에 하나님께서 이미 우릴 택하시고 불러 주셔서 크리스천이 되게 하셨다. 흑암 중에 있던 우리에게 '짠!' 하고 빛이 임한 것이다. 이 기쁨을 선전하고 선포하는 것이 전도임을 강의하고 있다. 내가 더 은혜를 입는다. 이보다 더 좋은 일이 어디 있을까!

안개꽃 이야기

우리의 우리 된 것이
감사이다

한 주간 므완자에서 함께했던 목회자들과 마음을 주고받았다. 이번 과제는 '전도와 세계선교(Evangelism and the World Mission)'이다. 하나의 실천신학 과제라기보다, 이슬람이 폭발적으로 확장되고 있는 것에 대한 현실을 명확히 알 수 있는 내용이었다. 이슬람은 매일 새벽 5시, 한 차례의 기도를 시작으로, 하루 5번 기도한다. 포교가 왕성해서 건강검진도 무료로 제공한다. 기독교는 어떤가? 이런 상태로 있다가는 기독교가 어떤 박해와 핍박을 받게 될지, 걱정을 안할 수가 없다.

"여러분들이여! 어디에 속했습니까? 천국입니까? 이 세상입니까? 하나님의 종입니까? 사탄의 종입니까? 소속을 분명히 하십시오! 중간지대는 없습니다!"

그럼에도 강의에 참여하는 목회자들의 태도는, 이미 많은 것을 접해보아서 그런지 느긋했다. 말하는 것을 좋아하며, 뭔가 새로운 것이 없나 했던 아덴의 시민들과 같다고나 할까. 그런데 오늘 아침, 변화가 일어났다. 강의 전에 리더가 앞으로 나가서 열정적으로 외치는 게 아닌가!

"여러분! 오늘도 우리는 아버지 하나님의 말씀을 듣습니다. 하나님의 자녀로 우리들의 소명을 각성합시다! 초심으로 돌아갑시다!

우리가 공부했던 자료와 추천 도서를 구입해서 말씀을 배움에 더욱 매진합시다!"

그리고 마지막 점수를 정리하고 나오려는데, 자신들이 전도 세미나를 열고 전도 훈련을 하겠다고 선포했다. 나는 단지, 말씀만 전했을 뿐인데, 성령님이 이들의 마음을 만지신 것이다. 내일 새벽이면, 탄자니아 최서단에 위치하여 콩고와 접하고 있는 키고마(Kigoma)로 떠난다. 도중에 아무 일 없이, 버스 스케줄대로 가면 14시간이 걸린다. '만일 우리 부부가 내놓을 만한 가문, 명성이나 부가 있다면, 과연 지금과 같이 하나님의 일을 할 수 있을까?' 하고 스스로 질문해 본다.

단연코 지금 이 자리에 있을 수 없음을 단언한다. 우리 스스로 내려놓거나 자랑할 만한 것이 단 하나도 없다. 그래서 환경이나 어떤 조건으로부터 자유롭다. 하나님께서 지금 우리의 우리 되게 하신 것에 감사할 뿐이다!

오늘도 배운다

한 주 미루었던 키고마(Kigoma)에서 강의를 위해 이른 새벽에 출발했다. 워낙 변방이라서 60년도 더 된 낡고 낡은 버스가 일주일에 세 번만 운행한다. 그래서 다음 주 월요일부터 강의인데도, 부득이 오늘 금요일에 떠나야 했다. 버스가 출발한 지 10분도 못 되어 멈추더니 뒤로 나갔다. 트랜스미션이 나간 것인지 알 수 없었다. 정상적으로 달려도 14시간 거리인데, 이런 상태라면 언제 도착할지 알 수 없었다. 알고 보니, 짐칸의 문이 열려 있는 바람에 그러했다. 기술자가 와서 손보고 출발한 지 30분도 안 되어 버스가 또 섰다. 이번엔 기아가 먹히지 않았다.

2년 전, 이곳을 갈 때도 긴 시간 비포장도로에서 몸이 앞뒤 좌우로 흔들리면서, 몸이 붕 떴다가 내리곤 해서 엉덩이가 아팠다. 마치 거센 파도를 타는 듯. 이런 일이 일상이 된 현지인들은 느긋했다. 인내심의 전공자들이다. 승객 여러 명이 내려서 버스를 밀자 그제야 시동이 걸려 다시 출발했다. 이렇게 갈 때 가장 힘든 것이 화장실이다. 가는 도중에 비가 내렸다. 차 무게를 재는 곳에 설 때마다 시동이 꺼졌다. 그러면 같은 방법으로 남자 승객들이 버스에서 내려 밀고 밀었다. 한 번도 불평하지 않았다. 얼마 정도 가다가 버스가 휘청하더니 비에 젖은 황톳길에 미끄러져 버렸다. 또 모두가 차 안에서 내려야 했다. 잠시 후, 트랙터가 잡아끌기를 시도하다가 미끄러지기를 두어 번 하더니 결국 성공했다.

그 후로도 시동이 몇 번 꺼졌다. 어떻게 될지 모르는 정말 긴 여정이었지만, 오는 도중에 찐 옥수수, 땅콩, 메뚜기, 바나나 등을 사 먹으면서 아프리카의 삶에 길들여지고 있다. 16시간 만에 목적지에 도착했다. 우릴 안내하러 나온 현지인들이 얼마나 오래 기다렸을까? 우리가 미안했다. 그런데 마치 교통수단과 도로 상황이 자신들의 불찰이기라도 한 듯이 오히려 그들이 미안해한다. 또한 그 긴 시간 계속 이어지는 난감한 상황에도 버스 승객들 중 누구 하나 불평하거나 조바심내지 않았다. 힘든 상황에서도 적극 협력하는 이들을 보며 배우고 있다. 편리함과 평안함 속에서도 작은 것 하나에 불평불만을 일삼던 우리가 변화를 입는 곳이 바로 선교지이다! 우리가 빚어지도록 선별된 곳이다!

감사의 수채화

탄자니아 최북단 부코바에서 최서단 키고마에 와 있다. 이곳에는 콩고를 사이에 두고 탕가니카호수가 있다. 사막이 아름다운 것은 오아시스가 있기 때문이라는 말처럼, 아프리카가 매력 있는 이유 중 하나가 호수 때문이다.

어떤 화가도 그려낼 수 없는 청정한 수채화이다. 호수는 태초의 평온함을 주고 있다. 어마어마한 양의 물고기는 많은 이들에게 생존의 수단이 되고 있다. 이 호수를 바라보며, 우간다에서 모세오경을 강의했던 때를 기억한다. 강의 중 창세기 1장에서 하나님의 창조에 대한 나의 묵상을 나누었다.

성경에는 하나님께서 언제 산과 호수와 강과 시내를 만드셨는지 기록하지 않고 있다. 그러나 하나님께서 셋째 날, 땅을 만드시고, 땅을 찢으셔서 산을 들어 올리셨다고 생각한다. 그리고 크고 작은 호수와 강을 내셨다. 땅이 찢김을 받을 때 고통스러웠을 것이다.

"왜 내게 이러셔야 하나요?"

그런데 우뚝 솟은 우람한 산과 깊고도 푸르른 호수를 보고 나서는 깨달았을 것이다. "아! 그래서 나를 아프게 하셨군요!"

이런 식으로 강의했다. 그런데 강의를 듣던 한 여학생의 호수 같은 두 눈에서 눈물이 걷잡을 수 없이 주르르 흐르는 것이었다. 나는 영문을 알 수 없었다. 그런데 쉬는 시간이 되자, 그 여학생이 나에게 찾아왔다. 오늘 강의를 통해서 자신의 아픔이 만져졌다고 했다.

그녀는 13살에 의붓아버지에게 강간당했다. 그 후로는 친오빠에게도 그랬다. 그 상처가 얼마나 큰지 누구도 모르는 아픔을 지니고 있었다. 그런데 오늘 하나님의 천지창조를 통해서, 자신의 삶을 아름답게 하실 분이 주님이심을 확신하게 되었다고 했다. 그러면서 자신이 배우고 깨달은 것을 교회 성경공부 시간에 나눌 것이라고 했다. 그렇다! 나눌 때 은혜는 배가 됨을 내가 경험하고 있다.

하나님의 말씀을 전하다 보면, 예기치 않던 이런 일이 일어나기도 한다. 이번 여정도 16시간 동안이나 아스팔트 포장이 아닌, 비에 젖은 흙길로 운행함으로써 자칫 전복될 위험도 있었다. 그러나 이런 일들을 통해 하나님께서 어떤 일을 보여주실지 기대한다. 하룻밤을 자고 난 오늘 아침, 모든 컨디션이 온전해졌다. 가지고 온 타월로 짐 가방을 닦으니, 짙은 파운데이션 색깔의 흙먼지가 계속 묻어 나왔다. 온종일 흙으로 얼굴에 팩을 했고, 또 그만큼 들이마셨던 것이다.

이제는 다음 주 월요일부터 금요일까지 장거리 마라톤과 같은 강의를 위해 뛸 것이다. 점심시간과 오전, 오후, 쉬는 시간을 빼고, 하루 꼬박 7시간 반을 서 있을 것이다. 나는 앉아서 강의하는 것을 선호하지 않는다. 매번, 마지막일지도 모른다는 자세로 강의한다. 거저 받은 것을 거저 전달하는 것이다. 학식도, 재정도, 생명도 어느 것 하나 내 것이 아니다. 마치 어렸을 때 진흙놀이를 하다가 저녁에는 그대로 두고 집으로 돌아갔던 것처럼, 놓고 가야 할 것들이다.

오늘은 종일 주님과 시간을 보낸다. 필립 얀시의 『내 안에 하나님이 없다』의 내용처럼, 주님의 일을 분주하게 한다고 하여 주님과 함께하는 시간을 소홀히 하지는 않았는지를 점검한다. 내가 하지 않아도, 주님은 계획하신 일을 능히 하시고도 남는다. 아버지는 그 어떤 일보다 자녀와 함께하고 싶어 하심을 안다. 아무도 없는 곳에서 아버지와 함께하는 골방의 기회로, 하늘 아버지의 마음을 저 호수처럼 수채화로 그리련다. 어떤 상황을 통해서 주님의 때에 우리에게 최고의 것을 주시는 아버지께 감사의 물감으로 색칠한다!

안개꽃 이야기

강의 중 사용한 분필

신학교 학생들과

감사절 예물

키고마에 비가 내리고 있다. 어디를 가나, 호수 근처의 날씨는 비슷한가 보다. 빅토리아호숫가처럼 여기도 바람이 마구 불어치더니, 탕가니카호수의 하늘이 온통 잿빛으로 변했다.

미국은 다음 주, 한국은 오늘이 추수감사주일이다. 미국에서 이 절기는 가장 긴 휴가철이고, 학교나 직장 등으로 떨어져 지내는 온 가족이 함께하는 명절이다. 반면에 가족이 없는 이들은 외롭게 지내는 절기이기도 하다. 그래서 우리 아이들이 가족이 없는 사람들을 우리 집에 초청하곤 했었다.

"감사절이 되면, 우리는 이제 어디로 가야 해요?"

"우리가 있는 곳으로 올래?"

"그러고 싶지만, 교통비는 어떻게 해요?"

대답을 못 해주었다. 장기선교를 떠나기 전, 엄마, 아빠와 항상 같이 있을 줄 알았던 아이들이 나와 남편에게 말했다.

우리를 그리워하는 마음이 너무나 컸던 모양이다. 오늘, 아이들에게 전화했다. 딸은 음식을 준비하고 있었고, 아들과 신앙의 대화를 나누었다.

"아들아, 엄마, 아빠와 하던 대로 예배드리고, 감사한 일을 서로 나누면 좋겠어. 하나님께 대한 믿음을 잘 지키는 다음 세대가 되길 바란다. 사랑한다!"

안개꽃 이야기

우리는 오늘, 나음을 입은 10명의 문둥병 환자 중 한 사람만 예수
님께 돌아와 영광 돌리는 말씀으로 예배드렸다. '나음을 입은 아홉
은 어디 있느냐?'라고 물으신 주님의 음성이 마음을 사로잡았다. 우
리 또한 그 아홉 중에 한 사람으로 살아온 날이 얼마나 많은가! 말
씀의 검으로 마음의 굳은살을 제거한다.

우리 자녀들과 비슷한 또래의 세 청년과 식사를 하려고 시장을
가려는데, 비가 멈추질 않았다. 아프리카에서 살아온 경험을 바탕
으로 시장을 찾아보았다. 하지만 비가 오는 주일이라 장사를 거의
하지 않았다. 이들이 가장 먹고 싶어 하는 쌀, 쇠고기, 야채, 과일 등
을 겨우 구입해서 함께 저녁 식사를 했다. "브에나예수아시휘웨(주
님을 찬양합니다)!"로 대화를 시작했다. 이곳은 성도든 아니든, 이 말
이 일반적인 인사여서 청년들에게도 익숙하다.

"예수님은 우리의 죄를 대속했습니다. 당신들의 죄를 위해서도요."

"정말인가요? 저희는 특별히 죄를 짓는 행동을 하지 않았는데요."

"죄요? 행동뿐 아니라, 말이나 생각으로도 죄를 짓지요. 생각으로
짓는 죄까지 더하면 우리가 얼마나 많은 죄를 지을까요?"

"그렇게까지 생각하지 못했는데, 정말 그러네요."

제대로 말이 통하지 않아도, 몇 개의 현지어와 손짓·발짓으로 주
님 말씀을 전했다. 나머지는 성령님께 맡긴다.

변방의 무명 선교사가 사랑하는 주님께 드리는 감사절기의 예물
로, 낯선 장소에서 낯선 청년들을 주님의 제단에 올려드렸다!

복음의 다리다

　우리가 후원하고 있는 탄자니아 5도시 중 하나인 이곳 키고마에서 용수철처럼 솟아오르는 힘을 얻는다. 굳센 모습을 잃지 않고 지혜를 발휘하여, 자립하려는 몸부림을 보게 되기 때문이다. 지금 신학교로 사용하고 있는 교회의 땅 주인이 건물을 비워달라고 했다. 그래서 신학생 중 한 명인 담임목사와 성도가 허리를 졸라매고 새로운 땅을 구입했다.

　그들은 빈 땅에 흙벽돌을 한 장씩을 구워 교회 벽을 쌓았다. 이제 지붕을 올려야 하는데, 성의껏 지원해 주기를 바란다며 봉투를 내밀었다. 숙소에 와서 봉투를 열어보았다.

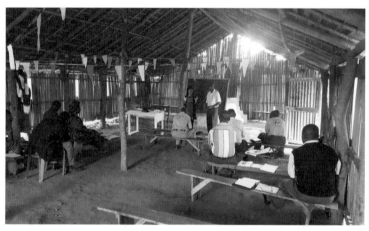

옛 성전

　　　　　　　　　　　　　　　안개꽃 이야기

교회 건립에 동참한 성도들 사진, 비용 견적, 재정지원 요청서였다. 시골 변두리에 위치해 모든 것이 낙후되어 있다고 생각했는데, 체계적인 문서를 보니 정말 자랑스러웠다. 무조건 바라기만 하는 것이 아니라, 자생하려고 몸부림치는 성도들이 있는 교회는 소망이 있다.

SNS에 이런 이들을 자랑하기 위해, 이곳 상황에 대한 이야기를 올렸다. 감동하신 한 분이 바로 시드 재정을 주셨다. 그리고 하루 지나서 또 다른 한 분이 이 교회의 지붕을 올릴 수 있도록, 큰 재정을 후원해 주셨다. 우리는 단지 파이프일 뿐이다. 하나님께서 재정을 맡겨두신 누군가의 마음을 두들기셔서, 파이프를 통해 흘려보내게 하신다. 어찌 하나님께서 살아계시다 하지 않겠는가! 주는 그리스도시요, 살아계신 하나님의 아들이심을 천명한다.

감동과 감사가 넘치니 온종일 강의하느라 서 있어도 다리가 붓지 않았다. 힘들다는 생각도 들지 않았다. 그런 나의 다리를 만져주며 남편 선교사가 말했다.

"복음의 다리."

사실 나는 젊은 날에 미니스커트를 입지 않았다. 다리가 예쁜 사람들을 보면 부러웠다. 키가 작은 데다가 마당발이었다. 중학교 때 학생화를 맞추려고 발 사이즈를 재는데, 발이 넓다고 양말을 벗어보라고 했다. 양말을 벗었는데도 벗기 전과 사이즈가 똑같아서 오히려 내가 얼마나 계면쩍었는지 모른다.

말씀을 통해 내가 하나님의 작품이란 진리를 깨닫기까지 겉모습에 대한 콤플렉스가 많았다. 한 번은 남편과 함께 '미스 유니버스'를 뽑는 TV 프로그램을 시청하게 되었다.

"여보, 누가 제일 마음에 들어요?"

남편에게 물었다.

"나는 발이 넓은 사람이 좋아."

남편의 대답에 이유가 궁금해졌다.

"왜요?"

"지진으로 흔들릴 때 발이 넓어야 흔들리지 않고 안전하게 서 있을 수 있으니까."

우리 주님은 모세에게 성막건축 설명서를 주셨다. 재료, 색상, 각도, 넓이, 높이, 길이, 깊이 등을 설명하고 있는 성경 부분을 읽을 때마다 진부하다고 생각했었다. 그러나 내가 바로 성막임을 깨닫게 되었다(고전3:16, 6:19; 고후6:16). 그때서야 나는, 섬세하게 만들어진 하나님의 작품임을 알게 되었던 것이다(시139:13).

한 달 이상 쉬지 않고 순회 강의를 해도, 지치지 않는 체력과 튼튼한 다리를 통해 하나님의 뜻을 확인하곤 한다. 흙벽돌을 찍어 벽을 쌓던 성도들과 함께, 지붕 올리는 일을 할 수 있도록 다리를 튼튼하게 지켜주고 계신다. 나의 넓적한 발과 두툼한 다리는 남편의 농담처럼, 지진에만 안정감이 있을 뿐만 아니라, 하나님의 나라의 지경을 넓히는 복음의 다리이다.

새 성전으로 옮기던 날

새 성전

응답된 기도

부코바의 신학생 중에 '테미스토크레스'라는 사람이 있다. 그는 6년 전, 이슬람 지역에 교회를 건축하기 위해 성도들과 함께 기도를 했다. 성도들이 기도하고 돌아간 후에도 데미스토크레스 목회자와 친구는 여전히 남아서 뜨겁게 기도하고 있었다. 그런데 갑자기 이슬람교 사람들이 들이닥쳤다. 그리고는 칼과 도끼로 이 둘을 공격하였다. 테미스토크레스의 친구는 그 자리에서 바로 죽었다. 테미스토크레스는 왼쪽 팔과 왼쪽 다리가 도끼에 찍혔다. 뿐만 아니라, 손바닥에까지 칼자국이 났다. 엄지손가락 반도 잘려 나갔다. 구사일생으로 죽지 않았다. 주먹을 쥐지 못하고, 왼쪽 팔과 다리에 쇠심을 심었다. 테미스토크레스는 고백했다. 일을 못 하는 몸이 되었지

테미스토크레스

만, 하나님의 말씀만큼은 그 누구보다 담대하게 선포할 수 있다고 말이다.

우리가 있는 곳에서 택시로 3시간 떨어진 지역에 그의 교회가 있었다. 우리는 그 교회에서 주일예배에 참여했다. 작은 땅을 빌려서 나무를 기둥 삼아 가마니와 비슷하게 생긴 것을 지붕 삼아 교회 처소로 사용하고 있었다. 그곳에 도착하자 성도들의 찬양 소리가 울려 퍼졌다.

'인애하신 구세주여 내 말 들으사. 주여, 주여 죄인 오라 하실 때에 날 부르소서.'

천상의 소리였다. 바닥엔 마른 풀을 깔고, 어린아이들은 그 위에 누워있었다. 주님이 함께하시는 자리는 초막이든, 궁궐이든, 그 어느 곳이든 하늘나라임을 실감했다. 아이들을 위해 미리 준비해간 과자와 사탕을 나누어 주고 돌아오는 길에 감동이 몰려왔다. 비록 언어가 다르고, 문화가 다르고, 외모가 달라도 주 예수를 믿는 DNA는 동일하다. 저절로 은혜가 흘러넘쳤다.

며칠이 지났을까, 어떤 분에게 연락이 왔다. 교회 건축 헌금을 받았는데, 교회 지을 데가 없느냐고 했다. 하나님은 때를 따라 만물을 아름답게 지으신 분이시다. 그래서 천국제 현미경으로 모든 것을 들여다보고 계셨고, 필요한 때를 정확하게 알고 계셨다. 6년을 기도하고 6개월 만에 그 지역에서 가장 견고한 건물을 짓게 해 주셨다. 헌당예배를 드리던 날이 예수님이 죽으심을 기억하는 2019년 사순절 주일이었다. 교회의 머리 되신 예수님이 골고다 십자가에서 죽으셨음을 기념한 날, 지구촌 끝자락에 유형 교회가 세워지도록 기도가 응답되게 하신 것이다.

믿지 않는 사람은 우연이라고 할 수 있다. 그러나 참새 한 마리도 하나님의 허락하심이 없이는 땅에 떨어지지 않는다. 나의 나됨도 하나님의 간섭과 섭리가 있는 것이다. 테미스토크레스를 통해 주님의 몸 되신 교회를 세우게 하심도 하나님의 뜻이 있으심을 믿는다.

교회는 계속 부흥하고 있다. 바닥까지는 시멘트로 마감해주지 못했다. 하지만 가난한 성도들이 헌금을 모으고 있다. 자립적으로 서기 위해 기도의 온도를 높여가고 있는 것이다. 이미 응답된 교회 건물을 통해 살아계신 하나님을 경험하였기에, 앞으로도 응답해 주실 기도를 확신 있게 드리고 있다.

옛 성전

새 성전

안개꽃 이야기

천막교회

부코바 신학생 목회자들이 담임하는 교회를 순차적으로 방문하고 있다. 얼마 전에는 우리 센터에서 55km 떨어져 있는 에스겔(Ezekiel) 목회자가 있는 교회를 다녀왔다. 차에서 내려 교회를 보는 순간, 가슴에서 뜨거운 것이 울컥 올라왔다. 골고다 언덕의 마른 나무에 매달려 있는 주님의 머릿결을, 바람이 흩날리고 가는 장면이 연상되었다. 나뭇가지를 엮어서 그 위에 검은 비닐을 걸쳐 놓았는데, 비닐이 여기저기 찢겨져 바람에 펄럭이고 있는 천막 교회였다.

다 방문해 보지는 않았지만, 우리 신학교에 오는 목회자들 교회의 상황은 대부분 비슷하다. 그래도 이 교회는 땅을 구입했고, 또 어떻게든 지반을 놓으려고 큰 돌을 준비해 놓았다. 서로 힘을 모아 교회 건물을 세우고자 하는 성도들의 땀과 눈물을 볼 수 있었다. 말린 풀을 깔아놓은 바닥에 앉아 예배드리는 성도들의 모습이 편안해 보였다. 아버지의 생일에 온 가족들이 큰집에 모인 자리 같았다. 누구 한 명 어색해하거나 불편해하지 않았다. 찬양을 하는데 작은 북과 호루라기면 충분했다. 북은 익숙하지만, 호루라기가 찬양악기가 될 줄은 상상도 못 했다. 무엇보다도 성도들 스스로가 천국의 악기였다.

교회는 주님이 주인이시면 족하다. 그러면 교회는 하늘나라가 되는 것이다. 예배에 열중하고 진실한 기도를 드리는 모두가 주님의 전에 심어진 푸르른 감람나무 같았다. 우리가 방문했다고 해서 특별한 순서로 아이들이 기도 받길 원했다. 한 아이, 한 아이마다 주님께 쓰임 받는 일꾼으로 세워주시길 기도했다. 그리고 가정마다 달걀 두 개씩을, 우리를 위해 헌물했다. 볶은 땅콩, 바나나, 카사바도 받았다. 무엇이든지 주고 싶어 하는 이들의 마음이다. 우리도 준비해간 과자와 사탕을 주고 돌아오면서, 우기에 비바람이라도 막을 수 있는 교회 벽을 위해 기도하기로 했다.

역설

우리는 '영혼사랑'을 제일 소중하게 여겨야 하는 사람들이다. 신학교육도 마찬가지다. 이들의 눈을 마주 보면서 살아계신 예수님을 만난다. 더불어 신학을 체계적으로 조직적으로 세우는 것도 중요하다. 여기 신학생들은 복음을 사랑하고, 하나님을 경외하며, 두려워하는 이들이다. 반면, 아프리카를 식민지화했던 나라들은, 비성경적 가정관으로 하나님의 창조 섭리에 정면으로 도전하고 있는 상황이다. 그래서 이곳 신학생들이 주님의 좋은 병사로 잘 훈련 받아서, 오직 복음으로 세상을 정복하게 하실 하나님이심을 믿는다. 그때를 위해 입을 크게 열며 씨앗을 심는다. 물주고 자라나게 하셔서 하나님의 때가 되면, 그 누구도 예상하지 않은 이 영혼들을 통해 하나님은 영광 받으실 것이다. 성경엔 이런 사실이 이미 있었다. 하나님께 영광 드려야 했던 이스라엘의 불순종으로 그들을 바벨론에 포로로 끌려가게 하셨다. 이스라엘 땅이 아닌 그곳에서 다니엘의 세 친구를 통해 당대의 최고 통치자이던 느브갓네살로부터 하나님만이 참 신이라고 하는 영광을 받으셨다(단3:28). 한 번만이 아니다. 다니엘을 사자 굴에 던질 상황에 처했던 메대의 다리오 왕을 통해서도 하나님께서 영광 받으셨다(단6:26, 27). 이스라엘의 멸망으로 하나님의 영광이 끝난 줄 알았는데, 전혀 예상치 않은 이방 나라에서 주님의 이름이 높여지게 하셨다.

무엇보다 벽촌에 전혀 소망이 없던 어린 나를 미국으로 옮겨 훈련하시고, 전혀 생각하지 않은 아프리카에 와서 복음을 전하리라고는 상상도 하지 않았었다. 그리고 우리 부부를 통해 영적인 영향력을 미치게 하시리라고는 더욱 예견하지 못했다. 이처럼 하나님의 경영방법, 하나님의 역사는 역설적이다. 그 하나님께서 바로 이 땅의 영혼들을 통해서도 영광 받으실 것이라고 나는 믿는다. 아멘!

졸업

이곳 신학생들 대부분은 졸업이란 것을 경험하지 못했다. 그 중에는 연세가 70이 넘은 분도 계신다. 학력이 없기에 3년에 해당하는 학점을 이수하면 중학교 자격증을 드린다. 이어서 공부를 3년 더하면 고등학교 자격증을, 4년을 더하면 대학교 자격증을 드리고 있다. 우리 선교회에서는 매년 졸업식을 갖는다. 2018년 르완다 졸업식에는 교통비가 없어서, 탄자니아의 목회자들이 거의 참여를 하지 못했다. 그것이 참 마음에 걸렸다. 그래서 2019년 2월의 우간다 졸업식 때는 어떻게든 졸업 대상자들이 참여할 수 있도록 지혜를 구해야 했다.

한 달 강의를 쉬고 교수비로 나가던 비용을 이들의 교통비로 후원하기로 했다. 70이 훨씬 넘은 신학생 버나드(Bernard)에게 처음이자 마지막일지도 모르는 졸업장을 드리고 싶었다. 아니나 다를까! 그의 이름이 불리는 순간, 졸업식장에 있던 모든 사람의 시선에 그에게 집중되었다. 졸업장을 받는 그의 모습이 자신들의 아버지를 보는 듯 감개무량하여 기립박수를 드렸다.

그 졸업생에게는 이 학위가 그 어떤 학위보다도 가치 있는 것으로, 그의 얼굴은 눈물범벅이 되고 말았다. 지금도 안타까운 것은, 졸업자들의 가족들까지 동행하도록 후원하지 못한 일이다. 가장 기뻐해 주어야 할 자리에 가장 중요한 사람들이 없었다. 그냥 일을 저질렀다면 해결해 주셨을 아버지이신데…. 한 영혼을 향한 아버지의 음성을 듣는 일에 좀 더 민감해야 했다. 비록 오늘 졸업식에 가족들이 오지 못했지만, 이 땅을 졸업하고 천국을 향해 떠날 때는 온 가족과 함께 하길 바란다.

신학과정을 마친 현지 목회자 안수

골고다 종소리

네 어미의 모태에서 형성되기 전부터
너를 택하였건만
해가 갈수록 나로부터 멀어져가는
너의 변절에
가슴을 쥐어짜던 내 설움의 눈물을
한 번이라도 생각해 보았느냐

너에게 보이기 위해
네 앞에 있어도
나는 안중에도 없이 희희낙락거리며
헛된 것만을 쫓아가던
너의 뒤를 따라가며
흐느끼던 나의 초라한 절규를
한 번이라도 들었느냐

차오르는 배신감과 질투로
셀 수도 없이 낙심하고 거꾸러지다
네가 수고한 모든 것을
빼앗아버리고 찢어버리고

벌거벗겨 알몸으로 내던져야 하는데
결코 버리지도 외면할 수도 없어
오히려 싸맬 수밖에 없었노라

미움보다 분노보다 포기보다
너를 향한 나의 순정이
불길처럼 강하게 치솟아 올라
너, 단지 너를 위해서라면
높고 귀함도
왕자도 왕권도 천하도
다 내려놓을 수밖에 없었노라

종, 아니 그보다 더 비천하고
사형수, 그처럼 치욕적이고 조롱을 받아도
너, 단지 너를 위해서라면
그 어떤 짓도 다 했노라

이 순간도, 널 부르는 경종을
벗겨진 몸으로 치느라 피가 흘러도
언젠가 달려올지 모를
너를 끌어안기 위해

피 한번 닦아보지 못하고
상처 한번 만져보지 못하고
온종일 편 팔로 있노라

너를 지으며 너를 도와줄
내가 말하노라
네가 늙어도 백발이 되어도
너를 안고 품고 다니며
너를 구원하려는
나의 피울음 들어다오
들어다오

8장

감동, 하늘 맛이다

◇

구원의 대상인 이곳 주민들에 대한 이야기를 엮어 보았다.
주민들과 함께하는 우리네 삶이 성경이고,
전도 그 자체가 되어야 한다.
현실은 어려울지라도 영원한 천국을 소망할 수 있도록,
영혼들을 사랑하고 영혼들을 위해 기도하는
우리의 모습을 잊지 말아야겠다.
삶이 곧 복음이요, 천국이 될 수 있도록 말이다.

감동, 하늘 맛이다

이곳에 우리가 정착하니, 주민들은 유치원 설립, 재봉학교 설립, 축산지원을 해달라고 요청했다. 처음 들었을 때는 부담스러운 내용들이었다. 조기 은퇴하고 받은 퇴직금으로 신학교 순회 강의만 하겠다고 생각했기 때문이다. 더군다나 선교사로 파송해 준 교회나 지원 교회도 없다는 현실에 염려가 앞섰다.

지금 돌이켜 생각해보면, 그런 나의 계획과 염려가 부끄럽다. 선교를 우리가 한다고 생각하고, 이렇게 맞추고 저렇게 계산해 보았던 것이다. 마치 맹인이 한번 예수님의 안수를 받고 제대로 보지 못했던 것과 같다. 그런데 그 맹인이 다시 주님의 안수를 받고 제대로 보았던 것이다(막8:22-24). 나 역시 하나님을 인격적으로 만났다고 하면서도, 주님을 잘 알지 못 했던 것이다. 그런데 선교지에 와서야 하나님을 더 알게 되었다. 어두운 우리의 영적인 시야를 외면하지 않으시고, 다시 안수하여 제대로 보게 하셨다.

선교는 하나님이 하신다. 오늘은 염소 10마리를 지원했다. 처음 엔 촌장과 함께 특별히 힘든 가정들을 차례대로 방문해 보았다. 지 진으로 집이 무너졌거나, 자녀가 없는 노약자 등 종교에 상관없이 13가정을 택했다. 이 작은 섬김을 통해, 이들의 그늘진 마음을 밝 히는 등불이 되기를 바랐다. 마음 같아서는 암수 한 쌍을 주고 싶 었다. 그러나 앞으로 섬겨야 할 가정들이 많았다. 주민들은 염소를 한 마리씩 받으면서 석고처럼 굳어졌던 얼굴에 웃음이 활짝 피었 다. 이처럼 아름다운 꽃이 어디 있을까? 그렇다! 하나님께서는 우 리 모두에게 웃음꽃을 선물해 주셨다. 그런데 현실의 어려움과 마 음의 고통 때문에 웃음꽃이 피지 못하고 몽우리로만 있었다. 지금 까지 염소 125마리와 닭 50마리를 전했다. 앞으로 기회가 된다면, 모든 이들이 활짝 웃을 수 있도록, 그래서 이곳이 눈부신 꽃밭이 될 수 있도록 섬기고 싶다.

주님께서 가라 하면 가고, 서라 하면 서고, 조급하게 생각하지 않 으려 한다. 주님께서 불쌍히 여기시는 영혼들을 위해 공급해 주시 는 대로 심부름만 열심히 하면 된다. 선교의 본질을 알고 나서는 기 쁨과 자유로움이 충만하다.

6.25전쟁 후, 가족을 잃고 폐허와 잿더미만 남게 된 우리나라였 다. 주 하나님은 실의와 좌절에 빠져있던 우리에게 선교사들을 통 해 집집에 암수 한 쌍의 염소와 닭을 지원받게 해 주셨다. 그것이 디딤돌이 되어 오늘의 대한민국으로 성장하게 된 것이다. 우리의

안개꽃 이야기

단기팀 염소지원

염소지원 받은 기쁨

지난날을 생각하니, 오늘 염소를 받고 돌아가는 이들의 뒷모습을 보는데 마음이 짠했다.

암수는 아니지만, 생산할 수 있는 암컷 하나로도 이들에게 내일을 향한 초석이 되고, 미래를 위한 손잡이가 되기를 소망한다.

또한 이 마을 아이들의 교육 수준을 높이기 위해, 토요일에 초등학교 아이들의 학습을 지도해 주고 있다. 직종이 많지는 않지만, 이곳도 학력에 따른 삶의 수준이 현저하게 차이 난다. 대부분 초등 중퇴나 졸업으로 끝날 아이들이, 졸업시험에 합격하면 중학교에 입학할 수 있다. 처음엔 나 혼자 하다가 아이들이 늘어나면서 교사 두 명을 채용하였다. 공립학교에 없는 그림과 음악을 가르치고 있다. 이 아이들이 학습을 마치고 나면, 간식을 주고 공놀이를 하게 한다. 비록 전문적인 학습 프로그램은 아니지만, 아이들에게 조금이라도 더 기회를 제공해주고 싶은 마음이다.

무엇보다 주님을 모르는 이들에게 하늘로 올라가는 사닥다리가 되기를 소원한다. 언젠가는 이들도 주님을 만나게 되고, 또 자신들이 받은 관심과 사랑을 나누게 하실 주님이시다. 선교의 주체이신 주님 옆에서 우린 감동만 먹는다. 그 맛은 하늘 맛이다.

토요교실과 간식제공

안개꽃 이야기

마음

일 년에 한 번씩 의료선교를 오시는 팀이 있다. 호평 '아산내과'의 배창황 원장님과 팀들이다. 이분들이 오시면 내가 통역으로 섬긴다. 그리고 여러 의약품을 지원받는다. 우리는 그 약을 가지고 와서 마을 사람들을 치료한다. 약품들과 함께 도우미 역할을 하는 것 또한 전도의 방법이요, 도구이다.

경사가 가파른 비탈길을 타고 다니면서 땔감도 하고, 울퉁불퉁한 길을 걸어 다녀야 하기에 사람들이 자주 다친다. 게다가 호수 때문에 습도가 높아서 잘 곪기까지 한다. 다치고 나서 바로 치료를 받으면 좋은데, 민간요법을 하다가 상처가 깊어져 뒤늦게 오는 경우도 있다. 소독하고 항생제를 복용하면 낫는 경우가 많지만, 너무 곪아서 악취가 날 때까지 참았다가 오는 사람도 있다. 병원비를 엄두도 못 내기에 병을 키워서 오는 것이다. 그럴 때는 교통비와 치료비를 지원하여 병원으로 보내기도 한다.

5살 손자를 혼자 키우시는 할머니가 계셨다. 손자가 한쪽 다리를 뜨거운 물에 화상을 입었다. 민간요법을 하다가 결국 우리에게 오게 되었는데, 우리가 치료를 하기에는 너무 늦은 상태였다. 할머니가 손자를 병원에 보내려는데, 큰 도시에 살고 있는 아이의 아빠인 아들이 아무런 반응을 보이지 않는다고 했다. 일단 교통비와 입원비를 주고 병원으로 보냈다. 아빠가 없으면 모든 비용을 지불해 주지만, 아빠의 태도가 무책임해서 촌장에게 부탁했다. 아이의 아빠에게 연락해서 아이의 치료비를 어느 정도 책임지게 했다. 나중에 아이가 퇴원해서 할머니와 함께 감사 인사를 하러 왔다. 아직도 약을 좀 더 복용해야 한다기에 기도하며 처방해 주었다.

치료를 필요로 하는 주민들이 오면, 치료를 하면서 어깨를 두드려 주거나 손을 잡아 준다. 치료만큼 따스한 관계를 맺는 것도 중요하기 때문이다. 그래서 이들은 우리에게 오는 것을 좋아한다. 병원에 가면 병원비도 그렇지만, 의사와 간호사의 딱딱하고 차가운 태도에 환자가 그들의 상태를 살펴야 한다.

병원 시설도 정말 열악하다. 출산하려는 임신부가 분만실에 가면, 아이를 출산할 때까지는 산통을 하면서도 일인용 침대에 둘이 누워서 대기를 해야 한다. 너무 좁아서 두 임신부가 등을 맞대고 누워 있어야 한다. 그런 대우를 받던 이들이 우리에게 오면, 주님의 따뜻한 사랑과 관심을 체험하게 된다.

이곳은 촌장의 힘이 대단하다. 촌장의 권위로 우리를 포함한 어느 누구든 마을에 있을 수도 있고, 있지 못할 수도 있다. 그래서 우리는 촌장과 관계를 친밀하게 유지하고 있다. 매달 한 번씩 미팅을 갖고, 마을에 대한 전반적인 계획을 함께 나눈다. 열악한 상황에 있는 이들을 보며, 기도하는 마음으로 약을 처방하며 치료를 한다. 남편 선교사는 전문의는 아니지만, 소문난 의사다. 처방마다 다 낫게 하시는 성령님의 은혜 덕분이다. 이들은 평소에 약을 사용하지 않아서 그야말로 약발이 잘 듣는다. 우리의 손을 빌려 주님께서 주님의 백성을 치료하시고 계신다.

물질은 주고 나면 없어진다. 그러나 마음은 준 만큼 쌓여 있어서 또 주고 싶어진다. 신비롭다! 마음으로 돌봄을 받은 이들에게 천국이 임하게 되도록 최선을 다한다. 그래서 이 마음이 하나님의 나라를 곱하기를 해가는 천국 공식이 되도록!

토요교실 미술공부

기회

센터에 한 청년이 찾아와서 전도사와 한참 이야기를 하고 있었다. 그리고 나에게 와서는 청년이 얼굴에 난 혹을 제거하려는데 도움을 달라고 한다고 전했다. 사무실로 들어온 청년을 보니, 오른쪽 얼굴에 혹이 뾰족하게 삐져나와 있었다. 처음에는 크기도 아주 작았고 통증도 없었다고 했다. 그런데 지금은 손가락 세 개 크기가 되었고, 통증도 있다고 했다.

"어떻게 해서 저를 찾아오게 되셨나요?"

"제가 아는 사람이 여기에 계신 선교사님께 가면 도와주실 거라고 했어요."

혹을 치료하기 위해 단 한 번도 병원에 가본 적이 없다고 했다. 그 청년이 건강해 보였다. 집을 짓는 일이 직업이었다. 그래서 일을 해서 돈을 벌어 적어도 엑스레이 정도는 찍어보고 다시 오라고 했다. 아직 젊으니까 스스로 해결해 보기를 바랐다. 돌봐 주어야 할 사람들이 많기도 했다.

그리고 2주 후, 그가 다시 왔다.

"병원에 가서 엑스레이를 찍어 봤는데, 여기서는 치료가 불가능하다고 하네요. 버스를 타고 10시간 떨어져 있는 도시로 가서 치료를 받아야 한대요."

병원비도 병원비지만, 오가는 경비가 만만찮았다. 그래서 어떻게든 청년을 돌려보내려고 하는데, 마음에서 '정말 얼굴만 아니면, 얼굴만 아니면' 하는 울림이 있었다. 그래서 이 기회에 복음을 심어주자 하는 마음에, 우리 센터에 미루어 두었던 잡일을 하게 했다. 그러는 동안 전도사 한 사람을 붙여서 계속 복음을 전하게 하였다.

통증 완화제를 주면서 그렇게 10일 동안 일을 하게 한 후, 다시 전도사와 함께 병원을 가게 했다. 드디어 청년은 얼굴의 혹을 제거하고, 우리 교회에 나와서 간증을 했다.

"제 얼굴에 생긴 큰 혹으로 우울했습니다. 무엇으로 가릴 수도 없고, 특히 통증 때문에 괴로웠습니다. 그러나 제힘으로는 병원비를 감당할 수가 없어서 더 좌절했습니다. 그런데 이곳에서 일을 하도록 선처를 받고, 일하는 동안 예수님을 구주로 영접하였습니다. 제 얼굴에 생긴 혹만 제거하려고 했는데, 제 안에 이 혹보다도 볼품없는 죄 덩어리까지 제거 받았습니다."

이 간증을 들은 성도들이 큰 박수를 쳤다. 자신들도 내면에 볼품없는 죄의 혹은 없는지 예배 후에 이야기했다. 이 청년의 간증이 영적인 진단을 하게는 도구가 되었다. 그는 일 때문에 다른 지역으로 옮기게 되었다. 신앙생활을 하는 것을 가까이에서 볼 수는 없지만, 그의 이름을 기억하고 기도한다. 짧은 시간이었지만, 복음을 전할 기회를 주신 하나님께 감사드렸다. 그가 혹이 제거된 자신의 얼굴을 거울로 들여다보면서 하나님께 은혜를 입은 자로 살기를 소망한다.

지원

여기는 가난한 사람들, 아이들과 홀로 사는 여성들이 많다. 형편이 말이 아니다. 이런 분들에게 생활비 전액을 지원할 수는 없고,

매달 식량을 지원하고 있다. 집으로 배달하기도 하지만, 때때로 센터로 오게 해서 형편도 들어준다. 누군가 자신의 말을 들어주는 사람이 있다는 것으로 위로해 주고 싶은 마음이다. 그들이 집으로 돌아갈 때는 친정에 들렀다가 시댁으로 돌아가는 딸을 보는 듯하다.

대부분 남편은 처음엔 생활비를 벌어오겠다며 타지로 나간다. 그리고 그곳에서 다른 여성을 만나 가정을 차린다. 여기에 있는 자신의 아이들과 아내를 내팽개쳐버린다. 가장으로써 최소한의 책임감도, 양심의 가책도 없다. 이런 일들이 너무나 평범해져 버려서 여성들은 남편을 원망하지 않는다. 삶이 원래 그러려니 하고 받아들이며 오직 기도만 한다.

그렇게 홀로 된 여성도 있지만, 남편이 먼저 죽은 가정도 있다. 얼마 전 한 가정에서 오토바이 운행으로 생활비를 벌고 있던 남편이 사고로 죽었다. 그의 딸 4살짜리 '다이애나'가 우리 학교 유치원 학생이다. 다이애나의 엄마는 산달을 앞두고 있었다. 남편 사후에 홀로 아이를 낳아야 했다. 이런 가정들을 결코 외면할 수 없다. 어느 누가 이렇게 살고 싶겠는가! 가난한 것은 죄가 아니다. 가난한 자나 부한 자나 모두 하나님께서 만드셨다.

이 글을 쓰고 동안, 다이애나 엄마가 출산을 했다는 소식을 전해들었다. 남편이 없는 것도 서러운데, 난산이라서 제왕절개를 했다한다. 병원비가 많이 나왔다. 섬길 수 있는 기회가 주어졌다.

우리가 매일 지나다니는 길에 초등학교가 있다. 시멘트로 지어진

안개꽃 이야기

초등학교 방문

건물인데, 페인트칠은 고사하고 얼마나 오래되었는지 건물 전체 색이 거무스름했다. 창문은 유리가 아닌 나무로 만들어 놓았다. 우리가 지도하는 토요 교실의 학생들을 보다 효과적으로 지도하기 위해 학교를 방문해 보았다. 어떤 교재를 사용하는지 알고 싶기도 했다. 학생이 350명인데 아침을 먹지 못하고 점심도 없이 오후 2시 반까지 공부한다는 사실을 알게 되었다. 한 반에 80여 명이 공부하는데 교재도 없었다.

교장이 학부모들과 회의를 열었다. 옥수수죽이라도 한 컵씩 준비해서 주 3일만 아이들이 점심으로 먹게 하자고 결의했다. 그런데 절반 정도의 부모들은 그것도 못 한다 했다. 이렇게 아픈 현실을 마음에 품고 기도하던 중, 부모들을 대신해서 옥수수죽을 지원하게 되었다. 매달 식량 지원과 함께 간간이 별식으로 과자와 사탕을 챙겨주면서 전도의 기회로 삼았다.

학생 중에는 우리 유치원을 졸업하고 간 아이도 있다. 그리고 우리 교회의 주일학교 어린이들도 있어서 그들을 중심으로 영어 복음송과 춤을 가르쳤다. 그리고 우리가 매달 학교를 갈 때마다, 아이들은 전교생 앞에서 노래를 부르고 춤을 추었다. 햇살을 조명으로 한 야외무대에서 말이다! 이렇게 해서 전도된 학생도 있다. 앞으로는 복음을 주제로 하는 무언극 드라마를 준비하여, 배고픈 이들에게 영적 양식도 함께 제공하려 하고 있다.

목이 마르고 배가 고픈 채로 흙먼지 풀풀 나는 광야에 서 있는 홀로 된 여성이나 아이들에게 쉼의 그늘을 펼치는 엘림의 종려나무와 샘물이 되고 싶다.

과제

온 동네가 쓰레기장이다. 점심식사를 제공하면서 거리를 청소하자고 제안했다. 약 120여 명이 나와서 풀을 뽑고 길을 다지며, 거리에 버린 쓰레기를 치우고 깨끗이 청소했다. 그런데 다음 날 점심을 제공하지 않자 아무도 동참하지 않았다.

"성도 여러분, 우리가 먼저 솔선수범합시다! 하나님께서 우리에

성도들과 길 가꾸기 　　　　　아이들과 마을 청소

게 주신 자연을 관리하고 보호하는 것은 우리의 당연한 의무입니다."

성도들에게 선포한 후, 매달 셋째 토요일마다 거리 청소를 했다. 주일학교 어린이들도 청소를 했다. 나는 아이들에게 자신들이 버린 과자 사탕 껍질을 즐거운 마음으로 주울 수 있도록 놀이처럼 했다. 마치 숨은 그림을 찾듯, 그리고 누가 많이 찾나 하며 땅속에 묻히려는 것까지 청소했다. 그러면 나도 아이들과 여기저기로 움직이며 활짝 웃었다. 그렇게 끝나고 나면 눈깔사탕 하나씩 주고, 잔디밭에 둥그렇게 앉아 수건돌리기 게임을 한다. 기타를 치며 동요를 부르기도 한다.

아이들과 이렇게 일 년을 청소해도, 동네 주민들은 염소, 솔라, 의약 등 자신의 필요를 요구하면서도 요지부동이다. 상급 학교를 진학하거나 졸업을 할 때도 손을 내민다. 교통사고로 다친 다리를 수술하기 위해 큰 도시로 가야 할 때도, 상을 당했을 때도, 특별한 기술을 배워야 할 때도 온갖 도움을 다 청하면서도 단 한 가지 우리가 요청하는 쓰레기 처리에 관심을 보이지 않는다. 앞으로 마을에 우물을 설치하려고 한다. 물이 없는 마을이라서 산속에서 흘러나오는 물을 물동이로 받아서 사용한다. 빗물을 받아서 사용하기도 한다.

우기에는 자주 씻지 못해서 온갖 피부병과 요로감염에 많이 노출된다. 또한 비위생적인 물로 인해 장티푸스도 창궐한다.

이들을 향한 하나님 아버지의 긍휼하신 마음을 느낀다. 마을에 우물을 파도록 후원자를 연결해 주셨다. 이번에는 마을 쓰레기를 처리하겠다는 조건을 분명하게 하려고 한다. 이 또한 성령님의 도우심이 필요하다. 능치 못함이 없으신 아버지 하나님께서 이들을 통해 이 땅도 감사함으로 주신 자연환경을 잘 다스리시도록 하실 것을 소망하며 진행한다! 아직도 이들을 보아주고 들어주고 해야 할 일들이 많다. 오직 기도로 지혜를 구한다.

기도

인생길 걸어가는 동안

입술의 언저리뿐 아니라

생각의 구석에도 문지기를 세워주시고

시야의 사이에도

파수꾼을 세워주셔서

안개꽃 이야기

내가 꿈꾸던 내일이

보이지 않는다고 하여도

조급해지지 않고 넉넉한 마음으로

세상을 바라보는 연습을 하게 하소서

높은 나무도 보지만

작은 묘목도 보게 하소서

이름 있는 꽃들을 부르기도 하지만

이름 없는 꽃들도 바라보며

비록 향기가 아니어도

풋풋한 특유의 냄새도 맡게 하소서

사이사이에 있는 들풀도 보게 하시고

바위틈과 갈라진

시멘트 사이에서 솟아나는

풀들의 생명력도 놓치지 않게 하소서

하늘을 날으는

큰 새들의 날갯짓도 보게 하시고

둥지에 옹기종기 모여 모이를 구하는

어린 새들도 보게 하소서

떼를 지어 다니는

참새 기러기 갈매기도 보게 하시지만
어두운 밤 홀로 눈을 뜨고 있는
올빼미도 보게 하시고
부엉이의 울음소리도 듣게 하소서

어둠의 커튼을 걷어 올리는
아침 해를 보게 하시고
차별하지 않고 곳곳을 비추는
대낮의 태양을 보게 하시고
노을로 하루의 막을 내리며
끝까지 자신의 본분을 다하는
저녁 해도 놓치지 않게 하소서

부드러운 바람과
감미로운 빛들과 함께
미소를 주고받게도 하시고
태풍과 먹구름 낀 날에도 역시
웃음소리를 잃지 않게 하소서

익숙해진 것들을 구하게도 하지만
더 큰 것을 바라며

안개꽃 이야기

더 높은 곳을 향하게 하시고
좋아하는 사람들을 생각하지만
아프게 하고 상처를 준 사람들을 위해
마음의 문을 닫지 말게 하소서

낡은 생각과 닳아진 언어로라도
값없이 주신 것에 감사하는
표현을 할 줄 알게 하시고
둔탁한 소리로라도
사랑의 노래를 부르게 하소서

의지적인 노력으로 습관이 되게 하셔서
삶이 변화하는
눈물이 마르지 않게 하소서

섰다가 쓰러져도 다시 일어서서
걸음마를 배우는 어린아이처럼
반복하게 하소서

그리고
정한 길로 가고 있는지

문틈으로 숨어서

은밀히 보라보시며

손바닥에 나의 이름을

새겨놓으시고

기다리신 주님께 달려가

인생이 소풍이었다고 한 시인처럼

고백하게 하소서

손수 챙기신 도시락이 별미였다고

보물찾기가 기쁨이었다고

이야기하게 하소서

아멘.

9장

삶의 흔적

우리의 선교 후원자들에 관한 이야기이다.

차를 운전하고 가다 보면 눈높이에 와 닿은 꽃이 돋보인다.

같은 꽃이라도 그 위치에 없었다면

아마도 그냥 지나쳤거나 그만큼 돋보이지 않았을 것이다.

그 꽃이 그 위치에 있기 위해서는 무언가가 받쳐 주어야 한다.

대부분 우리는 눈에 띄는 꽃만 보고 아름답다고 한다.

그런데 꽃을 받쳐 주고 있는 것을 보아야 한다.

선교도 그렇다.

선교가 아름답게 보이도록 여러 모습으로 후원하는 분들이 있다.

이분들은 안개꽃이 빛이 나도록 하는 꽃들이다.

이분들을 후원지기들이라고 부르고 싶다.

삶의 흔적

정치와 역사를 열거한 세계사는 그물망에 낚여진 것들의 기록이라 할 수 있다. 그런데 그물망에 낚여지지 않은 것이 얼마나 더 많겠는가? 다 기록할 수도 없고, 다 알릴 수도 없을 것이다. 그런데 밑에 가라앉아 있는 이야기들을 놓치지 않고 기록하는 분이 있다. 그분은 표현된 것과 또 표현되지 않은 것까지 다 알고 기록하시는 분이다(시139:4, 16). 그리고 기록으로만 끝내지 않고, 때가 되면 그분의 때에 드러내시는 분이다. 그분은 내가 사랑하고 좋아하는 주님이시다. 그분이 하시는 모든 일을 통해 한 주간 내내 감동을 선물해 주셨다.

20세기 초, 아내와 어머니란 역할로 배울 기회를 놓치고 말았던 한 여성이 있었다. 이 여성은 훌륭하게 성공적으로 성장한 자녀들이 차릴 칠순 잔치의 비용을 어떻게 하면 의미 있게 사용할까를 생각했다. 먹고 마시는 것으로 사용하는 것보다 가치 있는 일을 위해 사용하고 싶으셨다. 그리고 자신이 틈틈이 저축해 온 재정과 함께 아프리카에 교회를 세우고 싶다고 하셨다. 자신과 같이 배움에 목마른 그 누군가에게 흘러가도록 하는 소망의 떡을 강물에 던진 것이다.

우리가 소속된 선교회 대표 김평육 선교사님을 통하여 바로 이 빅토리아호수에 띄웠던 것이다(전 11:1). 여러 날 후에 찾으리라는 말씀과 같이 14년 후인 지금은 이 교회가 예배의 처소이며, 또한 배움에 목마른 아프리카 목회자를 양육하는 학교로도 사용되고 있다. 그 여성이 권사로 계시던 교회의 담임이셨던 이윤재 목사님이 이번 주에 강의 중이시다. 그 권사님은 지금은 자신의 삶을 기록하여 명예의 전당에 진열해 두신 주님과 함께 계신다. 그분이 삶의 흔적으로 세워주신 교회 건물에서 우리가 사역하고 있다.

세계사에 없는 이야기들을 기록하여 보관해 두신 천국의 서재를 상상해 본다. 우리도 그 누군가가 사역하시도록 지금은 우리가 삶의 흔적을 남겨가고 있다!

동역자

2017년, 우리가 담임을 맡기 전 선교사로 이곳 탄자니아 부코바에 오자마자, 먼저 신학을 공부하던 23살의 Projestus와 25살의

안개꽃 이야기

Leontus가 있었다. 이 둘은 우리의 귀와 입이 되어 주었다. 우리의 집으로 초청해서 매번 식사 교제를 하였다.

"한국음식 먹어봤어요?"

"단 한 번도 먹어본 적이 없는데요."

"그렇겠지요. 자, 그럼 먹어보고 어떤지 얘기해 줘요."

무엇보다도 우리의 가치관인 관계를 발전시키기 위해 Fellowship을 하였다. 그 어떤 사역이 우선이 아니라, 살아온 이야기와 가족관과 앞으로의 소망을 위한 장래계획 등이었다. 그리고 약 6개월에 걸쳐 사역에 대한 비전을 함께 나누었다. 이 시대를 향하신 하나님의 계획과, 우리 모두를 이 땅에 살게 하신 하나님의 목적을 나누기도 했다.

식사를 마치고 나면, 계획을 짜서 성경을 읽을 수 있는 방법을 설명해 주었다. 처음부터 성경공부에 대한 부담을 주지 않기 위해서였다. 총 1,189장의 성경을, 매일 3장씩 읽으면 약 396일이 소요된다. 이렇게 한 번 읽고 나면, 그다음부터는 조금씩 속도를 내어 성경을 읽을 수 있게 된다. 그리고 건전한 책을 읽도록 권유했다. 탄자니아 부코바 타운의 도서관과 마찬가지로 우리 집에도 책이 많지 않다. 그래서 매달 신학생인 Projestus를 보내어, 그곳 도서관에서 책을 빌려오도록 했다.

내가 교회의 담임이 되면서, 이 두 청년을 전도사로 임명했다. 아주 작지만 교회에서 사례를 하도록 했다. 사례를 받고 섬기는 것과 사례를 받지 않는 것과는 본인 자신들의 태도가 다르기 때문이다. 교인들의 인식도 다르다. 같은 마을에서 너무 편하게 지내왔기에, 이들의 신분 변화에 대해 인정하기 쉽지 않다. 그래서 공식적으로 광고하고 사례를 책정해서 지급하고 있다.

2018년 1월부터 두 청년을 유치원 사역 사무원으로 협력도록 하였다. 리더는 많은 경험을 통해서 만들어진다. 우리의 입이 되어야 하기도 하지만, 미래의 리더로 준비시키고 싶었다. 문제는, 서로의 문화생활과 가치관이 다른 것에서 오는 입장 차이였다. 우선 '사무원' 하면, 가지고 있는 고정관념이 있다. 두 동역자는 직장생활이라는 것을 해본 적이 없었기 때문에 시간관념이 없었다. 아침 7시 반에서 오후 1시 반까지 사무실을 지키며 행정 일을 하는 것을 불편해했다. 마치 맞지 않은 옷을 입는 것처럼 불편해했다. 마음대로 출입하고 돌아다녀야 하는데, 일정한 공간에 앉아 6시간 동안 사무를 본다는 것이 많이 힘든 것 같았다. 6시간을 채울 만큼의 일도 없었다. 그래서 컴퓨터로 Word Process, Excel, Microsoft Office 프로그램 사용법을 알려 주었다. 자신들이 응용해서 반복적인 연습을 하도록 했다. 이런 과정을 통해 창조적이고 생산적인 일들을 스스로 경험하도록 해주고 싶었다.

그리고 한 주에 한 번은 설교를 하도록 하고 있다. 성령의 부르심을 받아서 하나님의 말씀을 향한 열정이 뜨겁다. 기도하고 말씀을 선포하는 경험을 통해 성장하게 하고 있다.

안개꽃 이야기

두 동역자는 중학교를 중퇴했다. 그래서 검정고시로 시험을 봐야 한다. 중학교 검정고시에 합격하고 나면, 고등학교 검정고시도 치를 예정이다. 가능성이 다분한데 이제껏 묻어두고 있었다. 이제 이들을 후원해서 BA를 할 수 있게 하려고 한다. 학사 과정을 마치면 석사에 이어 목회학 박사까지 하도록 도전을 주고 장학금을 후원할 예정이다.

휴일에는 맛있는 한국식 쇠고기 바비큐를 했다.

"이렇게 맛있는 음식은 난생처음이에요. 오늘 먹은 음식을 잊지 못할 거예요."라고 했다. 너무나 감동해서 일주일 후에 닭갈비로 식탁을 마련하였다.

Projestus는 멀리 떨어져 있는 어머니가 피부병으로 편찮으셔서 2주간 방문을 하고 왔다. 건강이 호전되는 것 같았는데, 다시 상태가 좋지 않으셔서 함께 집을 방문하자고 제의했다. 그러자 커다란 눈에서 눈물이 글썽거렸다.

2018년 1월 2일, 두 전도사와 Projestus의 어머니를 방문하기 위해 준비했다. 마치 수학여행을 가듯이 먹을 것을 준비하여 떠났다. 그리고 Projestus가 살아온 산골마을에 혹시 약이 필요할까 하여 응급약과 항생제, 구충제 등을 챙겼다. 대중교통을 이용하면 6, 7시간 걸릴 거리를 택시로 가니 시간이 반이나 절약되었다. 이들에게는 이런 기회가 전혀 없었다. 오가는 동안 두 청년과 많은 대화를 나누었다.

외국인을 평생 보지 못한 가족들에게 색다른 경험이었을 것이다. 두메산골 힘든 형편에 우리 일행을 위해 정성껏 식사를 준비해 놓고 있었다. 전도사의 어머니 목 주위를 살펴보니, 피부병이 마치 물에 데었던 흔적처럼 번져 있었다. 20년 전에는 아주 작았는데, 흔적이 점점 커지면서 통증을 동반한다고 했다. 가정 형편상, 병원이나 약으로 치료를 하지 못했다고 했다. 의사도 아닌 우리는 준비해간 항생제, 피부연고제, 영양제를 전해주고 함께 기도했다. 치료의 근원 되시는 성령의 역사로 온전해지기를 위해 기도를 계속하였다.

부모님과 며칠 더 있다 오라고 남겨두고 온 Projestus 전도사로부터 이틀날 연락이 왔다.

"선교사님, 개신교를 선택했다고 저를 쫓아내셨던 부모님이 주님을 영접하기로 결단하셨어요. 그리고 제가 좋은 분들과 일하고 있어서 기쁘다고 말씀하셨습니다."

아주 작은 섬김을 통해 천주교를 믿어오던 한 가정이 주님을 예배하는 가정이 되었다. 곧 전도사의 어머니가 온전하여져서 물동이를 버려두고 마을로 달려가 전도했던 사마리아여인과 같은 여성이 되길 소원한다(요4:28-29).

우리가 전해준 약을 하루에 세 번 복용하면서 통증이 없어졌다는 기쁜 소식을 전해 듣게 되었다. 약을 복용하는 횟수도 줄어들고 있었다. 얼마 후엔 약을 복용하지 않아도 통증을 멎게 하실 주님의 역사를 기대했다. 8개월이 지난 후 지금까지 약을 복용하지 않아도 통증이 없다고 했다.

Leontus 전도사의 아버지는 자신보다 한참 나이가 어린 엄마와 결혼을 하셨다고 했다. 그리고 Leontus가 3살 때 아버지가 돌아가셨다. 나이 차이가 크게 나는 형들이 있었지만, 친척 집을 전전하며 힘들게 성장했다. 그런 그를 2019년 12월 27일에 결혼을 주선하여 집례했다. 결혼 전, 두 사람과 함께 성경적인 가정관에 대한 말씀의 시간을 갖고 결혼을 준비하게 했었다. 지금은 건강한 목회자 부부로 하나 되어 교회를 섬기며 새 생명을 잉태하게 되었다. 얼마 전, 어머니가 염증으로 귀가 들리지 않는다고 하였는데, 항생제를 제공하여 완치되는 기쁨도 있었다.

사도바울은 '그리스도 안에서 일만 스승이 있으되 아버지는 많지 않다.'고 했다(고전4:15). 하나님께서 동역자로 허락하신 이들을 가슴으로 사랑하며, 그들의 사적인 일까지도 돌보아주고 있다. 예수님의 제자를 양육하기 위해 양육의 부모로 나아가고 있다. 우리를 빛나게 하는 이 두 동역자를 예비해 주신 여호와 하나님께 영광 올려드린다!

단기 팀

지진으로 형편없이 무너져버린 건물을 재건하고 유치원을 시작하기 전, 환경을 가꾸고 싶었다. 낙후된 이곳은 장식하고 꾸밀 아무런 재료가 없었다. 페인트칠만 덩그러니 하고 아이들을 교육한다는 것이 편치 않았다. 신음소리도 흘려듣지 않으시는 하나님은 한국과 미국에서 6명의 단기 팀을 보내주셨다. 그분들 중에 유치원에서 일을 했고, 르완다 유치원에서 환경을 가꾸었던 교사가 있었다. 그 교사가 벽에 그림을 그리면, 다른 팀들이 페인트칠을 했다. 그때 얼마나 섬세하게 그림을 잘 그려놓았는지, 4년이 지난 지금도 우리 유치원 건물이 이 지역에서 가장 아름답다.

외부 강사로 신학을 강의하기 위해 오신 교수님들이 계셨다. 외부 강사의 신선한 목소리로 기름 붓게 하시는 주님이셨다. 그리고 단기 팀들이 와서 교사 세미나, 여성 세미나, 여름성경학교, 고아원 방문, 축산지원 등을 하게 하셨다. 또한 의료팀이 많은 환자를 섬겨주신다. 떠나실 때는 많은 약품을 주고 가신다. 주님께서는 단기 팀들을 보내주시고, 우리가 다 할 수 없는 일들을 감당케 해 주셨다

단기 팀들은 직장이나 사업을 뒤로하고, 모든 경비를 자비로 부담하고 불편한 환경을 감수하신다. 피부색, 문화, 전통, 살아온 환경도 다르지만, 오직 주 예수 그리스도의 흔적을 가졌다는 단 한 가지 이유로 오셔서 섬겨주신다. 현지인들은 단기 팀들의 섬김의 자세를

보며, 늘 은혜의 도가니였다. 또한 현지인들 앞에서 우릴 세워 주시고, 선교에 필요한 재료와 학용품과 선물들을 주고 가신다. 그러한 물품들을 구할 수 없는 이곳에서 얼마나 요긴한지 사용할 때마다 감사하다. 전해주시는 한식 재료로 인하여 바람 빠진 풍선 같은 삶의 현장에 더더욱 힘을 불어넣어 주셨다. 삶의 미각을 살려주는 향신료이다. 정서와 마음이 통하는 이야기들은 무더운 여름날의 냉수 같다. 밀폐되었던 공간에서 들이마시는 신선한 산소 같다.

한 마디로, 단기 팀들은 선교를 돋보이게 하고 생동감 넘치게 하는 하늘의 대사들이다. 마치 선지자를 통해서 메시지를 전하시다가 성육신하여 이 땅에 오신 예수님과 같다. 감동이다!

재정

남편이 조기 은퇴하고 받은 퇴직금으로 선교를 시작했다. 그런데 있으면 있을수록 사역의 반경이 넓어졌다. 매달 일정하게 지출해야 할 돈이 퇴직금으로는 충당이 안 되었다. 매일 저녁 찬양과 말씀과 기도로 주님의 창가를 노크했다. 그때 '여호와를 신뢰하고 선을 행하라. 땅에 머무는 동안 그의 성실을 먹거리로 삼을지어다.'란 말씀을 주셨다(시37:3). 말씀 한 절을 되새김질하는 동안, 주님의 공급이 우리 선교에 타고 흘렀다. 단 한 번도 재정이 없어서 일을 중단하게 하지 않으셨다. 선교지에 머무는 동안 주님의 성실만을 먹거리로 삼아 행진케 하신다.

주님의 성실로 인하여 우릴 후원하는 분들을 일일이 다 거명할 수는 없다. 우리의 선교가 돋보이도록 재정의 벽돌과 기도의 시멘트로 선교의 축대를 쌓아 받치고 계신 분들이다. 자신을 드러내지 않으시고 청지기적인 삶을 사시는 분들이다.

스티븐의 장애를 보시고 마음이 동해서 그런 아이를 위해 정기적으로 후원하신다. 홀로된 여성들과 고아들을 자신의 일로 끌어안으시는 분, 우리가 하는 사역을 위해 우릴 믿으시고, 가장 중요한 부분을 아낌없이 덜어내시는 분들이 많으시다. 그 외에 기도는 물론 아낌없는 격려와 지지로 함께해 주신다. 모두의 섬김이 하늘에서 해같이 빛날 것을 안다.

이 모든 분 중에 가장 나이가 어린 13살 '수아'가 있다. 엄마, 동생과 살면서 녹록지 않는 생활인데도, 자신이 쓰고 싶은 용돈을 아껴서 매달 선교비로 보낸다. 지금 이 나이에 얼마나 사고 싶고 먹고 싶은 것이 많을까! 그런데 이곳 초등학교 아이들이 아침도 못 먹고 점심으로 먹는 옥수수죽마저도 변변찮다는 이야기를 듣고 후원해 주고 있다. 어린 나이에 생전 보지도 못한 지구촌 끝에 있는 자기 또래의 아이들을 생각하는 수아의 마음이 우리를 감동케 한다. 우린 수아를 위해 기도한다. 수아가 후원해준 금액의 열 배, 백 배의 복을 더하셔서 수아의 앞날을 책임져 주십사고 주님께 기도한다.

하나님은 우리의 말이 하나님의 귀에 들리신 대로 우리에게 행하시는 분이라고 친히 말씀하셨다(민14:28).

수아의 선교금이 시드머니가 되어서 하나님께서는 이곳 초등학교 아이들이 점심으로 먹는 옥수수죽을 풍성케 해 주셨다. 물고기 두 마리와 보리떡 다섯 개를 내어드렸던 어린 소년을 통해 일으키신 기적을, 수아를 통해 보게 해 주신 것이다. 수아와 같은 아이를 보며, 메마른 땅을 종일 걸어가도 피곤하지 않다.

우리 선교의 주체는 주님이시다. 결코 우리가 하는 것이 아니다. 그렇기에 우리가 구하기 이전에 우리의 필요를 아시는 하나님이다. 말씀과 기도를 통해 주님과 소통하고 주께서 이끌어가는 선교 행전에 기쁨으로 행진해 나간다.

가족

지금 우리가 있는 선교지에 우리 큰아이가 약 6개월 선교하였던 곳이다. 대학교 때 성령체험을 하고 캠퍼스를 교구로 삼았으며, 교수님들을 전도 대상으로 삼기도 했다. 전도할 계획이 있을 때마다 우리에게 기도를 부탁했다. 대학을 졸업할 당시, 괜찮은 직장에 스카웃 되었지만, 사회인으로 첫 시간을 주님께 드리기 위해 선교를 결정했다. 선교를 마치고 돌아와서 신학대학원에 들어갔다. 그 후에 몇 차례로 단기로 선교했던 그 아들을 비롯해서, 선교를 준비하며 두고 떠나기 힘들었던 다른 자녀들이 이제는 후원지기가 되었다. "그런즉 너희는 먼저 그의 나라와 그의 의를 구하라. 그리하면 이 모든 것을 너희에게 더하시리라"(마 6:33)는 말씀처럼, 성경의 모든 말씀은 이론이 아닌 실제이다. 온 가족이 영혼 구원을 위한 비전을 함께하고 있다. 특별히 우리 어머님은 시니어로서 정부에서 받으시는 보조금이 있다. 그것을 아끼고 아끼셔서 이곳의 영혼들을 위해 후원하신다. 연세가 90이신 어머님이 더 오래 살기를 원하시는 유일한 이유는, 도움의 손길을 조금이라도 더 전하고 싶어서라고 하셨다. 가족을 방문하고 공항에서 돌아설 때마다 가슴 한쪽이 시리고 아리다. 그런 만큼 우리는 선교에 더 순결을 드려야 할 수밖에 없다. 그렇지 않은 것은 인생의 낭비이기 때문이다.

우리 선교에 이 모양 저 모양으로 함께 해주신 모든 후원지기들이야말로 선교의 원동력이며, 선교의 핏줄이며, 선교의 근육이다. 한 분, 한 분마다 영롱한 색깔로 구속사란 선교의 모자이크를 완성해 가게 하시는 분들이다! 그래서 선교는 종합 예술이다.

사랑하는 분들이여

흙먼지 풀풀 날리는 황톳길을 걸으며

하이얗던 옷들이

온통 황토색으로 물들고

눈이 따갑고 목이 컬컬해도

그때 전해주시는 그 손길이

감내하게 하였습니다.

선교지의 신고식인

온갖 풍토병과 패혈증으로 사경을 헤매며

내일을 전혀 장담할 수 없을 때도

그 시기에 전해주시는 그 표정이

이겨내게 하였습니다.

단 한 가정도

모국어가 통하지 않는 곳에서

가족과 동족에 대한 그리움이

삽시간에 밀려와서 뒤척일 때도

그 순간에 전해주시는 그 한마디가

견뎌내게 하였습니다.

용량의 한계라고

할 수 없다는 좌절과 회의로

포기하며 내려놓으려 할 때도

그 상황에 전해주시는 그 기도가

이뤄내게 하였습니다.

10장

한 발로 추는 탱고

하나님은 부부를 만드실 때
정반대로 만드셨다고 생각한다.
그 다른 서로의 차이를 인정하기까지
우리 부부도 많은 부딪힘이 있었다.
그러면서 모난 부분들이 다듬어졌고,
이제는 부딪힐 일이 있으면
둥글둥글 굴러서 서로를 피해간다.
그런 우리 부부의 이야기이다.

삶, 교과서

한 남자와 한 여자가 처음 만나면, 오직 사랑으로만 사는 것처럼 우리 부부도 그랬다. 그런데 자녀를 낳고 보니, 서로의 역할을 감당하기 위해 살고 있었다. 이제 노년에는 동역자로 살아가고 있다. 특히 이 선교지에서는 하나밖에 없는 유일한 친구가 되었다. 내가 신학강의를 하는 동안 남편은 내 뒤에 있다. 모든 신학생을 살피며 나른한 모습을 보이면 사탕을 나누어준다. 펜을 잊고 온 사람이 있으면 펜을 주고, 구충제도 챙겨준다. 점심 식사비가 없는 신학생이나 의약이 필요한 이들을 돌본다. 그렇게 점심시간까지 포함해서 9시간, 주 5일을 말없이 섬긴다.

종강을 하면서 나눔의 시간을 가질 때, 신학생들이 나와서 이야기한다.

"강의하시는 선교사님은 엄마 같고, 남편 선교사님은 아빠 같아요."

고아로 또는 결손가정에서 성장한 이들의 마음에는 우리 부부의 모습이 부모처럼 보이는 듯하다. 그리고 대부분의 경우, 혼자 강의를 하는데 부부가 함께하는 모습이 인상적이었던 모양이다. 자신들도 꼭 내 남편과 같은 남편이 되겠다고 했다. 앞에서 학문을 논하는 나보다 뒤에서 섬기는 남편에게 더 큰 영향을 받고 있다.

그렇다! 삶은 이론보다 강력하다. 큰일을 하지 않는다고 해도, 삶에서 하나님의 모습을 보여주는 것이 건강한 교회를 세우는 기초가될 수 있다. 우리 부부를 가치 있는 통로로 사용해 주시는 하나님께 감사한다.

이동

순회 강의를 위해 먹을 식량과 옷, 소품들을 챙겨서 이동했다. 새벽 5시, 버스를 타기 위해 시외버스정류장으로 갔다. 살기 위해 눈에 실핏줄이 선 사람들이 새벽부터 빵을 하나라도 더 팔기 위해 서로 밀쳤다. 이들은 밤을 새우며 이 정류장을 지나는 버스 승객들을 기다렸을 것이다.

60여 명이 타는 버스 안에 무색인은 우리뿐이었다. 처음엔 우리만 이동하는 것이 편치 않아서 현지인과 동행했었다. 그런데 이들도 사람이다. 사람이 사람을 두려워하는 것은 아니라고 생각해서

안개꽃 이야기

이제는 우리 부부만 다닌다.

버스는 60년도 넘은 중국제였다. 길이 얼마나 울퉁불퉁하던지 앞뒤 좌우로 흔드는 강도가 놀이동산의 롤러코스터를 타는 느낌이다. 비싼 비용을 들이지 않아도 타기놀이를 즐길 수 있는 곳이 아프리카 오지이다. 처음에는 의자를 꼭 잡고 앉아있어서 팔이 뻐근했지만, 이제는 흔들리는 대로 몸을 맡긴다. 우리의 삶이나 선교도 그랬다. 우리가 무언가를 해보려고 하면, 늘 긴장되었다. 영적인 근육을 곳곳에 긴장하게 했다. 그렇게 하면 할수록 우리 스스로가 피곤하고 지치는 것이었다. 이제는 주님께 맡기고 이끄시는 대로 간다. 주님께서 허락하시고 보여주시는 대로만 한다. 한국방문 때 선교관을 운영하시는 권사님이 말씀하셨다.

"선교사님 부부는 다른 분들과 조금 다른 것 같아요. 교회에서 재정을 지원받고 선교 보고를 해야 하니 어쩔 수 없는 부분이기도 하겠지만, 다른 선교사님들은 눈으로 증명할 수 있는 보고를 위해 애쓰시더라구요. 그런데 선교사님 부부는 주님 안에서 자유로우신 느낌이 들어요."

우리는 무명 선교사다. 그래서 참 자유롭다. 오직 위만 바라보며 간다.

집에 도착하면, 도로에 있는 식목들처럼 흙먼지투성이가 되어 있다. 누가 그랬다. 황토팩이 최고라고! 우린 돈도 들이지 않고 황토팩으로 열 시간 이상 바르면서 이동한다. 얼마나 은혜로운가!

신작 동화를 구상하다

본향에 가까이 가면 갈수록 숨은 가빠진다. 인생이 칠십이요, 강건하면 팔십이란 말은 진리이다. 아무리 장수한다고 해도 팔십이 넘으면 스스로 감당하던 삶을 누군가에게 의존해야 할 수밖에 없기 때문이다. 모든 삶을 뒤돌아보니, 지금처럼 깨닫지 못하고 살았어도 마치 한편의 동화 같았다. 독특한 이야기들이 삶의 고비마다 빼곡하게 기록되어 있다. 그 모든 이야기는 지금 우리 부부를 위해 차곡차곡 쌓여온 듯하다. 이제는 이야기의 배경이 바로 이곳 선교지이다. 동화 같은 선교의 삶을 어떻게 마무리해야 하나? 이 생각은 곧 어떻게 새해를 맞이할 것인가를 살피게 한다. 그런 마음으로 새 학생들을 맞기 위해 교사들과 청소했다. 비품들과 의자, 책상과 교실, 전반적으로 환경을 정리했다. 더불어 우리 모두의 마음가짐과 정서도 정돈했다.

새해에 이야기의 주인공이 될 아이들의 눈동자에서 별꽃이 피어날 신작 동화를 상상해 본다. 아이들이 성경이야기를 실제적으로 경험하도록 역할극을 할 것이다. 그리고 시각적으로 보도록 말씀을 드라마로도 전할 것이다. 또한 우리 주일학교 어린이들을 위해서는 미국에서 후원하는 희망재단(Hope Foundation)에서 공과 교재를 받아서 예배 후, 아이들과 풀밭에 옹기종기 앉아 성경공부를 할 것이다. 무엇보다 각자의 이름을 기록한 공과 책을 소유하도록 할 것이다.

안개꽃 이야기

이 아이들이 상상하지 않았던 시간을 선물할 것이다. 이런 부푼 꿈을 노래하며, 나와 남편의 인생 후반부가 해피엔딩인 동화이기를!

소화불량

우기에 빅토리아호수가 범람해서 육지에서 흘러드는 물을 받아 주지 못하고 있다. 1964년 이후로 신기록이다. 10미터의 모래사장이 침수되었다.정상으로 회복하려면 많은 시간이 걸린다고 한다. 문제는 수질이 오염되어 깊은 곳에서만 어업을 할 수 있다는 것이다. 조각배에 의존했던 가난한 사람들의 생업이 멈추었다. 범람으로 인한 호수의 소화불량이다. 나도 호수처럼 탈이 났다.

머리가 연탄가스를 맡은 듯이 띵하다. 머리 핏줄이 꿈틀대는 두통이다. 주일예배 드리는 성도들의 모습이 선명하게 보이지 않았다. 마치 초점이 맞지 않는 사진 같다. 체했을 때 나타나는 증상이다. 예전에 이럴 때도 염려가 되었다. 아이들이 어렸던 중년에 데려가지 말라는 기도를 드렸었다(시 102:24). 소화기의 문제를 알고 나서는 평소 먹는 양에서 20% 정도만 먹었다. 덕분에 몸무게를 줄일 수 있었다. 의도적이지 않은 다이어트를 하며 육신을 연단하고 있다.

유치원이 휴원했다. 아침마다 아이들과 함께했던 체조를 하며 아이들을 기다린다. 발목도 잘 치료하고 식사도 잘하여서, 개원하면 아이들과 함께 힘껏 뛰며 행복해 할 것이다.

신선한 산소 같은 아이들을 그리워하며 깊은숨을 들이마신다. 아이들이 공부하는 소리가 들리는 듯하다. 한 명, 한 명의 눈망울이 무수히 아른거린다. 코로나와 호수의 범람으로 더 못 먹어서 소화기에 탈이 날 아이들이다. 어지러워서 많이 누워있으면서도 이 아이들이 오면 뭘 더 좋은 것을 먹일까 하고 머리는 바쁘다. 아이들을 위해서라도 우선 건강을 회복하자. 나이가 들수록 시력도, 청력도 약해지는데, 세상이 안 좋아지는 것을 더 보고 더 듣게 된다. 생명의 주권이 주께 있으니, 어쩌면 일찍 죽는 자가 복이 있는지도 모르겠다. 세상에 죄악이 창궐하고 있다. 소돔과 고모라에 의인이 열 명도 없었다. 예루살렘에 정의를 행하며 진리를 구하는 한 사람이 없었다(렘5:1). 하나님께서 무너진 성을 멸하지 못하시도록 부르짖는 한 사람을 찾지 못하셨다(겔22:30).

하나님께서 이 땅에 우리를 살게 하시는 이유는 무엇일까? 우릴 향하신 주님의 기대는 무엇일까? 지금 나의 소화불량을 통해 무엇을 말씀하시는 걸까? 삶이 편리해지고 먹을 것, 입을 것, 구경할 것, 들을 것들의 과잉으로 인한 영적인 소화불량은 아닐까?

그렇다! 영적인 다이어트도 절실하다. 주님을 향해 좀 허기져야 한다. 좀 목말라야 한다. 좀 가난한 심령이어야 한다. 좀 청결한 마음이어야 한다. 그래야만 영적인 소화불량 증세가 회복될 것 같다. 자녀들을 향하신 주님의 타는 마음을 잠시라도 헤아려본다.

안개꽃 이야기

어떤 상황도

길고도 어두운 밤이 지나야 아침이 온다. 미소 지으며 잠이 들었든, 눈물을 훔치며 잠이 들었든, 어김없이 아침은 온다. 아침은 밤이 없이는 오지 않는다. 따뜻하고 안락한 겨울이든, 춥고 배고프고 외롭고 헐벗은 겨울이든, 봄은 어김없이 온다. 봄은 겨울 없이는 오지 않는다.

우리나라에 대한 소식에, 자연계시에서 나타난 하나님의 경영과 질서의 공식을 대입해본다. 분명히 나의 개인적 종말이라는 매듭의 시간은 가까이 오고 있음을 확신한다. 6일 동안 앓았던 장염도 치유되어 집에만 있어야 했던 상황도 막을 내리고. 오늘 주일에는 사랑하는 성도들과 함께 예배드렸다. 사람 사는 곳에 문제없는 곳이 어디 있으랴! 모든 것이 형통하면 이곳에서 우리가 영원히 살 것처럼 착각하지 않겠는가! 분명히 기억해야 하는 것은, 이 땅은 우리가 영원히 거할 곳이 아니라는 것이다.

잠시 머물면서 삶의 희로애락을 즐기며 보물찾기하라고 하나님께서 보내주신 곳이다. 어느 한날 잠에서 눈을 뜬 곳이 이 땅이 아닌 것이다. 아프고 나면 똑똑해지는 어린아이처럼, 나 역시 아직도 철없는 아이인가 보다. 아픈 동안 반복된 철학은, 남은 시간이나마 가치 있게 살자는 것이다.

그것은 이곳에 있는 주님의 영혼들을 가슴으로 사랑하는 것이다! 기뻐하며 품어주는 것이다! 필요할 때 다가오지만, 유익이 없으면 등에다 칼을 대도, 기득권층끼리 온갖 헛소문을 퍼트리며 공격해 와도, 탄로 날 거짓을 하고 사과나 반성이 없어도, 밤이 지난 아침처럼, 겨울을 지낸 봄처럼 아픔을 통해 정립된 사랑공식이다! 조건 없이 사랑하는 것! 사랑하며 살자! 어떤 상황에서도!

이대로가 좋아

어느 한 분이 우리에게 차가 없다는 것을 알게 되었다. 선교에 차가 필요치 않겠느냐면서, 시드머니로 헌금을 하시겠다고 했다. 그래서 생각해 보고 말씀드린다고 했다. 우리는 선교를 결정하고 집을 비롯해서 모든 것을 처분하였기에, 무엇을 소유한다는 것에 대해 깊이 생각하지 않을 수 없다. 원래 소유가 많지 않아서 정리도 간단했다. 집이나 그 어떤 소유로 인해 미련이나 애착을 두지 않으려고 정리했다. 그래서 우리가 미국에 돌아가면 머물 곳을 위해 늘 기도해야 한다.

하지만, 효과적인 선교를 위해 이곳에서는 차가 있어야 할 것 같았다. 그런데 우리가 무상으로 운영하는 유치원 건물이, 2016년 9월에 일어난 지진 때문에 형체만 남고 무너져버렸다. 배고프고 가난한 산골마을 주민들의 간청을 듣고 차를 내려놓았다. 건물에 쇠

안개꽃 이야기

파이프를 심고, 벽을 세우고, 벽과 내부를 수리해서, 지금의 유치원 건물 모습을 갖추게 되었다.

관리가 제대로 되지 않아 녹슨 지붕엔 페인트만 칠했다. 비가 오지 않을 때 수리를 했기 때문에, 삭은 슬레이트가 인부들에 의해 밟히면서 더 망가진 것이었다. 그런 사실을 나중에 알았다. 몇 차례 수리해 보았지만, 새지 않던 다른 곳이 새는 바람에 이젠 내려놓았다. 비가 오면 교실 천장에 지도가 그려지고, 물이 떨어지면 물받이를 놓는다. 교회 지붕도 두 군데가 샌다.

예배드리다가 비가 오면 자리를 옮겨 앉곤 한다. 선교지에서 이정도 상황은 아무것도 아니다. 현지인들의 삶에 비하면, 우리 유치원이나 교회는 호텔 수준이다.

차가 있으면 좋다. 그런데 유지비를 고려하지 않을 수 없다. 운전사를 고용해야 하는데, 운전하다 사고가 나면 문제가 해결될 때까지 운전자가 구치소에 수감되어야 한다. 그리고 어찌 되었든 손이 안으로 굽는다. 운전을 하지 않는 것이 최선이다. 그래서 우리는 차 없이 선교에 집중하기로 결단했다. 가까운 거리는 걸으면 되고, 먼 거리는 오토바이나 바자즈를 타고 가면 된다.

평생 운전하다가 운전을 하지 않는 자유로움이 있다. 뜨거운 햇살을 받으며, 흙먼지를 마셔도 흙길을 걸어가며 운동을 한다. 내가 복용해야 했던 콜레스테롤약이 떨어지기도 했지만, 땀 흘리며 걷기 운동을 하니 약이 필요 없게 되었다.

안개꽃 이야기

또한 차로 인해 불필요한 지출이나 염려를 하지 않아도 된다. 무엇보다 소유가 적은 단순한 삶이 좋다. 지금 이대로가 좋다!

초심

시작은 좋은데, 끝이 안 좋은 경우가 참 많다. 많은 사람이 따르던 자가 하루아침에 추락하는 경우는 또 얼마나 비일비재한가! 그리고 세상에 떠들썩하게 나오지는 않아도, 초심을 잃어버리는 사람들이 지천에 널려 있다고 해도 과언이 아니다. 선교사도 예외는 아니다. 선한 동기로 시작했다가 얼마든지 변질될 수 있다. 그래서 초심을 잃으면, 주님의 이름을 팔아먹는 파렴치한 사기꾼이 된다. 앵벌이라 불리기도 한다. 이런 일을 예방하기 위한 우리의 유일한 방편은, 시공을 초월하여 불변의 진리인 말씀을 읽고 기도하는 것이다. 우리 삶의 양 바퀴이고 선교의 지렛대이다. 우리의 막대기와 지팡이다. 그런데 우리는 선교지에 오기 전에는 지금과 같은 태도가 아니었다. 늘 서로 분주했었다. 지금은 방문자가 계실 때를 제외하고는, 저녁이면 찬송가를 세 곡에서 다섯 곡 정도를 처음부터 끝까지 부른다. 낮에는 성경을 각자 읽지만, 저녁에는 성경 한 장을 함께 읽고 나눈다. 깊은 곳에 가라앉아 있는 말씀의 월척을 낚아 올릴 때도 있다. 그리고 기도의 목록을 기록한 노트를 편다.

남편 선교사와 5개씩 묶인 기도를 주고받는다. 이렇게 말씀 근육과 기도 근육을 세우는 저녁은 선교지에서 누리는 특혜이다. 기도 시간에 우리의 입술을 성령께 내어드린다. 이 제목을 위해 이렇게 기도하려고, 전혀 의도하지 않았던 언어가 나오기도 한다. 그때 그 제목에 대한 성령의 음성을 듣는다.

한 예로, 오늘도 마음은 자비와 긍휼을 간구하고 싶었다. 그런데 입술에서는 무조건적인 자비와 긍휼이 아닌, 하나님의 정의와 공의가 먼저 이루어져야 한다고 한다. 이렇게 기도를 통해 성령님의 지시와 안내도 받는다. 때로는 책망도 듣고, 바르게 고침도 받는다. 우리의 초심을 검증받는다.

다윗과 늘 비교되는 사울왕도 초심은 순진했다. 왕이 된 자기 이름을 부를 때, 그 큰 체격으로 보따리 뒤에 숨었다. 암몬과의 전쟁에서 첫 대승을 거두었다. 사울의 리더십을 비웃고 반대한 사람들을 죽이자는 제의가 있었다. 그때 사울은 대승의 영광을 하나님께 돌리며, 모든 백성과 함께 기뻐하였다. 그랬던 사울이 물질의 노예가 됨으로써 초심이 변질되었다. 어찌 사울왕 한 명뿐이겠는가? 성경에 많은 인물의 예가 있다.

우리라고 장담할 수 있겠는가? 말씀과 성령의 음성을 듣는 기도만이 초심을 잃지 않게 하는 은혜의 방편이다. 신앙의 영적 성장과 갱신을 위한 방편은 그 무엇으로도 대체할 수 없다. 어제나 오늘이나, 영원토록 동일한 말씀과 기도만이 초심을 강화시켜 준다.

보석

꽃을 보면 감탄사가 저절로 나온다. 시가 나온다! 그에 버금가는 것이 무엇일까? 나는 보석이라고 생각한다. 왜냐하면 꽃은 오래가지 않기 때문이다. 그러나 보석은 다르다. 성경에서 값이나 가치를 표현할 때, 꽃을 비유하지 않고 보석으로 표현했다.

그래서 천국의 성곽이 꽃이 아니라, 다 보석이라고 한다(요21:11-21). 영원성 때문이다! 그런 가치를 표현한 것이 바로 대제사장의 의복에서도 나타난다.

하나님께서는 모세에게 아론 대제사장이 입어야 할 에봇과 흉패에 대한 디자인을 말씀하셨다(출 28: 6-30). 긴 조끼 같은 에봇 양 어깨에 호마노라는 보석을 달라고 하신다. 그리고 야곱의 열두 아들의 이름을 나이 순서로 여섯 명씩 두 호마노에 도장같이 새기라고 하신다. 여기서 나이별이라는 말씀에 주목이 간다. 어깨에 달린다는 것은 계급장이다. 이것은 의복을 입은 사람의 권위를 시사한다. 권위는 곧 책임이다. 대제사장에게 열두지파를 책임지는 자라는 것이다.

또 대제사장의 의복 중 하나인 흉패에서도 책임이 나타난다. 에봇 위에 걸치는 앞가슴 가리개 같은 것이다. 그 흉패에 4줄을 만들고, 각 줄에 3개의 보석을 끼우라 하신다. 그리고 열두지파의 이름을 하나씩 각 보석에 도장 같이 새기라고 하신다. 그리고 시간이 지나도 지워지지 않도록 금으로 입히라고 하신다. 대제사장은 여호와 앞에 들어갈 때마다 필히 가슴에 붙이라고 하셨다. 첫 대제사장인 아론은 마지막 대제사장이신 예수 그리스도의 예표이다. 영원한 대제사장인 예수님은 열두지파의 이름을 양어깨와 앞가슴에 품고 계신다.

그 열두지파가 누구인가? 한 아버지에 엄마가 4명인 가정이었다. 한 남자의 사랑을 독차지하기 위해 여인들의 불 튀기는 쟁탈전이 있었다. 그 상황을 보고 자란 아들들이었다.

말할 수 없는 심리적 갈등과 분노의 돌파구로 아버지 침상을 더럽힌 첫째아들, 아버지에게서 배운 속임수로 집단적인 살인을 한 둘째와 셋째, 며느리를 범한 넷째, 여종의 몸에서 태어난 서자들. 미움, 다툼, 시기, 질투가 팽배했다. 그런 열두지파의 이름을 차별 없이 나이별로 기록하게 하셨다. 그 열두지파가 과연 야곱의 아들들만을 의미하는 것일까? 결코 아니다. 그들이 누구인가? 바로 우리들이다. 정말 별 볼 일 없는 나와 남편이다. 그런 우리의 이름을 차별 없이 어깨에 달고 가슴에 품고 계시는 분이 우리의 주님 예수 그리스도이시다.

우리를 위해 하나님 우편에 앉으셔서 중보해 주시고 계신다(롬 8:34). 누가 무어라 해도 우리를 책임져 주실 주님 어깨와 주님 가슴에 품긴 보석이어라! 그 사실을 알기에 생명 있는 동안에 호흡 있는 동안에 찬양을 해도 결코 족하지 않다. 보석인 우리가 녹슬어져서가 아니라, 닳아지고 닳아져서 주님께 가고 싶다. 주께서 부르셔서 이 땅을 떠나는 날 우리를 주님께 되돌려드리는 가장 거룩한 예배가 되도록!

그 한 사람

하나님께서 나를 조립하실 때

나사를 셀 수도 없이 풀어놓으셨거나

의도적으로 빠뜨리셔서

늘 덜렁거리고 덤벙대는 나

그런 나를 위한 후속조치로

특별 제작하여 만드신 한 사람

그래서 기력이 다하다가도 나를 챙기기 위해

괜찮다 하는 사람

아마 생명이 다하여 관 속에 누웠다가도

마음이 놓지 못하여 다시 일어날 사람

학창시절 나의 노트와 책마다

성을 자신의 성으로 바꾸어놓는 것으로

프러포즈해 온 사람

자신과 결혼해주면 5년 후엔

다이아몬드 방석 위에 앉혀주겠다던 사람

그런데 질이 좋은 다이아몬드는

커트가 잘 되어야 하기에

뾰족뾰족 아플 것 같아서

그 방석은 안 될 것 같다던 사람

난 생각 없이 일을 저지르고

모든 뒤치다꺼리를 감당하는 사람

난 밥을 하고 온갖 설거지와 뒷정리 하는 사람

난 옷을 더럽히고 세탁하여 다려주는 사람

SNS에 올리는 포스팅도 오타와

어휘나 표현, 단어도 살펴주어야 하는 사람

노심초사 오매불망한 순간도 마음 놓지 못하고

챙겨주는 나의 반쪽이 아닌

나의 전부인 사람

한결같은 진실이란 자신 이름대로

성실 신실로 곁에 있어 준 사람

내 남편 정해진 그 사람

서른여섯 번째 해의 시작

매일 아침 6시, 식탁 위에 수저의 위치가 바뀌지 않도록 놓는다. 서로의 차이를 알고 질서를 지키기 위해서이다. 옆에서 패션플룻을 준비한다. 사 등분 한 사과 한 쪽, 바나나와 함께 보기 좋게 배열한다. 김치와 가지나물을 놓는다. 어젯밤에 끓인 북엇국을 데워놓는다. 4가지 콩을 넣은 밥을 놓는다. 특별한 날을 기념하기 위해 차린 것은 아니다. 다만 기도 내용을 달리했다.

지난 삼십육 년을 단 한 번도 짜증내거나 찡그리지 않으신 아버지 하나님께 감사드렸다. 남편과 나는 역할의 차이를 몰라 젊은 날엔 많이 부딪치기도 했다. 그런 부딪침이 없었다면, 지금의 모습으로 다듬어지지도 않았을 것이다. 이제는 둥글둥글해져서 서로 비껴간다. 아니, 품어간다. 더욱 깊이 새겨간다. 서로에게 없어서는 안 되는 존재로 애틋하다. 사랑은 명사가 아닌 동사라고 하지 않는가!

오늘이 특별한 날이라고 누구에게 알릴 필요도 없다. 단지 우리 부부에게만 의미가 있다. 소박하고 자유롭다. 이렇게 둘만 있다가 같이 천국으로 입성하는 기대도 해본다. 저녁엔 감자, 당근, 양파를 썰며, 내일 음식을 준비한다. 남편은 옆에서 설거지를 돕는다. 그리고 마른빨래를 접고 서랍장에 정돈해 넣는다. 어쩌면 우린, 남아있는 삼십육 년을 향한 첫날을 이렇게 시작하고 있는지도 모르겠다. 한 잔의 커피를 나눠 마시며 신혼의 첫날처럼 노래하며!

알콩달콩 은혜

처음 선교지에 와서는 새로운 환경에 적응하느라 애를 먹었다. 혈압이 뚝뚝 떨어져서 응급실로 실려 갔는데, 패혈증이라고 했다. 그 후에 여러 종류의 풍토병을 겪으며 질병 신고식을 해야 했다. 그런데 이제는 남편과 나의 몸무게가 최고치를 경신하고 있다. "여보, 우리 몸무게가 늘어난 이유는 '알콩달콩' 때문이야."

남편의 말뜻이 궁금했다.

"무슨 뜻이에요?"

"두부는 없지만, 온갖 종류의 콩들을 먹고 있잖아."

'알콩달콩'이란 콩을 많이 먹어서 그런 건지 모르겠지만, 컨디션도 좋아지고 머리카락도 예전보다 훨씬 덜 빠진다.

남편의 말에 동의하면 내가 생각하는 두 번째의 '알콩달콩'은, 선교지에서 허락해주시는 주님의 은혜이다. 경험한 사람만이 알 수 있는 희락이다! 한 달간, 방학이었던 유치원이 지난주 월요일에 개원했다. 나는 다리 부상 때문에 하루 더 쉬고, 개학 다음 날 오랜만에 아이들을 보고 있다. 알콩달콩한 기쁨이 기지개를 치며 근육을 움직인다. 정말 사랑스럽다! 이 아이들에게 안겨줄 '양질의 교육'이란 선물을 생각하며, 콩닥거리는 마음으로 컴퓨터 앞에 앉아있다.

지금 교실에서는 아이들이 공부하는 소리가 천연 영양제처럼 뼛속 깊은 곳으로 스며든다. 인생의 후반전에 이런 알콩달콩한 맛을

안개꽃 이야기

누리게 됨을 어찌 표현해야 할까? 나의 지식과 언어로는 표현할 방법이 없다. 그저, 은혜라고 밖에는!

한 소년의 하루가 이렇다

주님의 은혜 중에 하나, 나이가 드는 것이다. 시력이 떨어져서 잘 보이던 결점이 보이지 않는다. 원시인 나는 가까이 있는 것이 멀리 있는 사물보다 더 보이지 않는다. 특히 가장 가까이에 있는 남편선교사의 결점이 세월이 흐를수록 보이지 않는다. 시력이 좋던 젊은 나이일 때에는 나의 눈에 남편은 온통 결점투성이였는데 말이다.

이렇게 좋지 않은 시력으로 보니, 남편 얼굴에서 주름도 검버섯도 잘 보이지 않는다. 청년 같기도 하고, 소년처럼 보이기도 한다. 나이가 들면서 주신 또 다른 은혜는 기억력이 떨어진다는 것이다. 이전 것은 다 사라지고, 시력이 떨어진 후의 날들만 생각난다. 특별히 지금 남편이 철없는 소년처럼 뛰어다니며, 유치원 아이들과 함께하는 모습만 보인다.

그는 어떻게 하면 더 좋은 양식을 아이들에게 먹일까 하고 영양성분에 대하여 연구한다. 또한 지원받은 약품들을 일일이 찾아 알기 쉽게 표기하고 찾기 쉽게 진열한다. 작은 약국을 차린 듯하다. 이런 일이 마치 재미있는 게임을 알게 된 듯 이 콧노래를 흥얼거린다. 저러다가 약사가 되고 싶다고 하면 어쩌나 싶다. 늦은 나이에 선교지에 와서 얻은 거룩한 부작용인지도 모르겠다. 아무려면 어떤 가! 만군의 여호와가 주치의시니! 늙어가면서 은혜 위에 은혜가 더해질 뿐이다!

머슴남편

9개월 전, 르완다 국경에서 하수구를 파놓은 곳을 보지 못하고, 오른발이 빠지면서 발목을 삐었다. 이제 겨우 회복되나 했는데 그만 왼쪽 발목을 또 삐었다. 아프지 않을 때 음식은 내가 하고, 설거지는 늘 남편이 담당한다. 손님이 와도 설거지할 수 있는 특권을 절대 양보하지 않는 것이 남편의 철학이다. 말하자면, '설거지 기계'다.

예전 선교사님이 사용했던, 20년이 다 되어가는 '통돌이' 세탁기가 하나 있다. 그런데 자동스위치가 고장 나서 프로그램 순서를 수동으로 해야 하는데. 이것도 남편이 전담한다. 빨랫줄에 빨래를 널고, 마른 세탁물을 개는 것도 모두 남편이 하고 있다. 센터에 가면, 모든 현지인의 '파파'가 된다. 아픈 어른들과 아이들의 주치의이기 때문이다. 불법 의료이지만 명의다. 처방하는 대로 모두가 치유된다. 특별히 내가 이렇게 아플 때는 완전 머슴이다. 음식을 해 올 사람이 단 한 명도 없다. 모든 궂은일을 도맡아야 한다. 힘들다고 해

안개꽃 이야기

마을 주민 다리치료

마을 집 방문 치료

마을 아이 머리 피부치료

서 주문을 해도 현지 음식뿐이다. 그것도 1시간 넘도록 기다려야
한다. 미리 주문받지도 않는다.

그런데 일이 더 추가되었다. 탄자니아에서 벨기에를 방문한 여성
이 입국하였는데, 코로나 감염자일 수도 있다고 해서 주변이 떠들
썩하다. 의료시설이 전혀 갖추어지지 않은 이곳에서 어떻게 해야
할지 고민이다. 온종일 센터에 있다가 돌아온 남편은 우선 집안에
있는 모든 마스크를 다 찾아내었다. 필요한 대로 나누어주어야 할
것을 대비하기 위해서였다. 어제, 형편없이 식사하는 남편의 모습
에 안쓰러운 마음이 들었다. 그래서 오늘은 내가 목발에 의지하고

야챗국을 끓여 놓았다. 맛있게 먹는 남편을 물끄러미 바라보니, 머리카락도 많이 희어져 있었다. 머릿밑도 휑했다. 과거의 남편은, 우리 아이들 셋과 부모를 일찍 잃은 조카까지 네 명을 키우느라 등골이 휘도록 일했다. 그런데 지금은 또, 사역한다고 밖으로 나가는 나를 뒷바라지하고 있다. 노년의 나이에도 평생 훈련된 머슴으로, 낮은 자세로 섬기고 있다. 특별하게 해 줄 수 없는 상황이지만, 이런 상태로라도 내가 옆에 있어 주는 것이 더 살가울 것이다. 특히 아무도 없는 이곳에서 머슴남편이면, 나는 뭐지? 머슴아내인가? 그런 그의 아내로 주님 앞에 함께 갈 것이다.

옆지기 카페에서

부활주일 다음 날인 새벽부터 내린 비가 그칠 줄 모른다. 휴교령이 내려졌고, 부활절 방학인 데다가 비도 와서 센터에 나가지 않고 있다. 수요일과 주일만 금식이기에 오늘은 여유롭게 '옆지기'와 마주 앉아 커피를 나누고 있다.

매년 사순절 기간에 나는 이곳을 떠나 있었다. 그런데 금년엔 성도들과 함께하면서 성탄 때처럼 사순절의 말씀을 체계적으로 나누려고 했다. 2020년에 대한 비전으로, 성도를 배가시키려고 했다. 정해진 예배공간을 활용하기 위해서 어린이 예배를 연초부터 따로 드리기 시작했다. 이슬람의 압세로 쉽지 않지만, 일대일 제자 양육을 통해 리더를 세우고 날을 정하여 전도할 계획이었다. 그런데 발목 사고와 코로나로 인해 계획한 일들을 하지 못하고 있다. 사람이 계획할지라도 이루시는 분은 하나님이심을 실감하며, 옆지기와 이야기를 나누었다. 사실 우리는, 이 나라의 1% 안에 드는 높은 수준의 삶을 살고 있다. 처음에 선교 왔을 때에는 '우리나라에 선교 오셔서 생명을 드렸던 선교사님을 생각하면서 현지인과 비슷하게 살아야지.'라는 마음을 가졌었다. 그런 삶을 추구하다가 풍토병과 패혈증 등으로 호된 신고식을 하였다. 이러다가는 바로 미국으로 되돌아갈 수밖에 없었다. 우리의 한계를 고려하신 하나님은, 지금의 주택을 염가의 월세로 허락하셨다. 문이나 창문이 완전 밀폐식으로 건축된 현대식 건물이 전혀 아니라서 모기, 개미, 거미들이 많다. 그 미물들이 외국인을 특별히 좋아한다. 도마뱀들이 잡아먹어서 그래도 좀 낫기는 하다. 그럼에도 여전히 이런저런 것에게 물려서 온몸에 상처투성이긴 하지만 과분한 은혜이다.

우리가 사는 집은 방 세 개와 넓은 거실이 있고, 화장실 2개, 부엌과 식당이 있다. 가끔 단기 선교팀이 와도 안전하고 불편 없이 사용할 수 있는 공간이다. 집 앞에는 빅토리아호수가 리조트를 방불케 할 정도로 멋지게 펼쳐져 있다. 수심이 깊은 푸르른 호수 위에 야구모자 모양의 작은 섬을 보면, 엄마의 자궁에 있는 태아 같아서 마음이 평온해진다. 그래서 온종일 집에 있어도 답답하지 않다. 그리고 오랫동안 홀로 있는 것이 습관처럼 되어 있다. 우리 집을 방문하신 분들이 너무나 단순한 우리의 삶을 보고 수도사 같다며, 컴퓨터에 영화를 담아주시고 가신 분들도 있다. 그런데 한 번도 영화를 보고 싶다는 생각이 들지 않았다.

이런 단순한 삶이 좋다. 이제는 복잡한 삶을 소화하지 못한다. 저녁이면 남편과 마주 앉아 찬송가 몇 곡을 부른다. 날짜와 같은 장의 잠언을 읽고 기도 노트를 연다. 목록대로 기도를 서로 주고받으며 하루를 마무리한다. 특히 나는 쓰는 것을 좋아한다. 글을 잘 쓰느냐 못 쓰느냐는 나에게 중요하지 않다. 글쓰기는 주님께서 나에게 주신 선물이다.

세상에 모든 물건이 없어진다 해도 성경과 글만 있으면 행복할 것 같다는 생각이 들 정도이다. 답답하지도 배고프거나 목마르지도 않을 것 같다. 무엇보다도 지금은, 함께해주는 평생 옆지기의 카페가 있어서 족하다! 그리고 부활의 주님으로 넉넉하다! 세상 흔들리고 요동한다 해도!

강사와 수강생

'먹기 위해 사는가, 아니면 살기 위해 먹는가?'라는 질문을 저울에 올려놓으면 추가 오락가락한다. 딱 구분하기가 단순하지 않기 때문이다. 먹는 재미와 사는 재미가 함께한다. 먹는 것도 재미있고 사는 것도 재미있다. 그 사실을 아는 예수님께서는 예수님을 따르던 사람들에게 말씀 전에 먼저 먹이셨다. 인간의 모든 욕구까지 제작하셨으니 체질을 잘 아시는 주님이시다.

예수님께서 십자가에 죽으신 후, 실의에 빠져 엠마오로 가던 제자들은 자신들과 함께 걸으며 이야기하는 분이 예수님인 줄 몰랐다. 한 집에 들어가서 빵을 뗄 때에 그들의 눈이 밝아져 예수님이신 것을 비로소 알아보았다. 먹을 때에 뇌의 회전이 빠르기 때문일까? 소통을 원활하게 하는 것도 음식을 먹을 때이다. 그런데 실제 음식이 아니고 SNS에 올려진 사진들을 보면 그림의 떡인데도 군침이 도는 것을 어쩌랴. 그런 면에서 솔직히 말하면 나의 저울추는 전자쪽으로 더 기울어진다. 그만큼 먹는 것을 좋아한다.

오죽하면, 젊을 때 친구들이 나보고 생선 가운데 토막이라고 했을까. 키도 작은 데다가 통통해서 그렇다.

"고마워하기나 해, 내 키 중에서 얼마를 떼어내서 도네이션 받아서 네가 큰 키인 것 알기나 해!"

나를 놀리는 친구들에게 이렇게 농을 하곤 했었다.

지금은 행동반경이 가장 기본적인 공간에서만 움직이는 제한적 상황이니만큼 먹는 것을 조절해야 한다. 그런데, 생각과 행동이 일치하는 다이어트를 하기가 그리 쉬운 일인가.

다리를 쓸 수 없는 요즈음, 입만 건강한 나는 스스로에게 '요리강사'라는 이름을 붙여서 스스로의 자격으로 개인지도를 해주고 있다. 수강생의 경제적 상황을 고려해서 강사료는 그냥 내게 요리를 해주는 것으로 대신했다.

그 수강생이 귀여운 태클을 걸었다. 자신이 요리한 것을 많이 먹어야 한다는 것이다. "몸무게가 늘어서 이 집 문으로 나가지 못하면 어떡할 거지?"라고 물었다. 그러자 수강생은, "문을 뜯어내면 되지!"라고 하며, 이제는 요리를 응용하여 개발까지 한다. 스승보다 나은 학생이 되려 했다나. 괘씸한 것도 귀엽다. 아무래도 수강생을 선별하는 데 좀 더 심사숙고했어야 했다.

코로나 때문에 다른 수강생을 구하기도 쉽지 않았다. 내가 홀로 걸을 즈음에 이 집 문짝을 어떻게 떼어내야 할지를 연구해야 한다! 좋은 아이디어가 있으신 분은 SNS 댓글로만 받을 예정이다. 사회적 거리두기를 위해서 말이다.

한 발로 추는 탱고

금문교(The Golden Gate Bridge), 요세미티(Yosemite National Park) 등을 비롯하여 북가주(북부 캘리포니아)의 자랑거리로 빼놓을 수 없는 것 중의 하나가 레드우드(Redwood)이다. 이 나무는 뿌리가 얕은데 평균 천년을 산다. 얕은 뿌리로 오래 생존할 수 있는 비결은 가족끼

안개꽃 이야기

리 뿌리를 연결하여 지탱하는 것이다. 더욱 가까이에서 서로 부추겨야 하기에 옆으로 뻗는 가지를 스스로 잘라낸다. 그 잘린 가지들이 떨어져서 가족을 위해 자양분으로 묻힌다.

그리고 기본 줄기는 오직 하늘만을 향하여 똑바로 자란다. 그렇게 약 천 년을 산 나무는 약 천 개의 의자로 다시 태어난다. 한 곳만을 향하여 연합하고 또 누군가에게 쉼을 주는 것으로 헌납된다. 요즈음 나는 이 레드우드의 속성을 닮은 남편과 한 발로 탱고를 춘다. 한쪽 다리를 전혀 사용할 수 없게 되자, 한 성도가 목발을 만들어 주었다. 급하게 만드느라 생 소나무를 사용했다. 그런데다 자신이 경험하지 않고 처음 만들어 보는 데다가, 빨리 만드느라 손잡이를 제대로 공그르지 않고 각이 지게 만들었다. 건조되지 않은 무거운 목발을 손힘으로 버티며 사용했더니, 3일 후에는 발목보다 손바닥이 더 아팠다. 손잡이를 3일 사용하고 나서는 손바닥이 발목보다 더 아프게 되었다.

집에 있는 가벼운 의자에 의지하여 움직이다가 두 번이나 나동그라졌다. 한번은 간을 보려다가 뜨거운 국물을 뒤집어쓸 뻔했다. 아찔한 순간, 남편의 얼굴이 다리의 피멍보다 더 파랗게 질려 있었다. 그리고 나서는 나와 탱고를 추기 시작했다. 내 왼손은 내 왼쪽에 서 있는 남편의 오른손을, 내 오른손은 남편의 왼손을 잡고 나는 한 발로 깽깽이 탱고를 추었다.

분위기가 꽤 괜찮다. '이러다가 다 나으면 어쩌지?'라는 아쉬움까지 들 정도였다. 오늘도 아침에 일어나자마자 남편과 함께 탱고를 추었다. 온종일 집안을 무대로 누비고 다닐 것이다. 자신의 가지를 쳐내고 가족을 보듬어주는 레드우드처럼, 남편은 나를 지탱시켜 준다. 님과 함께 춤을 추며 천국을 미리 맛보는 듯했다.

이런 상황이라서 더 낭만이 있다. 둘만이 지내는 유한한 공간, 둘만이 보내는 유한한 시간을 싸우는 데 사용하기에는 아깝다. 그래서 서로 잡아주고 춤을 추며 한 길을 가고 있다. 조금도 지치지 않고 나의 프러포즈에 응해 주는 그와 천년을 살까나.

그와 나

그가 슬플 때
그의 울음소리는
속으로 스며들어
가까이 있는 나에게
들리지 않는다

그가 기쁠 때
그의 웃음소리는
메아리로 퍼져서
가까이 있는 나에게

들리지 않는다

슬플 때도 기쁠 때도

표현하지 못하는 그는

나의 갈비뼈의 전부이다

살아갈수록 더 소중한 사람

반쪽이 아닌 한 몸인 사람

하나님이 주신 사람

하나님의 사람

그 사람으로 인해

존재하는 나!

에필로그

존 파이퍼(John Piper)의 저서인 『열방을 향해 가라』에서, 그는 '교회는 선교가 우선이 아니고 바로 예배이다. 만약 교회의 본질인 예배가 살아있다면 선교를 하지 않을 수 없다.'고 했다.

정말 살아 있는 예배를 드리고 있는가? 그렇다면 선교하지 않을 수 없다. 가슴 설레도록 주님을 사랑하는 예배를 드리고 있는가? 그 예배의 기쁨을 나누지 않을 수 없다. 사랑하는 이를 말하지 않을 수 없다. 주님께서 누구보다도 사랑해주심을 알고 있는가? 사랑해주는 이를 자랑하지 않을 수 없다. 이것은 어떤 특정인만이 아니다. 정말, 우리와 같이 아주 지극히 평범한 사람들이 하는 것이다.

소소한 이야기를 담은 '안개꽃 이야기'를 정리하면서 계속 선지서를 읽었다. 선지서의 핵심어는 '돌아오라.'이다. 아니, 성경 전체가 그렇다! 하나님의 품을 떠난 자녀들에게 '돌아오라.'라는 말씀을 지천에 안개꽃으로 피워 놓으신 것이다. 그래서 성경은 안개꽃밭이다. 점도 없이 흠도 없이 하이얀 안개꽃 정원을 만드시고, 돌아온 하나님의 자녀들을 두드러지게 돋보이도록 하시려는 하나님의 순결한 사랑을 보여주신다. 그래서 '안개꽃 이야기'는 단지 한 부부의 이야기가 아니라, 우리 아버지 하나님의 사랑 이야기이다.

그 하나님의 사랑 이야기를 실제로 보여준 사건이 바로 십자가이다. 하나님의 독생자, 어린 양 예수 그리스도께서 죄인들의 대속물로 피 흘려 죽으신 십자가가 뭇 영혼들을 안개꽃밭으로 초대하고 있다.

무안하신 사랑의 아버지 하나님께서 피운 안개꽃밭에서 가장 돋보이게 된 우리가 해야 하는 일은, 삶으로 복음을 증거하는 것이다. 복음증거를 통해 돌아온 각 나라와 민족과 종족과 방언과 방백이 하이얀 세마포를 입고 천만의 천사들과 함께 어린 양께 노래할 수 있도록, 예배드릴 수 있도록 말이다. 주님께 모든 영광을 돌린다! 할렐루야!